LES SURVIVANTS

ALEX SCHULMAN

LES SURVIVANTS

roman

Traduit du suédois
par Anne Karila

ALBIN MICHEL

« Les Grandes Traductions »

Édition originale parue en Suède sous le titre :
ÖVERLEVARNA

Publié avec l'accord de Ahlander Agency

Première partie

La maison

Chapitre 1

23 h 59

Une voiture de police se fraie lentement un passage à travers la végétation bleutée, sur le petit chemin forestier qui mène à la propriété. La maison est là-bas, isolée sur la pointe, dans la nuit de juin jamais tout à fait noire. C'est une simple maison de bois bizarrement proportionnée, un peu plus haute qu'il ne le faudrait. La peinture blanche des angles est écaillée, le bois rouge de la façade sud brûlé par le soleil. Les tuiles sont soudées par la mousse, le toit ressemble à une peau d'animal préhistorique. Pas un souffle de vent, il fait un peu frais à cette heure, de la buée couvre le bas des carreaux. Lueur jaune vif, solitaire, d'une fenêtre éclairée à l'étage.

En contrebas, le lac lisse et calme, aux rives ourlées de bouleaux. Et puis le sauna où les garçons prenaient des bains de chaleur avec leur père, les soirs d'été, avant de descendre à l'eau d'un pas mal assuré sur les cailloux pointus, marchant en file indienne, bras écartés pour garder l'équilibre, comme crucifiés. « Elle est bonne ! » hurlait papa une fois qu'il s'était jeté à l'eau, et l'éclat de sa voix vibrait au-dessus du lac, suivi d'un silence comme il n'y en avait qu'en ce lieu éloigné de tout, un silence qui tantôt effrayait Benjamin, tantôt lui donnait la sensation que tout était à l'écoute.

Plus loin sur la rive, un abri à bateau. Le bois a pourri et l'édifice penche vers l'eau. Au-dessus de l'abri se trouve la grange, les termites ont creusé des millions de trous dans les poutres et des traces de déjections animales vieilles de soixante-dix ans maculent le sol en ciment. Entre la grange et la maison, le carré de pelouse où les garçons jouaient au football. Le terrain est en déclivité, celui qui garde le but en aval doit jouer à contre-pente.

Voilà le décor tel qu'il se présente : quelques modestes constructions sur une tache de gazon, la forêt derrière et l'eau devant. Un endroit inaccessible, aussi isolé aujourd'hui qu'autrefois. Quand on se postait à l'extrémité de la pointe pour regarder au loin, on ne voyait nulle part trace de vie humaine. Quelquefois, ils entendaient passer une voiture sur le chemin de terre de l'autre côté du lac, le bruit lointain du moteur tournant à faible régime, les jours d'été par temps sec ils voyaient ensuite le nuage de poussière s'élever au-dessus de la forêt. Mais ils ne rencontraient personne, ils étaient seuls en ce lieu qu'ils ne quittaient pas et où nul ne venait. Un jour, ils aperçurent un chasseur.

Ils étaient en train de jouer dans les bois et tout à coup il avait surgi, à vingt mètres de distance. Cheveux blancs, vêtu de vert, l'homme glissait sans bruit entre les sapins. Quand il passa devant les garçons, il les regarda d'un œil inexpressif, posa son index sur sa bouche puis s'enfonça parmi les arbres et disparut. Son incursion demeura inexpliquée, telle une mystérieuse météorite qui se serait approchée de la voûte céleste, mais l'aurait survolée sans la toucher. Les garçons n'en ont jamais parlé et Benjamin se demande même parfois si cela a vraiment eu lieu.

Le crépuscule est tombé depuis deux heures, la voiture de police descend prudemment le chemin forestier. Le conducteur jette des regards inquiets devant le capot pour voir sur quoi il roule, il se penche sur le volant et regarde vers le haut mais ne peut discerner la cime des arbres. Les sapins qui dominent la maison sont prodigieux. Ils étaient déjà énormes quand les garçons étaient petits, mais là. Ils se dressent à trente, quarante mètres dans le ciel. Le père des enfants s'enorgueillissait de la fertilité du sol ici, comme si le mérite lui en revenait. Au début du mois de juin, il repiquait des plants de radis et quelques semaines plus tard seulement, il emmenait les enfants au potager pour leur montrer les rangées de têtes rouges qui émergeaient de la terre. Mais la fertilité est aléatoire, par endroits le sol autour de la maison est complètement stérile. Le pommier que papa avait offert à maman pour son anniversaire végète là où il l'a planté jadis et ne donne aucun fruit. Dans certains coins, la terre est sans le moindre caillou, noire et grasse, ailleurs la roche affleure sous la pelouse. Papa, quand il posait une clôture pour les poules, qu'il maniait la barre à mine, parfois ça s'enfonçait tout seul dans l'herbe lourde de pluie, avec un bruit sourd, parfois ça se mettait à chanter juste sous la surface et il criait, ses mains vibraient sous la résistance de la roche.

Le policier descend de la voiture. D'un geste vif et rodé il baisse le volume de l'appareil qui émet un curieux gazouillis sur son épaule. L'homme est grand. L'attirail éraflé, d'un noir terni, qu'il porte à la ceinture lui confère une certaine légitimité, le poids de son équipement l'ancre dans la croûte terrestre.

Lumière bleue des gyrophares balayant les hauts sapins.

Cette lumière, les montagnes bleuissantes au-dessus du lac, les gyrophares de la voiture de police, on aurait pu peindre cela sur une toile.

Le policier fait quelques pas en direction de la maison puis s'arrête, soudain perplexe. Il observe la scène. Les trois hommes sont assis côte à côte sur le perron de pierre devant la porte d'entrée. Ils pleurent, dans les bras l'un de l'autre. En costume cravate. À côté d'eux, sur la pelouse, est posée une urne funéraire. Le policier croise le regard d'un des hommes, qui se lève. Les deux autres restent assis, toujours enlacés. Ils sont trempés et en piteux état, il comprend pourquoi une ambulance a été appelée.

« Mon nom est Benjamin. C'est moi qui ai donné l'alerte. »

Le policier fouille ses poches à la recherche d'un carnet. Il ne sait pas que cette histoire peut difficilement être consignée sur un bout de papier, qu'il entre en scène à la fin d'un récit qui couvre plusieurs décennies, l'histoire de trois frères qui furent un jour, il y a longtemps, arrachés à ce lieu, et qui sont aujourd'hui obligés d'y revenir, que tout cela est lié, que rien n'existe ni ne peut s'expliquer isolément. Ce qui a lieu en cet instant est lourd d'importance, mais l'essentiel s'est déjà produit, bien sûr. Cette scène sur le perron, les larmes des trois frères, les visages tuméfiés et tout ce sang, tout cela n'est que l'ultime ride dans l'eau, le cercle le plus extérieur, le plus éloigné du point d'impact.

Chapitre 2
Le concours de natation

Tous les soirs, Benjamin était au bord de l'eau avec son seau et son épuisette, juste au-dessus du petit talus où étaient installés son père et sa mère. Ils suivaient le soleil, dès qu'ils se retrouvaient à l'ombre ils déplaçaient la table et les fauteuils de quelques mètres et continuaient ainsi leur lente migration à mesure que le jour déclinait. Assise sous la table, Molly, la chienne, voyait avec étonnement son toit disparaître, puis elle suivait le mouvement le long du rivage. Maintenant, les parents de Benjamin étaient arrivés au terminus et regardaient le soleil descendre lentement vers la cime des arbres sur la rive opposée. Ils s'asseyaient toujours côte à côte, épaule contre épaule, parce qu'ils voulaient tous les deux regarder le lac. Fauteuils en plastique blancs enfoncés dans les hautes herbes, petite table en bois, de guingois, reflets du soleil vespéral sur leurs verres de bière maculés de traces de doigts. Sur une planche à découper, un bout de salami hongrois

Pick, de la mortadelle et des radis. Entre eux dans l'herbe, une glacière, pour maintenir la vodka au frais. À chaque fois que papa se servait un petit verre, il lançait un bref « Santé » en portant un toast dans le vide, puis il buvait. Quand il découpait le saucisson, il faisait bouger la table, la bière débordait, une exaspération fugace gagnait maman ; avec une moue agacée elle soulevait les verres jusqu'à ce qu'il ait terminé. Papa ne remarquait pas ce genre de choses de toute façon, mais Benjamin si. Il relevait la moindre variation, se tenait toujours un peu à l'écart pour les laisser tranquilles, assez près d'eux cependant pour pouvoir suivre leurs conversations, surveiller leurs humeurs et jauger le climat ambiant. Il entendait leurs murmures amicaux, le bruit des couverts sur les assiettes, celui d'une cigarette qu'on allumait, un flux sonore qui indiquait qu'entre eux tout allait bien.

Benjamin marchait le long de la rive avec son épuisette, fouillant l'eau sombre des yeux. Une fois, son regard était tombé droit sur le reflet du soleil et la douleur avait été si vive qu'il avait cru perdre la vue. En équilibre sur les rochers, il scrutait le fond en quête de têtards, ces étranges créatures noires et molles, petites virgules nageuses. Il en ramassait quelques-uns avec son épuisette et les envoyait aussitôt en captivité dans le seau rouge. C'était un rituel : chasse aux têtards avec les parents en fond de scène, et quand ceux-ci se levaient pour rentrer à la maison, après le coucher du soleil, Benjamin rejetait son butin dans le lac et remontait avec eux. Et il recommençait le soir suivant. Une fois, il avait oublié les têtards dans le seau. Lorsqu'il les avait retrouvés en plein soleil le lendemain après-midi, ils étaient tous morts, anéantis par la chaleur. Sa frayeur à l'idée que papa puisse s'en apercevoir, vite, vider le seau dans l'eau, Benjamin avait beau savoir que son père était à la maison en train de faire la sieste, il avait senti son regard lui brûler la nuque.

« Maman ! »

Benjamin jeta un œil vers la maison et vit son petit frère qui descendait au lac. L'agitation de Pierre était perceptible d'ici. Cet endroit n'était pas fait pour les impatients. Surtout cet été-là. Dès leur arrivée à la fermette une semaine plus tôt, les parents avaient décidé qu'il n'y aurait pas de télé pendant les vacances. Ils l'avaient annoncé solennellement aux enfants, et Pierre en particulier avait mal pris que papa débranche le téléviseur et pose ostensiblement le câble sur l'appareil – comme dans une exécution publique où on laisse pendre le corps à titre d'avertissement –, afin que tous se souviennent du sort réservé à cette technologie qui empêchait la famille de passer ses étés au grand air.

Pierre avait ses bandes dessinées, qu'il lisait lentement le soir en marmottant pour lui-même, allongé sur le ventre, dans l'herbe. Mais au bout d'un moment il s'en lassait, il finissait toujours par descendre rejoindre les parents, et Benjamin savait que les réactions de papa et maman étaient variables. Parfois on pouvait grimper sur les genoux de maman et elle vous grattouillait le dos, d'autres fois elle s'énervait et c'était fichu.

« Je sais pas quoi faire, dit Pierre.

– Tu ne veux pas aller pêcher des têtards avec Benjamin ? demanda maman.

– Non. » Il se posta derrière le fauteuil de maman, plissa les yeux dans le soleil déclinant.

« Et Nils ? Vous ne pouvez pas faire quelque chose ensemble tous les deux ?

– Faire quoi ? »

Silence. Ils étaient avachis dans leurs fauteuils en plastique, papa et maman, sans énergie, lourds d'alcool. Les yeux fixés sur le lac. On aurait dit qu'ils réfléchissaient à une réponse, qu'ils allaient proposer des activités, mais aucun mot ne franchissait leurs lèvres.

« Santé », marmonna papa avant de vider un godet. Puis il grimaça et frappa fort trois fois dans ses mains. « Bien, cria-t-il, je veux voir tous les garçons ici en maillot de bain dans deux minutes ! »

Benjamin leva les yeux, remonta sur le talus. Abandonna son épuisette dans l'herbe.

« Les garçons ! cria papa. Rassemblement ! »

Couché dans le hamac tendu entre les deux bouleaux près de la maison, Nils écoutait de la musique dans son baladeur. Si Benjamin était très attentif aux bruits de la famille, Nils, lui, s'en isolait. Benjamin cherchait toujours à se rapprocher de ses parents, Nils à s'en éloigner. Il changeait de pièce, faisait bande à part. Le soir, avant de s'endormir, les frères entendaient parfois leurs parents se disputer, à travers la mince cloison de contreplaqué. Benjamin enregistrait chaque mot, passait la conversation au crible. Ils s'envoyaient parfois des méchancetés inouïes à la figure, des paroles si dures qu'elles lui semblaient irréparables. Benjamin restait des heures éveillé à se repasser la dispute pour lui-même. Nils, en revanche, semblait foncièrement indifférent. « Maison de fous », marmonnait-il quand la querelle s'emballait, puis il se tournait de l'autre côté et s'endormait. Cela ne le concernait pas, pendant la journée il restait dans son coin, était plutôt discret, sauf lors de ses brusques accès de colère, qui ne duraient pas. « Putain ! » entendait-on jurer depuis le hamac, c'était Nils qui se tortillait et faisait des gestes hystériques pour chasser une guêpe importune. « Sale bande de malades », rugissait-il en donnant des coups dans l'air. Puis le calme revenait.

« Nils ! appela papa. Rassemblement sur la grève !

– Il n'entend pas, dit maman. Il écoute de la musique. »

Papa appela plus fort. Aucune réaction dans le hamac. Maman poussa un soupir, se leva et trotta jusqu'à Nils, agita les bras sous ses yeux. Il retira ses écouteurs. « Papa vous a demandé de venir », dit-elle.

Rassemblement sur la grève. Un moment privilégié. Papa, avec dans le regard cette lueur que les frères adoraient, un pétillement annonciateur de jeu et de rigolades, et toujours le même ton solennel quand il proposait une nouvelle course, cette gravité qui dissimulait à peine le sourire au coin de ses lèvres. Un ton cérémonieux, comme si l'enjeu était crucial.

« Les règles sont simples, dit-il, et il se planta en face des trois frères en slip de bain, campés sur leurs jambes grêles. À mon signal, mes garçons devront se jeter à l'eau et nager jusqu'à la bouée là-bas, en faire le tour et revenir jusqu'ici. Le premier arrivé a gagné. »

Les garçons prirent leurs positions.

« Tout le monde a compris ? Alors maintenant on va voir lequel d'entre vous est le plus rapide. »

Benjamin frappa sur ses cuisses maigres, comme il avait vu faire les sportifs à la télévision, avant des épreuves décisives.

« Attendez, dit papa en retirant sa montre de son poignet. Je vais chronométrer. »

Avec ses gros pouces, il appuya sur les petits boutons de sa montre digitale et grommela : « Bon sang » dans sa barbe, car il n'arrivait pas à la faire fonctionner. Il releva les yeux.

« À vos marques. »

Bousculade entre Benjamin et Pierre pour trouver une position de départ avantageuse.

« Ho, ça suffit, dit papa. Vous ne faites pas ça.

– Si c'est comme ça, on laisse tomber », dit maman, restée assise à la table. Elle remplit son verre.

Les frères étaient âgés de sept, neuf et treize ans, et quand ils jouaient au football ou aux cartes, leurs parties dégénéraient parfois en de telles bagarres que

Benjamin sentait quelque chose se briser entre eux. Et c'était encore pire lorsque leur père les mettait aussi ouvertement en concurrence.

« À vos marques… Prêts… Partez ! »

Benjamin fila comme une flèche vers le lac, ses deux frères sur les talons. À l'eau. Il entendait les cris de papa et maman derrière lui, sur la rive.

« Bravo !

– Allez ! »

Quelques rapides enjambées et le fond caillouteux s'enfonça sous ses pieds. Eau froide de juin et, un peu plus loin dans la baie, ces étranges courants encore plus froids qui surgissaient puis se dissipaient, comme si le lac était vivant et l'exposait à divers degrés de fraîcheur pour le mettre à l'épreuve. Devant eux, la bouée blanche en polystyrène flottait immobile à la surface lisse et brillante du lac. Les frères l'avaient mise à l'eau quelques heures auparavant quand ils avaient posé des filets avec leur père. Mais Benjamin ne se rappelait pas qu'ils l'avaient placée aussi loin. Ils nageaient en silence pour économiser leurs forces. Trois têtes émergeant de l'eau noire, les cris de plus en plus lointains, depuis la plage. Au bout d'un moment, le soleil s'éclipsa derrière les arbres de la rive opposée. Il fit soudain plus sombre, ils nageaient dans un autre lac. Benjamin ne reconnaissait plus l'eau. D'un coup il eut conscience de tout ce qui se passait au-dessous de lui, des animaux dans les profondeurs, qui ne voulaient pas d'eux. Il pensa à toutes les fois où ses frères et lui, à bord du bateau, avaient regardé papa sortir les poissons du filet et les jeter dans la cale. Les garçons se penchaient pour voir les petites dents acérées des brochets, les nageoires épineuses des perches. Quand un poisson battait de la queue, les frères sursautaient et poussaient des cris, leurs brusques éclats de voix effrayaient papa qui criait à son tour, énervé. Puis le calme revenait et, tout en ramenant les filets, papa marmonnait : « Vous n'avez tout de même pas peur des poissons ? » Benjamin imaginait ces créatures nageant maintenant juste à côté de lui ou juste en dessous, dissimulées dans l'eau sombre. La bouée blanche, teintée de rose par le crépuscule, était toujours loin.

En quelques minutes, la distance entre les nageurs s'était allongée. Nils se trouvait largement en tête devant Benjamin, qui avait laissé Pierre derrière lui. Mais lorsque l'obscurité tomba brutalement et qu'ils commencèrent à sentir la morsure du froid sur leurs cuisses, les frères se rapprochèrent. Bientôt ils nageaient à nouveau côte à côte. Peut-être n'y songeaient-ils même pas, ils ne l'auraient d'ailleurs jamais reconnu ouvertement, mais là, dans l'eau, ils restèrent solidaires.

Leurs têtes étaient plus bas sur la surface, leurs mouvements moins amples. Au début, le lac écumait sous leurs brasses, mais à présent ils se taisaient. Quand ils atteignirent la bouée, Benjamin se retourna et regarda vers la maison. Une brique de Lego rouge au loin.

À ce moment-là seulement, il mesura la distance à parcourir pour rentrer.

La fatigue arriva sans crier gare. L'excès d'acide lactique lui engourdit les bras. Sous le choc il en oublia les mouvements des jambes, il ne savait plus comment on faisait. Une sensation de froid partie de la nuque irradia l'arrière de son crâne. Il entendait sa propre respiration, son souffle plus court et pressé, un pressentiment glaçant lui serra la poitrine : il n'aurait pas la force de retourner jusqu'au rivage. Il vit Nils étirer le cou pour que l'eau ne lui entre pas dans la bouche.

« Nils », fit Benjamin. Aucune réaction, Nils continuait à nager en regardant le ciel. Benjamin rejoignit son aîné, leurs souffles pantelants se mêlèrent. Benjamin croisa le regard de son frère et décela dans ses yeux un effroi inconnu.

« Ça va ? demanda-t-il.

– Je ne sais pas…, haleta Nils. Je ne sais pas si je vais y arriver. »

Nils tendit le bras vers la bouée, s'y agrippa des deux mains dans l'intention de se laisser porter, mais il était trop lourd et la bouée s'enfonça sous son poids dans l'obscurité. Il regarda vers le rivage.

« Je ne pourrai pas, murmura-t-il. C'est trop loin. »

Benjamin essaya de se rappeler ce qu'il avait appris au cours de natation, pendant les longs exposés du professeur sur la sécurité dans l'eau.

« Il faut rester calme, dit-il à Nils. Allonger les mouvements, allonger la respiration. »

Il jeta un œil à Pierre.

« Ça va ?

– J'ai peur, dit Pierre.

– Moi aussi, répondit Benjamin.

– Je ne veux pas mourir ! cria Pierre, ses yeux embués au ras de la surface.

– Viens, dit Benjamin. Approche-toi de moi. »

Les trois frères se rapprochèrent.

« On va s'entraider », dit Benjamin.

Ils firent demi-tour vers la maison en nageant de front.

« Des longs mouvements, dit Benjamin. Des longs mouvements tous ensemble. »

Pierre avait cessé de pleurer et nageait avec détermination. Au bout d'un moment ils trouvèrent un rythme commun, leurs brasses s'accordèrent, ils inspiraient, expiraient, souffle ample, à l'unisson.

Benjamin regarda Pierre et se mit à rire.

« Tes lèvres sont toutes bleues.

– Les tiennes aussi. »

Ils échangèrent un bref ricanement. Puis se concentrèrent à nouveau. Tête hors de l'eau. Longs mouvements.

Benjamin distinguait les lieux familiers au loin, le relief inégal du carré de pelouse où il jouait tous les jours au football avec Pierre. Le cellier, dehors, les bosquets de petits fruits sur la gauche, où ils allaient cueillir framboises et cassis, l'après-midi, et d'où ils revenaient les jambes striées d'éraflures blanches qui tranchaient sur le bronzage. Et dans le fond, la barrière de hauts sapins assombris par le crépuscule.

Ils approchaient du rivage.

Ils n'étaient plus qu'à une quinzaine de mètres quand Nils partit subitement dans un crawl effréné. Pris de court, Benjamin se lança derrière lui en maudissant son manque de réflexes. Le calme du lac fut d'un seul coup troublé par la lutte endiablée des deux frères. Pierre se retrouva tout de suite distancé, impuissant. Nils jaillit de l'eau, talonné par Benjamin, et ils se ruèrent coude à coude dans la pente. Benjamin saisit son frère par le bras pour le dépasser, mais Nils se libéra avec une rage surprenante. Ils atteignirent la terrasse. Regardèrent autour d'eux.

Benjamin fit quelques pas vers la maison, scruta la cuisine par un carreau et aperçut le large dos de papa penché au-dessus de l'évier.

« Ils sont rentrés », dit Benjamin.

Les mains sur les genoux, Nils reprenait son souffle.

Pierre arriva hors d'haleine. Son air perdu en voyant la table desservie. Les trois frères se figèrent, perplexes. Trois respirations agitées dans le silence.

Chapitre 3

22 heures

Nils lance l'urne de toutes ses forces vers son frère. Pierre ne s'y attend pas, il la reçoit en pleine poitrine. Au bruit, Benjamin comprend instantanément que quelque chose se brise dans le corps de Pierre. Le sternum ou une côte. Depuis toujours, Benjamin pressent les événements bien avant tout le monde ; il sentait se profiler les conflits familiaux longtemps avant qu'ils n'éclatent réellement. Au premier signe d'agacement, aussi subtil et peu perceptible fût-il, il savait comment la querelle naîtrait et comment elle finirait. Mais là, c'est différent. À partir de cet instant où quelque chose se brise dans la poitrine de Pierre, c'est l'inconnu. Tout, désormais, n'est qu'une terre vierge. Pierre est tombé au bord de l'eau, il se tâte la poitrine. Nils le rejoint rapidement : « Ça va ? »

Il se penche pour aider son frère à se relever. Il a peur.

Pierre lui envoie un coup de pied dans les jambes,

Nils s'affaisse sur les cailloux. Alors Pierre se jette sur lui, ils roulent, se bourrent de coups de poing, se frappent au visage, sur le thorax, les épaules. Sans cesser de se parler. Benjamin croit assister à une scène irréelle, quasiment sortie de son imagination : ils se parlent tout en essayant de se tuer.

Benjamin ramasse l'urne échouée sur la grève. Le couvercle a roulé, une partie des cendres s'est déversée dans le sable. Les restes de squelette sont gris, tirant vers le bleu, cela retient fugitivement son attention au moment où il soulève l'urne et replace le couvercle ; il n'imaginait pas les cendres de sa mère ainsi. Il tient l'urne à deux mains, revient sur ses pas, se fige devant ses frères en train de se battre. Pétrifié face aux événements, comme si souvent autrefois. Il voit leurs coups maladroits, lourds. En toute autre circonstance, Pierre réduirait son frère en bouillie. Il se bat depuis l'adolescence. Souvenirs d'école. Benjamin se remémore les attroupements de gamins attirés par une bagarre dans la cour et, dans la mêlée d'anoraks, son frère penché sur un camarade. Il passait vite son chemin pour ne pas le voir cogner et s'acharner sur l'adversaire même quand celui-ci ne bougeait plus, qu'il paraissait sans vie. Pierre est capable de se battre, mais cette fois-ci, au bord de l'eau, les chances sont égalisées parce qu'il a une côte cassée et tient à peine debout. La plupart des coups échangés tombent dans le vide, manquent leur cible ou bien sont parés par des mains ou des bras. Certaines attaques, cependant, font des ravages.

Pierre atteint Nils au-dessus de l'œil, Benjamin voit le sang couler sur la joue et dans le cou de son frère aîné. Nils envoie un coup de coude à Pierre et, au bruit, on dirait qu'il lui a cassé le nez. Il l'attrape par les cheveux et quand il le relâche, des touffes lui restent entre les doigts. Au bout d'un moment, ils commencent à fatiguer. Un bref instant, on dirait que ni l'un ni l'autre n'a la force de continuer. Assis au ras de l'eau à quelques mètres de distance, ils se regardent. Puis ils recommencent. C'est lent, interminable, ils veulent avoir la peau l'un de l'autre, mais ne sont visiblement pas pressés.

Et ils n'arrêtent pas de se parler.

Nils décoche un coup de pied à son frère, mais il le rate et perd l'équilibre. Pierre s'éloigne un peu, ramasse un galet sur la plage et le lance de toutes ses forces. Le galet siffle à l'oreille de Nils, sans le toucher, Pierre en ramasse un autre, et cette fois il atteint Nils au menton. Le sang coule à nouveau. Benjamin remonte lentement à reculons sur le talus, les mains crispées sur l'urne, les doigts blancs. Il tourne les talons, rejoint la maison, son portable est dans la cuisine. Il compose le 112.

« Mes frères sont en train de se battre. J'ai peur qu'ils s'entretuent.

– Pouvez-vous intervenir ? demande la femme au bout du fil.

– Non.

– Qu'est-ce qui vous en empêche ? Vous êtes blessé vous-même ?

– Non, non…

– Pourquoi ne pouvez-vous pas intervenir ? »

Benjamin presse le téléphone contre son oreille. Pourquoi ne peut-il pas intervenir ? Il regarde à travers la vitre. Il voit tous les coins où il jouait, enfant. C'est là qu'un jour tout a commencé, et c'est là que tout a fini. Il ne peut pas intervenir parce qu'il est resté figé ici et n'a jamais pu en bouger depuis ce jour. Il n'a pas dépassé neuf ans et là-bas des adultes sont en train de se battre, ses frères qui, eux, ont continué à vivre.

Il distingue les silhouettes des deux hommes qui cherchent à s'entretuer. Ce dénouement n'a rien de digne, mais il était peut-être prévisible. Comment tout cela aurait-il pu finir ? Que croyaient-ils qu'il adviendrait lorsqu'ils retourneraient sur les lieux qu'ils avaient passé leur vie à fuir ? À présent les frères se battent, dans l'eau jusqu'aux genoux. Pierre se jette sur Nils, qui se retrouve sous la surface et ne bouge plus. Pierre ne fait rien pour l'aider à se relever.

Une pensée traverse Benjamin : ils vont mourir là.

Il lâche le téléphone et se met à courir. Il dévale les marches du perron, la mémoire du sentier qui descend au lac est ancrée dans ses muscles, aucun obstacle ne le surprend, même à cette vitesse, il évite chaque racine qui affleure, saute au-dessus de chaque pierre pointue. Il court à travers son enfance, dépasse l'endroit où ses parents profitaient du dernier soleil, le soir, avant qu'il ne s'évanouisse derrière le lac. Il longe le front de la forêt à l'est, passe l'abri à bateau. Il court. Quand a-t-il couru pour la dernière fois ? Il ne s'en souvient pas. Il a vécu toute sa vie d'adulte en suspens, entre parenthèses pour ainsi dire, et là, le cœur pulsant dans sa poitrine, il est pris d'une curieuse euphorie, celle d'être capable de faire ce qu'il fait et d'en avoir la force, ou peut-être surtout : la volonté. Il se sent fort d'être enfin animé par quelque chose. Il franchit d'un bond le petit talus d'où, enfant, il pêchait des têtards, et se jette à l'eau. Il empoigne ses deux frères dans l'intention de les séparer, mais constate aussitôt que c'est inutile. Ils ont cessé de se battre. Maintenant ils se tiennent l'un près de l'autre, à quelques mètres du bord, de l'eau jusqu'à la taille. Ils se regardent. Leurs cheveux bruns sont semblables, leurs yeux identiques, même couleur marron. Ils ne disent rien. Le calme revient sur le lac. On entend seulement trois frères pleurer.

Sur le perron, ils passent en revue leurs blessures. Ils ne se disent pas pardon, ils ne savent pas comment on fait, personne ne le leur a jamais appris. Ils se palpent mutuellement le corps avec précaution, tamponnent leurs plaies, pressent leurs fronts l'un contre l'autre. Les trois frères s'étreignent.

Benjamin entend soudain le bruit d'un moteur dans la forêt au-dessus d'eux, perçant le silence sourd et humide de l'été. Il tourne les yeux vers la colline. Une voiture de police se fraie lentement un passage à travers la végétation bleutée, sur le petit chemin forestier qui mène à la propriété. La maison est là, isolée sur la pointe, dans la nuit de juin jamais tout à fait noire.

Chapitre 4

La colonne de fumée

Après le déjeuner sur la terrasse, papa et maman se levèrent de table. Papa rassembla les assiettes et empila les verres. Maman remporta la bouteille de vin blanc à la cuisine et la remit avec précaution au frigo. Signe d'une présence dans les toilettes ensuite, la chasse d'eau mugit deux ou trois fois. Crachat sonore de papa dans le lavabo. Puis ils montèrent l'escalier d'un pas lourd, l'un derrière l'autre. Benjamin entendit se refermer la porte de la chambre à coucher, et ce fut le silence.

Ils appelaient cela la « sieste ». Non, ça n'était pas du tout bizarre, avaient-ils expliqué aux enfants, en Espagne on fait tout le temps la sieste. Un petit somme d'une heure après le déjeuner afin d'être frais et dispos pour la soirée. Pour Benjamin, c'était une heure interminable remplie de rien, suivie de la demi-heure singulière où papa et maman sortaient d'un pas incertain sur la terrasse puis restaient assis en silence, l'humeur inflammable, dans les fauteuils en plastique.

À ce moment-là, Benjamin se tenait en général à l'écart, laissait ses parents se réveiller tranquillement, mais assez vite il les rejoignait, et ses frères arrivaient eux aussi, chacun de son côté, parce que après la sieste maman faisait parfois la lecture aux enfants. Assis sur une couverture dans le jardin, par beau temps, ou sur la banquette de la cuisine devant le poêle s'il pleuvait, les garçons écoutaient silencieusement leur mère lire des extraits des classiques que selon elle ils devaient connaître. Alors il n'y avait plus que la voix de maman, rien d'autre, et de sa main libre elle caressait les cheveux d'un des enfants, et plus l'heure avançait, plus les garçons se serraient contre leur mère, à la fin ils semblaient ne former plus qu'un, on ne savait plus où s'arrêtait l'un et où commençait l'autre. Parvenue au bout d'un chapitre, elle refermait le livre en le faisant claquer sous le nez de l'un d'eux et ils poussaient tous un cri de ravissement.

Benjamin s'assit sur le perron. L'attente allait être longue. Il regarda ses jambes égratignées par l'été, les piqûres de moustiques sur ses tibias, respira l'odeur de sa peau bronzée et du Salubrin dont papa leur badigeonnait les pieds pour les soulager des brûlures d'orties. Les battements de son cœur s'accélérèrent bien qu'il fût immobile. Il n'éprouvait pas d'abattement, c'était autre chose, plus difficilement explicable. Il était triste sans vraiment savoir pourquoi. Son regard glissa sur la pente menant au lac, un pré immobile blanchi par la morsure du soleil. Et autour de lui tout vacilla.

Comme si cette langue de terre avait été recouverte d'une cloche à fromage. Il suivit des yeux une guêpe qui tournoyait fiévreusement au-dessus d'un bol de sauce à la crème abandonné sur la table du déjeuner. La guêpe était lourde, ses déplacements erratiques, elle avait des problèmes, ses ailes semblaient battre de plus en plus lentement, avec de plus en plus de peine, elle s'approcha trop près de la sauce et s'y englua. Benjamin suivit la lutte de l'insecte pour se libérer, mais les mouvements se firent plus rares et finalement cessèrent. Il prêta l'oreille au chant des oiseaux, soudain étrange, on aurait dit qu'ils gazouillaient au ralenti, deux fois moins vite. Puis ils se turent. La terreur envahit Benjamin. Le temps s'était-il arrêté ? Il frappa cinq fois dans ses mains, comme il avait coutume de le faire pour reprendre ses esprits.

« Ohé ! » cria-t-il dans le vide. Il se leva, battit à nouveau des mains, cinq fois, tellement fort que la douleur lui brûla les paumes.

« Qu'est-ce que tu fais ? »

Pierre se tenait un peu plus bas vers le lac et le regardait.

« Rien, répondit Benjamin.

– On va à la pêche ?

– D'accord. »

Benjamin se leva et alla chercher leurs bottes dans le vestibule. Puis il contourna la maison et prit la canne appuyée contre le mur.

« Je sais où il y a des vers », dit Pierre.

Ils se rendirent derrière la grange, à cet endroit la terre était humide. Ils la retournèrent en deux coups de bêche et elle fut soudain luisante de lombrics. Les deux frères tirèrent les vers du sol et les déposèrent dans une boîte. Les vers restaient amorphes, indifférents à leur captivité. Pierre secoua la boîte dans tous les sens pour qu'ils s'animent, mais ils semblaient tout prendre avec calme, même la mort, car lorsque Benjamin les enfila sur l'hameçon, au bord du lac, ils ne protestèrent pas, se laissèrent transpercer par le métal sans opposer aucune résistance.

Chacun son tour, les deux garçons tenaient la canne à pêche. Le bouchon rouge et blanc se détachait nettement sur l'eau noire, sauf quand il disparaissait dans le reflet du soleil. Les sœurs Larsson, les trois poules de la maison, les rejoignirent sur la rive, ensemble mais chacune vaquant pour elle-même, picorant ici et là au hasard dans le sol, avec de petits gloussements circonspects. Benjamin s'était toujours senti mal à l'aise quand elles s'approchaient de lui, parce que leur comportement n'avait aucune logique. Il était sur le qui-vive, tout pouvait arriver, comme lorsqu'un ivrogne vous interpelle subitement au marché. De plus, l'une d'elles était aveugle, avait dit papa, et de ce fait, si elle se sentait menacée, elle pouvait devenir agressive. Alors Benjamin scrutait leur regard vide sans jamais pouvoir déterminer laquelle des poules ne voyait rien. N'étaient-elles pas toutes aveugles, en réalité ? Ça en avait tout l'air, à les voir évoluer nerveusement sur le terrain. Papa les avait achetées quelques étés plus tôt, dans le but de réaliser enfin le rêve de sa vie, à savoir manger des œufs fraîchement pondus au petit déjeuner. C'est lui qui les nourrissait, l'après-midi il leur jetait du grain en criant : « Cot-cot-cot », et le soir il les faisait rentrer dans la grange en frappant le fond d'une casserole avec une louche, le bruit résonnait dans toute la propriété. Chaque matin, Pierre avait pour mission d'aller chez les sœurs Larsson ramasser les œufs. Il revenait en courant par le sentier herbeux, son trésor dans les mains, et papa se précipitait dans la cuisine pour mettre une casserole d'eau à chauffer. C'était devenu leur rituel, à papa et à Pierre, et c'était aussi un bon moment pour Benjamin, un moment apaisant, un moment de clarté à l'intérieur duquel il pouvait souffler.

Les sœurs Larsson cessèrent de becqueter le sol pour considérer d'un œil éteint les trois frères au bord de l'eau. Benjamin donna un petit coup de pied dans leur direction et les poules s'éloignèrent aussitôt à longues enjambées à ras de terre, le regard fixé dans l'herbe. Elles disparurent.

C'était Pierre qui tenait la canne à pêche quand le bouchon se mit à bouger. D'abord une sorte de petit tremblement, puis le bouchon plongea dans l'eau noire.

« On a une touche ! hurla Pierre. Tiens, prends-la ! » cria-t-il en tendant la canne à Benjamin.

Celui-ci fit comme son père le lui avait appris, il ne remonta pas tout de suite le poisson mais le tira avec précaution vers la rive. Benjamin tirait dans un sens, le poisson dans l'autre, avec une force inattendue. Benjamin aperçut la silhouette de la bête qui luttait furieusement pour se libérer, juste sous la surface.

« Vite, un seau ! » cria-t-il.

Pierre regarda autour de lui, hésitant.

« Un seau ?

– Nils ! appela Benjamin. On a attrapé un poisson, apporte un seau ! »

Il vit que ça bougeait dans le hamac. Nils gagna la maison puis descendit jusqu'au lac à toutes jambes, un seau rouge à la main. Benjamin ne voulait pas tirer trop fort sur la ligne, de peur qu'elle ne se rompe, mais il était obligé de tenir bon contre le poisson qui essayait de retourner vers le milieu du lac. Nils entra tout de suite dans l'eau et y plongea le seau.

« Ramène-le ! » commanda-t-il.

Le poisson fouettait la surface, de plus en plus près de la rive. Nils avança encore d'un pas, son short se mouilla, il puisa le poisson.

« Je l'ai ! »

Ils se rassemblèrent autour du seau et regardèrent dedans.

« C'est quoi ? demanda Pierre.

– Une perche, répondit Nils. Mais il faut la rejeter à l'eau.

– Et pourquoi ? demanda Pierre, stupéfait.

– Elle est trop petite. On ne peut pas la manger. »

Benjamin regarda dans le seau, le poisson se cognait

contre les parois. L'animal était plus petit qu'il ne l'avait cru pendant qu'il luttait pour le tirer de l'eau. Ses écailles scintillaient, ses nageoires dorsales épineuses étaient hérissées.

« Tu es sûr ? » demanda Benjamin.

Nils se mit à rire.

« Papa va se marrer si vous lui montrez ça. »

Pierre empoigna le seau et partit vers la maison. Benjamin lui emboîta le pas.

« Qu'est-ce que vous faites ? Il faut la remettre à l'eau ! » cria Nils. N'obtenant aucune réponse, il se lança à leur poursuite.

Pierre avait posé le seau sur la table de la cuisine et observait le poisson. On aurait cru, au reflet du plastique rouge sur son visage, que ses joues s'empourpraient.

« On le fait griller vivant ? » demanda-t-il tranquillement.

Nils fixa son frère avec stupéfaction.

« Non mais t'es malade ou quoi ? »

Il tourna les talons et sortit. Quand il passa devant la fenêtre, Benjamin l'entendit marmonner : « Maison de fous. »

Benjamin le suivit des yeux, le vit se rallonger dans le hamac.

« On le fait griller vivant, répéta Pierre.

– Non, dit Benjamin. On ne peut pas faire ça. »

Pierre grimpa sur une chaise et décrocha une des poêles à frire suspendues au-dessus de l'évier. Il la posa sur la gazinière et considéra, désemparé, les boutons d'allumage des feux de cuisson. Il en tourna un et aussitôt un léger chuchotis de gaz se fit entendre. Il se pencha en avant, examina la grille des brûleurs.

« Comment on allume ? » Il tournait le bouton dans un sens puis dans l'autre, entendait seulement le gaz sortir par intermittence. Il se tourna vers Benjamin.

« Aide-moi !

– Il faut des allumettes.

– Tu m'aides, oui ou non ?

– Pierre, dit Benjamin, on ne peut pas faire griller un poisson vivant.

– Arrête, maintenant, aide-moi. »

Le gaz s'échappait dans la pièce, une fenêtre battit à l'étage supérieur, les hirondelles qui nichaient sous le rebord du toit griffaient le bois, comme pour chatouiller la maison, et le soleil de l'après-midi illuminait les lames rugueuses de la table, le jeu de cartes jauni abandonné par les parents après leur partie le soir précédent, il tombait de biais sur les deux frères, éclairait les petits tas de mouches mortes sur l'appui de la fenêtre. Benjamin regarda au-dehors, puis il regarda Pierre. Il prit les allumettes dans le tiroir du haut et en gratta une, l'approcha du bec du brûleur qui cracha aussitôt une flamme rouge.

« Il faut mettre du beurre ou quelque chose ? » demanda Pierre en jetant un regard circulaire dans la pièce. Benjamin ne répondit pas. Pierre alla fouiller dans le frigo, ne trouva pas ce qu'il cherchait. Il retourna près de la gazinière, la poêle fumait légèrement sur la flamme. Il y versa le contenu du seau rouge. Le poisson dégringola et, au premier contact avec le métal, fit un bond en l'air. Puis, à bout de forces, il resta collé au fond de la poêle. Ses ouïes s'ouvrirent. Sa queue battit faiblement. Il tenta de se dégager, mais ses écailles avaient commencé à fondre et le rivaient lentement au métal.

La poêle se mit à fumer. Benjamin suivait la scène, médusé. Pierre essaya de glisser doucement une spatule sous le poisson pour le retourner. Trifouillant, touillant, plissant les yeux à cause de la fumée, il parvint finalement à le détacher. Des écailles restèrent collées à la place du poisson. Celui-ci se propulsa en l'air, fit une volte et retomba au même endroit. Les deux frères reculèrent machinalement d'un grand pas et fixèrent la poêle.

« Il vit encore ! dit Benjamin. Il faut le tuer !

– Fais-le, toi, moi j'ose pas.

– Pourquoi moi ? » siffla Benjamin.

Pierre lui donna un coup de coude, tenta de le pousser vers la poêle.

« Arrête ! »

Le poisson se souleva dans un nouveau soubresaut.

« Regarde ce que tu as fait ! » dit Benjamin.

Cloué sur place, Pierre scrutait la poêle, bouche ouverte. Benjamin se rapprocha de la gazinière, régla la flamme au maximum. Il recula, vint se placer à côté de son frère. À travers la fumée leur parvenaient de petits bruits, le poisson frappait la poêle avec sa queue, comme pour marquer le tempo sur le métal à mesure que la chaleur augmentait. Benjamin sentit ses jambes se dérober et s'appuya contre le dossier d'une chaise. Tout à coup, des crépitements. Le poisson avait éclaté et ses entrailles se répandaient dans la poêle. La fumée s'épaissit et quelque chose, dans ce qui était en train de se dérouler, fit penser à Benjamin que Dieu y était mêlé, il vit en la colonne de fumée qui s'élevait vers le plafond, illuminée par le soleil, un canal, une écluse divine que le poisson empruntait pour monter au paradis. Et tout lui apparut soudain avec une netteté cristalline, comme si tous les événements terrestres convergeaient dans cette poêle à frire, comme si la planète pesait de tout son poids sur cette gazinière.

C'était fini.

Ce fut le silence.

Benjamin prit la poêle et la déposa dans l'évier, il fit couler de l'eau dedans, un nouveau crépitement succéda au premier, puis à nouveau le silence. Il regarda le petit poisson carbonisé au fond de la poêle. Le jeta dans la poubelle et le recouvrit d'un papier. Il s'approcha de Pierre, toujours immobile à quelques pas de la cuisinière.

« C'est mal ce que tu as fait, Pierre. »

Celui-ci leva les yeux vers son frère, l'air grave.

« Allez, file, je m'en occupe », reprit Benjamin.

Pierre sortit et Benjamin le vit par la fenêtre partir

à toute vitesse vers la grange. Il nettoya la poêle, la racla sous l'eau chaude pour décoller les écailles.

Il alla s'asseoir sur le perron. Dehors, il faisait si clair qu'il fut aveuglé. Il entendit de vagues bruits à l'intérieur de la maison, quelqu'un dans l'escalier, et la chienne apparut subitement, émergeant de son petit somme de l'après-midi.

« Coucou, mon petit chou », chuchota Benjamin en imitant l'appel de sa mère, et il tapa sur sa cuisse pour attirer la chienne. Molly grimpa sur ses genoux et s'y installa. Benjamin l'entoura de ses bras, peut-être son cœur battrait-il moins vite s'il serrait le corps chaud de l'animal contre sa poitrine. Il se leva, descendit jusqu'au lac par le sentier et s'assit avec Molly sur une grosse pierre. Toujours cette impression d'éclipse, sa vue assombrie, et quand les couleurs revinrent, ce qu'il avait craint lui sauta aux yeux : le monde s'était transformé. Il vit les rides sur l'eau après le passage d'un banc de poissons effleurant la surface en quête de nourriture. Il vit l'onde se propager, remarqua que les cercles ne se déplaçaient pas vers l'extérieur mais vers l'intérieur. Ils glissaient vers le centre et disparaissaient totalement dans leur propre ondulation. Benjamin regarda plus loin et constata à nouveau le même phénomène. Les cercles sur l'eau cherchaient leur propre centre, comme un film qu'on aurait projeté à l'envers. L'écho d'un cri sur le lac le fit sursauter. Aux aguets, il essaya d'en localiser la source. Puis il poussa un cri. Il comprit que le temps ne s'était pas du tout arrêté – il allait à reculons.

Il se couvrit les yeux de ses mains.

« Coucou, mon petit chou ! »

Qui appelait ? À travers ses doigts, il examina la pelouse dans l'ombre, papa et maman étaient là-bas, mal réveillés et groggys. Maman avait aperçu la chienne dans les bras de Benjamin et la rappelait. À cet instant, le monde se remit lentement à l'endroit.

Benjamin lâcha Molly, qui courut vers maman, et il la suivit sur le sentier herbeux. Ses parents étaient assis, regard baissé dans l'herbe. Maman sortit un paquet de cigarettes, le posa sur la table, tendit la main vers la chienne.

« Salut, mon garçon, dit papa d'une voix pâteuse.

– Salut », répondit Benjamin.

Il s'assit sur la pelouse. Silence. Maman jeta un coup d'œil vers lui.

« Viens me gratter le dos », dit-elle.

Benjamin se posta derrière elle, gratta avec minutie, sa main sous le tricot, et maman ferma les yeux, fit entendre des petits bruits.

« Attends », dit-elle, et elle dégrafa son soutien-gorge pour qu'il gratte au bon endroit. En faisant glisser ses doigts de la nuque vers l'omoplate, Benjamin sentit la marque de la bretelle sur sa peau. Et il gratta avec application, comme elle aimait, il ne voulait pas que cet instant finisse. Maman lui jeta un bref regard.

« Pourquoi pleures-tu, mon chéri ? »

Benjamin ne répondit pas, continua à gratter.
« Que s'est-il passé ?
– Rien, dit-il.
– Mon bonhomme, dit maman. Il ne faut pas pleurer. »
Puis elle se tut, courba la nuque.
« Un peu plus bas », reprit-elle.
Du coin de l'œil, Benjamin aperçut les sœurs Larsson qui arrivaient l'air de rien près de la terrasse. Elles s'alignèrent sur la pelouse, observant les événements. Benjamin sentait son cœur battre. Il pensa au poisson, à la poêle fumante, aux écailles collées au métal. Les poules le fixaient. Elles savaient ce qu'il avait fait et le condamnaient en silence.
Et lui grattait sa mère sans oser détourner son regard des poules, sans oser lever ni baisser les yeux. Il ne voulait pas regarder la table, de peur d'y voir les restes du déjeuner, de peur que le repas vienne juste de se terminer et que papa et maman aillent bientôt faire la sieste.

Chapitre 5
20 heures

Benjamin est au bord de l'eau, un bouquet de boutons d'or séchés à la main. Ses frères se tiennent à côté de lui. Nils porte l'urne. Elle est lourde, il change sans arrêt de bras et a un air de plus en plus déconcerté, comme s'il était pris au dépourvu par le poids de maman.

« Il faut dire quelque chose ? demande Nils. Comment fait-on ?

– Je ne sais pas, dit Benjamin.

– Un truc solennel, peut-être ?

– Allez, on n'a qu'à commencer.

– Attendez ! dit Pierre. J'ai envie de pisser. »

Il s'éloigne de quelques pas, se plante face au lac et descend sa braguette.

« S'il te plaît, dit Nils, on pourrait mettre un peu les formes, non ?

– Tout à fait d'accord. Mais il faut absolument que je fasse pipi. »

Benjamin observe le dos de Pierre, entend son urine tomber sur les cailloux de la grève. Il voit que Nils essaie de trouver une meilleure prise pour porter l'urne.

« Tu as besoin d'aide, tu veux que je la prenne un moment ? »

Nils secoue la tête.

Le lac est tranquille, la forêt renversée à la surface de l'eau, et les deux ciels ont des reflets scintillants roses et jaunes. Le soleil, là-bas, décline vers les sapins gigantesques. Un peu plus loin, dans la quiétude de la baie, flotte une bouée en polystyrène.

« Regardez ! dit Benjamin en la désignant du doigt. Ce n'est pas la nôtre, ça ? »

Nils gratte doucement une piqûre de moustique sur son front, repère le petit point au large.

« Merde alors. » Il met une main en visière pour se protéger du soleil. « Nos dernières journées ici. Est-ce qu'on n'avait pas posé le filet la veille du jour où tout est arrivé ? Après, ça a été la débandade générale, on est rentrés à la maison dans la précipitation. Est-ce que… »

Il rit.

« Est-ce qu'on n'aurait pas oublié de relever le filet avant de partir ? »

Benjamin regarde la bouée, elle est à une bonne distance, mais encore assez près pour qu'il en distingue la forme et les bords rongés par les rats, l'hiver où ils avaient sévi dans l'abri à bateau.

« Tu veux dire qu'il est resté là depuis tout ce temps ? demande Benjamin.

– Oui. »

Benjamin imagine le filet. À cinq mètres de profondeur, un charnier vaguant dans lequel les poissons baignent serrés les uns contre les autres, à différents stades de décomposition. Des écailles, des arêtes, des yeux fixant l'obscurité, tout est pris dans les fines mailles envahies par les algues, les années passent et là-haut des choses se produisent, des familles plient bagage, les lieux sont désertés, les saisons se succèdent, des décennies s'écoulent, tout est en perpétuelle transformation, mais cinq mètres au-dessous, le filet est toujours là, il attend patiemment, étreignant celui qui l'approche.

« On devrait peut-être le relever, suggère Nils.

– Oui, répond Benjamin.

– Demain peut-être, avant de rentrer. »

À quelques pas, tournant le dos à ses frères, Pierre pousse un cri strident, un petit cri d'excitation, comme si les mots ne lui venaient pas assez vite, en même temps qu'il agite la main pour faire tomber les dernières gouttes.

« Non, bordel, s'écrie-t-il en remontant sa braguette, on y va maintenant !

– Maintenant on fait cette cérémonie, dit Nils.

– Mais ça peut attendre, dit Pierre. Le retour des frangins sur le lac. Une dernière sortie en bateau au coucher du soleil. Maman aurait adoré !

– Non, pas maintenant », insiste Nils, mais Pierre s'est déjà mis en route le long de la berge en sautant d'un rocher à l'autre.

« Vous croyez que la barque est toujours là ? » lance-t-il. Benjamin et Nils échangent un bref regard. Nils sourit gentiment. Ils emboîtent le pas à leur cadet vers l'abri à bateau.

Oui, la barque y est toujours. Bien en place sur les gros rondins, la vieille barque en plastique blanc, exactement telle qu'ils l'ont laissée. De la mousse a poussé par endroits, sur le plancher et le siège à l'avant du bateau, et dans l'eau qui stagne à l'arrière s'est développé tout un écosystème d'algues et de limon, mais l'embarcation est intacte. Les rames sont à leur place, cachées sous une bâche par terre. Les frères se postent de part et d'autre du bateau, Pierre dirige les opérations, il crie : « Allez-y ! », et ils se mettent à tirer. Les cailloux crissent sous la coque jusqu'à ce que le bateau glisse dans l'eau noire, et un profond silence retombe sur le lac.

Benjamin rame, Pierre et Nils sont assis à l'arrière, déséquilibrant l'embarcation dont l'avant pointe vers le ciel. Tout cela est si familier. Benjamin regarde ses frères. Ils ont mis un costume et une cravate, pour faire honneur à maman. Pierre porte de grandes lunettes de soleil que Benjamin trouve singulièrement féminines. Nils a ôté ses chaussures et ses chaussettes et roulé le bas de son pantalon pour ne pas le mouiller. Ils ne disent rien, écoutent les avirons qui frappent doucement la surface de l'eau et le ruissellement des gouttes quand ils remontent le long de la coque du canot. Le crépuscule tombe vite, le rivage devient laiteux, Benjamin lève les yeux et soudain l'univers se déploie, là-haut, bien que le ciel soit encore bleu. Il voit la fermette au-dessus de la berge, la porte grande ouverte, comme si papa et maman allaient descendre au lac d'un instant à l'autre, avec des boissons et du saucisson dans leur petit panier. Il voit la pelouse envahie par les hautes herbes et les fleurs sauvages. Une brise fraîche ride le lac.

« Hey ! » crie Pierre. À l'approche de la bouée les frères se préparent, comme ils le faisaient toujours autrefois, ils se retournent, Benjamin rame à rebours sur les derniers mètres et Nils se penche pour attraper la bouée.

« Attendons-nous à voir des choses horribles », dit Nils.

Il commence à ramener le filin de nylon jaune décoloré qui s'enroule dans la barque, au début cela va tout seul, mais ensuite le poids du filet se fait sentir. Surpris par la résistance, Nils perd l'équilibre et retombe assis.

« La vache, marmonne-t-il. Pierre, aide-moi à tirer. »

En équilibre instable sur leurs jambes, Pierre et Nils unissent leurs efforts, le filet bouge, se rapproche lentement de la surface.

« Je vois l'anneau ! » crie Pierre. Benjamin se lève, il distingue la silhouette du filet lourd de sa charge invisible, une masse sombre en mouvement dans une masse sombre plus grande encore, et les frères tirent, en grimaçant car le cordon de nylon leur cisaille les mains et, à l'instant même où le filet atteint la surface, le filin se rompt. La barque tangue, les frères s'agrippent aux rebords ; par-dessus le garde-corps ils voient le colosse disparaître dans les profondeurs.

Pierre pousse un hurlement de rire. Nils l'observe en souriant. Il se met à rire lui aussi, la contagion gagne Benjamin, et les voilà tous les trois hilares. Benjamin fait pivoter le bateau et se met à ramer vers le rivage.

Dans la lettre que les frères ont trouvée chez elle, maman émettait le souhait que ses cendres soient dispersées sur le lac, devant la maison. Elle ne précisait pas où exactement, mais ils pensent que c'est le bon endroit. Dans la journée elle allait s'asseoir au bord de l'eau tout au bout de la pointe, pour lire le journal. C'est là qu'elle venait aussi le soir juste avant le coucher du soleil, quand la lumière virait au doré, écouter le vent se déplacer d'arbre en arbre, de cime en cime, un bruissement différent selon les frondaisons dont il s'emparait. Si fort qu'il ait soufflé au cours de la journée, le même phénomène se répétait toujours : à l'instant précis où le soleil s'éclipsait, le vent mollissait et le lac redevenait calme. En ce même instant aujourd'hui, les frères se rangent côte à côte au bord de l'eau. Nils porte l'urne, il se place devant les deux autres.

« Je crois que j'ai envie de pisser, dit Pierre.

– Encore ? demande Nils.

– Oui.

– Mais enfin, bon sang, marmonne Nils.

– Je ne voudrais pas me pisser dessus, tu vois.

– Non, dit Nils. Ce genre d'accident est arrivé autrefois.

– Très juste, dit Pierre.

– Et là, c'était bien toi le champion, ricane Nils. Champion des mouilleurs de froc.

– J'étais d'un naturel joyeux, je voulais faire des tas de trucs et ça me cassait les pieds d'aller aux cabinets. »

Les trois frères rient, ils ont le même rire, comme un froissement de papier journal.

« Un jour, c'était en CE1, j'ai pissé dans mon slip pendant une partie de foot à la récré, raconte Pierre. Seulement quelques gouttes, mais assez pour que cela se voie à travers mon jean. Une tache sombre, grande comme une pièce de cinq couronnes, juste au-dessus de la braguette. Björn l'a remarquée très vite.

– Je me souviens de Björn, dit Benjamin, il repérait toujours les points faibles des autres.

– Exactement. Dès qu'il a vu la tache, il a commencé à me montrer du doigt et à crier que je m'étais pissé dessus. Ils m'ont tous regardé. Je leur ai dit que le ballon m'avait touché juste à cet endroit. Comme il avait plu, la cour était mouillée, le ballon aussi, alors c'était une explication plausible. Björn s'est tu et nous avons continué à jouer. J'étais très content de mon petit mensonge. Carrément génial. Je m'étais pissé dessus, mais je m'en tirais à bon compte. »

Ses frères rient.

« Et puis ça a recommencé, poursuit Pierre, la tache s'est agrandie. Ça n'a pas échappé à Björn. À la fin de la récréation, quand on est retournés dans le bâtiment, il marchait à côté de moi et me regardait bêtement. Il baissait sans arrêt les yeux vers mon pantalon. Une fois en classe, il a crié : "Tous sur Pierre !"

– Tous sur Pierre ? demande Benjamin.

– Oui. On ne t'a jamais fait le coup ? Quelqu'un crie un nom et tout le monde se couche en tas sur lui ou sur elle.

– Et alors, qu'est-ce qui s'est passé ? demande Benjamin.

– Ils se sont tous jetés sur moi. J'étais en dessous de la pile, je ne pouvais plus bouger. Juste au-dessus de moi, il y avait Björn. Nous étions face contre face et je me souviens qu'il ricanait. Il a glissé sa main à l'intérieur de mon jean. J'ai essayé de me défendre, mais j'étais complètement coincé. Il a farfouillé dans mon slip mouillé, a ressorti sa main et l'a reniflée. Puis il a gueulé : "C'est du pipi ! Pierre s'est pissé dessus !"

– Il n'y avait pas d'instituteur dans les parages ? demande Benjamin.

– Je ne me souviens pas. En tout cas personne n'est intervenu. »

Pierre ramasse un caillou sur la berge et le lance dans l'eau.

« Ils se sont tous mis à crier que je m'étais pissé dessus. »

Benjamin remarque les taches rouges qui se sont formées sur le cou de Pierre. Il les connaît, ces taches, dans leur enfance elles apparaissaient toujours lorsque Pierre avait peur ou qu'il était en colère.

« De là où j'étais, par terre, je pouvais voir le couloir, dit Pierre. Et je t'ai vu, dans l'embrasure de la porte, tu étais là et tu regardais. »

Pierre se tourne vers Nils, il rive tranquillement son regard sur lui.

« Non, dit Nils. Tu inventes.

– Si. Tu m'as vu, par terre. Et tu es parti. »

Nils secoue brièvement la tête, Benjamin reconnaît son sourire nerveux, obstiné.

« Tu peux raconter ce que tu veux, reprend Pierre, je m'en souviens parfaitement et je ne suis pas près d'oublier. Je n'y ai pas tellement réfléchi, à l'époque. C'est seulement plus tard que j'ai trouvé ça incompréhensible. Tu étais beaucoup plus vieux. Cela aurait été si simple pour toi d'entrer et de mettre le holà. »

Pierre fixe Nils.

« Mais tu t'es tiré », ajoute-t-il.

Nils baisse les yeux vers l'urne qu'il tient entre ses bras. Il frotte le couvercle avec son pouce, comme pour éliminer une saleté.

« Je ne sais pas de quoi tu parles, dit-il.

– Tu ne t'en souviens pas, peut-être ? C'était souvent comme ça. Tu ne voyais rien, tu n'entendais rien. Dès que ça dégénérait, tu gueulais que tu vivais dans une maison de fous et tu allais t'enfermer dans ta chambre. Mais derrière la porte, la maison de fous était toujours là, même si tu ne la voyais pas.

– Retire tes lunettes de soleil, lance Nils d'un ton soudain tranchant. Fais preuve de respect envers maman, arrête ton petit jeu.

– Je fais ce que je veux, bordel », répond Pierre.

Benjamin est sur le qui-vive. Il sent que la conversation commence à mal tourner, note que Nils crispe les mains sur l'urne, qu'il lève les yeux vers Pierre et soutient son regard.

« Écoute-moi bien, maintenant, parce que je ne le dirai pas deux fois, fait Nils. Je ne veux plus jamais entendre que tu as été maltraité quand nous étions gosses. Plus jamais.

– Tu m'as laissé tomber », dit Pierre.

Nils fixe Pierre.

« Je t'ai laissé tomber ? » Il éclate de rire. « C'est toi qu'il faudrait plaindre, peut-être ? Il ne s'est pas passé un seul jour où Benjamin et toi ne m'avez pas harcelé, quand nous étions enfants. Au point que je me sentais minable. Et maintenant c'est toi qu'il faudrait plaindre ? »

Pierre regarde au loin sur le lac et hoche légèrement la tête.

« Bon, on se débarrasse de ce truc et tu pourras pleurer après. »

Nils fait un pas vers Pierre, se plante près de lui.

« Ne minimise pas, je te prie. »

Par réflexe, Pierre avance lui aussi d'un pas. Benjamin se rapproche, dans une tentative maladroite pour s'interposer. Ils sont à présent tous les trois très près l'un de l'autre, dans une hostilité qui leur est complètement étrangère. D'un seul coup, il n'y a plus de colère dans leurs regards, seulement de la confusion. Ils s'observent avec inquiétude. Ils ne savent pas eux-mêmes ce qu'ils font.

« On se calme, maintenant, dit Benjamin.

– Je n'ai pas l'intention de me calmer, dit Nils. Tu crois que je me défilais quand nous étions enfants. Oui, ça t'étonne que je n'aie pas eu envie d'être avec vous, alors que je ne pouvais pas me montrer sans que vous me traitiez de moche et de dégoûtant ? Et ce truc que vous faisiez avec les yeux ?

– Quel truc ? » demande Pierre. Il se tait un moment. Puis il laisse lentement ses yeux converger, imitant avec un petit rire le strabisme de Nils.

Nils lance l'urne de toutes ses forces vers son frère. Pierre ne s'y attend pas, il la reçoit en pleine poitrine. Au bruit, Benjamin comprend instantanément que quelque chose se brise dans le corps de Pierre.

Chapitre 6

Les rois des bouleaux

Fin du dîner sur la terrasse, avant le repli. Maman prit une cigarette, écarta les coupelles vides pour récupérer son briquet. Face à son assiette, vide elle aussi, papa avait l'air nerveux, pas vraiment rassasié. Maman avait laissé le gras de son steak de porc et papa salivait. Il observait discrètement cette lanière de graisse sur l'assiette, pareille à un doigt carbonisé, il la lorgnait du coin de l'œil, conférant avec lui-même.

« Ce bout… », finit-il par dire en désignant le morceau de gras abandonné. Maman piqua aussitôt une fourchette dedans et le déposa dans son assiette.

« Merci », marmonna-t-il, et il attaqua. Maman le regardait manger. Signes ténus de dégoût sur son visage, que seul Benjamin savait déceler. Il connaissait bien l'agacement que provoquait chez maman l'appétit sans borne de papa, elle détestait sa manie de fouiller du regard les assiettes des autres, de se faufiler dans la cuisine après le dîner pour se faire une « petite collation », ou de rester planté l'air apathique devant le frigo ouvert, l'après-midi, en quête de quelque chose à se fourrer dans la bouche. Parfois, maman explosait et le traitait de goinfre. Le plus souvent, papa répondait par le silence, il refermait rapidement la porte du frigo et s'éloignait, mais il arrivait qu'il réagisse avec la même fureur : « Laisse-moi manger ! »

Papa posa ses couverts et tapa du poing sur la table.

« Les garçons ! » Il s'essuya la bouche avec de l'essuie-tout roulé en boule. « Je voudrais vous montrer un endroit que vous n'avez jamais vu. Qui vient avec moi ? »

Benjamin et Pierre se levèrent aussitôt. La fermette, c'était la fermette, et c'était le monde. Un monde composé de petites maisons cernées par l'eau et la forêt. Tout le reste était un territoire inconnu ; cette langue de terre : un point vert, lumineux, palpitant sur un planisphère entièrement gris. La proposition de papa contenait la promesse d'un monde connu plus vaste. Ils s'équipèrent comme pour une expédition périlleuse. Papa enfila les grandes bottes qui lui arrivaient aux genoux, ordonna à Benjamin et à Pierre de mettre des casquettes pour se protéger des moustiques.

« Tu viens, Nils ? demanda papa.

– Non.

– C'est un endroit secret, dit papa, un endroit où les enfants peuvent devenir riches.

– Non », répondit Nils. Il allongea le bras pour

attraper son verre de lait et avala le fond qui restait. « J'ai la flemme. »

Ils descendirent par la prairie. La main tendue, papa laissait les hautes herbes passer entre ses doigts, il cueillit une graminée et la ficha entre ses dents. Il s'orientait sans aucune hésitation. Benjamin et Pierre le suivaient de très près, comme aspirés dans ses pas, jetant un œil de temps en temps au-delà de son dos pour voir où on allait. Ils s'enfoncèrent parmi les arbres. Il fit tout de suite plus sombre.

« Tu as toujours peur de la forêt, Benjamin ? demanda papa.

– Non, plus trop.

– Le premier été ici, tu te mettais à pleurer dès qu'on entrait dans la forêt. Je ne sais pas pourquoi, tu ne voulais pas le dire.

– Non », fit Benjamin. Il ne pouvait pas le formuler, mais il avait longtemps été habité par cette crainte, surtout après la pluie, quand les arbres étaient lourds et les tourbières spongieuses, une terreur d'en rester prisonnier, d'être absorbé par la forêt et de disparaître.

« Je sais une chose sur les forêts, dit papa. C'est que chacun en porte une en soi, qui n'appartient qu'à lui, qu'il connaît comme sa poche et dans laquelle il se sent en sécurité. Avoir sa propre forêt est la plus belle chose qui soit. Si tu vas suffisamment souvent dans cette forêt, tu en connaîtras vite chaque rocher, chaque passage délicat, chaque bouleau tombé. Alors la forêt sera à toi, elle t'appartiendra. »

Benjamin scruta les profondeurs obscures. Il ne les sentait pas siennes.

« Venez, on continue, dit papa, on est presque arrivés. »

Ils dépassèrent le barrage-réservoir qui régulait le flux entre le lac et la rivière. Ni Benjamin ni Pierre ne s'étaient encore jamais autant éloignés de la maison. À partir de là, tout était nouveau et inexploré. Ils longèrent un marécage où de grosses pierres émergeaient des sphaignes, traversèrent la forêt de sapins et débouchèrent soudain dans une clairière. Papa écarta une branche et laissa les garçons passer devant lui.

« Bienvenue dans mon endroit secret ! »

Devant eux se dressait un petit boqueteau de jeunes bouleaux. Graciles, élancés, tout près les uns des autres, tels des réverbères rongés par la rouille, et derrière, le lac scintillant entre leurs troncs.

« Qu'est-ce que vous en dites ? demanda papa.

– Joli ! » dit Benjamin. Il ne voulait pas montrer sa déception. C'étaient juste des arbres, rien de plus.

« Il y en a combien ? demanda Pierre.

– Je ne sais pas, répondit papa. Plusieurs centaines.

– Tant que ça !

– Imaginez la chance qu'on a d'avoir ces arbres ici, dit papa. Ils sont très rares. Il y a beaucoup de bouleaux en Suède, des bouleaux communs, des bouleaux colonnaires, des bouleaux pleureurs, toutes les variétés possibles. Mais ça, les enfants, ce sont des bouleaux argentés. » Il posa une main sur l'un des troncs et leva les yeux. « Les plus beaux de tous les bouleaux. Il n'y a rien de meilleur dans un sauna que le parfum des rameaux de bouleau argenté. »

Benjamin s'approcha d'un des arbres. Il saisit une petite branche et essaya de l'arracher, mais elle ne voulait pas céder.

« Je vais vous montrer comment on fait, dit papa. Ne tirez jamais sur la branche, mais brisez-la. Et brisez-la assez près du tronc, parce qu'on doit avoir assez de longueur pour ne pas se brûler quand on verse de l'eau sur les pierres chaudes. »

Benjamin observait papa qui détachait rameau après rameau et les rassemblait en bouquet dans sa main gauche. Cela paraissait très simple.

« Ne restez pas plantés là à regarder bêtement, dit papa en souriant aux garçons. Donnez-moi un coup de main. »

Ils se mirent à cueillir côte à côte, dans un silence insouciant. Un oiseau chanta, papa sonda brièvement la forêt du regard et murmura : « Un coucou » ; à part cela ils se taisaient, absorbés par leur tâche.

« Vous savez pourquoi on les appelle des bouleaux argentés ? demanda papa.

– Non.

– C'est un drôle de nom, hein ? Ils n'ont rien qui fasse penser à de l'argent. Leurs feuilles sont vertes, leur tronc est gris. Mais on dit que certaines nuits, quelque chose se produit. »

Il s'accroupit, porta son regard vers les houppiers.

« Quand ils sont éclairés par la pleine lune, ils changent de couleur. Si on les observe attentivement, on voit que leurs feuilles sont en argent.

– C'est vrai ? demanda Pierre.

– Oui. »

Pierre regarda papa avec de grands yeux.

« Arrête, dit Benjamin en se tournant vers son frère. Ce n'est pas vrai, évidemment. »

Papa se mit à rire, il ébouriffa les cheveux de Pierre. « Mais c'est une jolie histoire, non ? »

Le soleil déclinait entre les troncs tandis qu'ils cassaient des rameaux. Pierre retira sa casquette, chassa les moustiques de la main et se gratta frénétiquement la tête. Papa termina le premier.

« Beau travail, dit-il en contemplant avec satisfaction son fagot de bouleau. Il m'en faut dix comme ça, que je mettrai à sécher sous l'auvent du sauna. Si on revient cet hiver, quand les arbres n'auront plus de feuilles, ils seront là. Vous aurez cinq couronnes par fagot. »

Benjamin et Pierre levèrent la main dans un *high five* énergique, aussitôt concentrés sur leur mission, prêts à travailler pour gagner des sous.

« Je rentre boire un verre avec maman, dit papa, revenez dès que vous aurez quelque chose à montrer. »

Et il repartit vers la maison.

Benjamin commença à casser des branches et à composer son premier fagot. Il calcula à combien s'élèverait la cagnotte. Dix fagots font cinquante couronnes, à diviser par deux. Il convertit ensuite l'argent en chewing-gums, à cinquante öre le chewing-gum ça lui ferait cinquante chewing-gums, alors s'il mangeait un chewing-gum par jour, il en aurait assez pour tenir tout l'été. Il avait appris à les faire durer. Un soir, avant de s'endormir, il avait posé son chewing-gum usé sur la table de nuit et, quand il s'était réveillé, l'idée lui était venue de le remettre dans sa bouche. Le chewing-gum avait retrouvé sa saveur, il était comme neuf, enfin plus ou moins. Benjamin avait eu le sentiment de duper le système. Sa découverte changea tout, à partir de ce moment-là il réutilisa les chewing-gums, et un chewing-gum lui durait maintenant plusieurs jours. Mais il était devenu négligent, avait laissé traîner ses chewing-gums dans des endroits où maman les avait découverts, alors elle lui avait interdit ce genre de chose.

Il avait terminé son premier fagot. Pierre était encore à côté de lui, les mains vides, la lèvre inférieure tremblante.

« J'y arrive pas, dit-il, j'arrive pas à détacher les branches.

– Ce n'est pas grave, je vais en cueillir pour toi.

– Mais… j'aurai aussi l'argent ?

– Oui, on partagera. »

Benjamin rompit encore dix rameaux et les tendit à Pierre.

« Allez, on va lui montrer. »

Ils coururent dans le crépuscule, leurs fagots de bouleau à la main, coupèrent à travers les sapins, passèrent devant le barrage-réservoir puis débouchèrent dans le pré en contrebas de la maison, et là ils virent papa et maman au pied du perron, attablés à la lumière des bougies, une petite île incandescente dans la nuit qui tombait. Une nouvelle bouteille de vin sur la table. Papa avait sorti un morceau de saucisson. Ils déposèrent leurs fagots sur ses genoux.

« Bravo ! dit-il.

– Oh là là », dit maman.

Papa examina attentivement les fagots, comme pour en contrôler la qualité. Il avait empilé des pièces de cinq couronnes sur la table, un frisson parcourut Benjamin quand il aperçut le tas qui brillait. Papa tendit solennellement une pièce à chacun des garçons.

« Tu seras cueilleur de bouleau quand tu seras grand ? demanda maman.

– Peut-être, répondit Pierre.

– Peut-être », répéta maman avec un sourire.

Elle tendit ses bras ouverts aux enfants. « Mes chéris, dit-elle en les embrassant, c'est très bien de faire des choses ensemble, tous les deux. » Sa joue fraîche sur celle, brûlante, de Benjamin. Maman sentait l'antimoustique et la cigarette. Elle pressa la tête des garçons sur sa poitrine, leur caressa les cheveux et quand elle relâcha son étreinte ils restèrent un petit moment étourdis, comme au sortir du sommeil, à regarder le sourire de maman, un peu désarçonnés.

« Le premier job d'été des enfants », dit papa, les

yeux soudain remplis de larmes. Les bougies brillaient dans son regard. « Je suis tellement heureux », murmura-t-il en cherchant son mouchoir dans sa poche. Maman lui prit la main.

« Allez ouste, les garçons ! cria papa, et les frères partirent en courant. Rapportez-en encore ! » beugla-t-il.

Les garçons étaient déjà au milieu du pré, ils galopaient, légers comme le vent dans le soir d'été. La cueillette allait vite à présent, Benjamin cassait les branches sans plus avoir besoin de regarder, il les passait à Pierre à l'aveuglette, Pierre les rassemblait, et quand ils eurent deux fagots ils revinrent en courant par le même chemin, cap sur le petit vaisseau de lumière dans le jardin. Papa s'écria de loin : « Ils en ont refait ! » Les garçons accélérèrent, martelant de leurs pieds d'enfants le sentier de terre jusqu'au jardin. « Ils en ont refait ! »

Papa prit les fagots et les examina, puis il regarda les garçons. « Vous êtes les rois des bouleaux. »

À nouveau, ils détalèrent. Il fit vite sombre, le chemin à travers la forêt était plus difficile à distinguer, les ramilles qui se fondaient dans l'obscurité frôlaient leurs visages. Quand ils approchèrent, le lac leur apparut pareil à une raie gris clair derrière les bouleaux.

« On va faire des ricochets ? » demanda Pierre.

Ils gagnèrent le rivage en traversant le boqueteau de bouleaux argentés, ils empoignaient chaque arbre au passage et laissaient les troncs s'entrechoquer. Ils cherchèrent des galets appropriés le long de la berge.

Pierre en lança un et le lac se mit à frétiller, les poissons à fleur d'eau manifestaient leur présence avant de disparaître dans les profondeurs.

« Ohé ! cria Pierre en direction du lac, et l'écho leur revint, renvoyé par les hauts sapins de la rive opposée.

– Ohé, là-bas ! cria Benjamin, et Pierre pouffa de rire.

– Les rois des bouleaux ! » s'époumona Pierre, et la forêt confirma, criant en retour.

Maintenant une légère brume leur masquait l'autre rive. Pierre donna un coup de pied dans les cailloux, écrasa un moustique sur son bras.

« Tout va bien ? demanda Benjamin.

– Oui », répondit Pierre, et il lui adressa un regard interrogateur.

Benjamin ne savait pas quoi dire, il ne savait même pas pourquoi il avait posé cette question.

« On continue les fagots ? demanda-t-il.

– Oui. Tu peux encore en cueillir pour moi ?

– Bien sûr. »

Et ils ne tardèrent pas à bondir une nouvelle fois dans le pré, agitant les rameaux de bouleau au-dessus de leurs têtes. Papa était tout seul à table.

« Où est maman ?

– Elle fait pipi », répondit papa. Benjamin fouilla des yeux l'obscurité derrière le bosquet de lilas – les toilettes de maman quand elle avait la flemme de remonter à la maison –, elle était accroupie, pantalon sur les chevilles, et regardait le lac.

« Voyons ce que vous avez apporté, cette fois-ci, fit papa, et les garçons lui tendirent leurs fagots. Ils sont vraiment superbes, dit-il en les examinant de près. Demain je vous apprendrai à lier un fagot, c'est important, ça, il faut le ficeler solidement parce qu'il va être suspendu à l'extérieur et qu'il doit résister aux violentes bourrasques de l'automne.

– Alors, comment ça se passe ici ? demanda maman qui émergeait de l'obscurité des buissons.

– Les enfants en ont encore apporté deux bottes, dit papa.

– Ah oui ? » fit-elle en s'asseyant.

Elle allongea le bras vers la bouteille de vin et remplit son verre. Elle avisa les fagots sur les genoux de papa, en saisit un et le soupesa.

« Mais qu'est-ce que c'est que ça ! » s'exclama-t-elle. Sa voix changea, son intonation se fit tranchante. « Les fagots sont de plus en plus petits. Regardez-moi celui-là ! » Elle en brandit un devant les garçons. « Il est deux fois plus petit que le premier que vous avez rapporté.

– Ah bon ? fit Benjamin.

– Ne joue pas à ça, rétorqua maman, vous savez parfaitement ce que vous êtes en train de faire, hein ?

– Ben quoi ? demanda Benjamin.

– Vous voulez avoir l'argent, c'est tout, dit-elle. Vous trichez.

– *Please*, intervint papa, qui utilisait l'anglais comme

langue code avec maman quand il ne voulait pas que les enfants comprennent. *Calm down*.

– Non, je n'ai pas du tout l'intention de me calmer. Ça dépasse les bornes ! »

Elle regarda les enfants.

« Vous voulez de l'argent, c'est ça ? » Elle ramassa le petit tas de pièces de cinq couronnes, saisit la main de Pierre et les plaqua dans sa paume. « *Fine*. Voilà. Prenez tout. »

Elle se leva, ramassa ses cigarettes et son briquet.

« Je vais me coucher.

– Chérie ! cria papa alors qu'elle disparaissait à l'intérieur de la maison. *Come back, please !* »

Pierre reposa vite les pièces. Papa était toujours assis dans son fauteuil, le regard fixé sur la table. Le fagot de bouleau gisait à terre, aux pieds des deux frères.

« On n'a pas fait exprès de le faire plus petit, dit Benjamin.

– Je sais », dit papa.

Il se leva, souffla les bougies l'une après l'autre et quand la table fut plongée dans l'obscurité, il se planta jambes écartées face au lac. Benjamin et Pierre ne bougeaient pas.

« Je sais ce que vous pouvez faire pour faire plaisir à maman. »

Papa se retourna, s'agenouilla près des enfants, maintenant il chuchotait : « Vous pouvez lui cueillir des fleurs. »

Pierre et Benjamin ne répondirent pas.

« Et si vous déposiez un bouquet de fleurs devant la porte de sa chambre, hein ? Elle serait tellement contente.

– Mais il fait tout noir maintenant, dit Benjamin.

– Ça n'a pas besoin d'être un gros bouquet. Un petit seulement, pour maman. Vous êtes d'accord ?

– Oui, murmura Benjamin.

– Cueillez des boutons d'or. Maman les aime beaucoup. Ce sont les petites fleurs jaunes, vous savez. »

Immobiles, Benjamin et Pierre regardèrent papa débarrasser les restes du repas avec une fourchette puis empiler les assiettes et les verres pour les rapporter à l'intérieur. Il leva les yeux vers les enfants, surpris de les voir toujours là.

« Mais enfin, mes petits amis, allez-y maintenant ! » chuchota-t-il.

Benjamin et Pierre descendirent dans le pré. Il y avait des boutons d'or partout, qui luisaient à la brune comme des petites lampes fatiguées. La nuit était fraîche. Accroupi dans l'herbe humide, Benjamin se concentra pendant un moment sur sa cueillette sans se soucier de Pierre, jusqu'à ce qu'il l'aperçoive à genoux au milieu du pré, qui pleurait en silence, trois boutons d'or à la main. Benjamin prit son petit frère dans ses bras, le serra contre sa poitrine et sentit son corps secoué de sanglots.

« Rentre à la maison et couche-toi, chuchota Benjamin, je vais terminer le bouquet.

– Non, maman veut des fleurs de nous deux.

– Je vais en cueillir pour toi et pour moi. On dira qu'elles sont de notre part à tous les deux. »

Pierre remonta la côte en courant dans l'obscurité. Benjamin se pencha au-dessus de l'herbe mouillée et sombre pour mieux voir, s'approcha tout près de la terre et des bestioles qui y rampaient, il sentait son souffle contre le sol. Il releva la tête, vit Pierre entrer dans la maison, de la lumière brillait à l'intérieur. Les deux fenêtres qui donnaient sur le lac ressemblaient à des yeux, le perron de pierre à une rangée de dents, une gueule de travers. De là où Benjamin se trouvait, la maison lui faisait une grimace. Il considéra ensuite les gigantesques sapins, s'imagina observé de là-haut, depuis la cime des arbres. La fermette vue du dessus, le vieux toit, les pierres couvrant le cellier, la symétrie des petits fruitiers, plus visible du haut des sapins, le tapis de pelouse déroulé jusqu'au lac et, dans le pré, un petit point noir : lui, tout là-bas, occupé à une tâche mystérieuse. Et de l'autre côté, au-delà du barrage et des myriades de sapins, les immensités grises, inconnues. Guidé par les boutons d'or, Benjamin avança à croupetons jusqu'à la lisière du pré puis se laissa engloutir par la forêt, le regard rivé au sol. Il continuait sa cueillette sans se demander où les fleurs le menaient et se retrouva soudain au pied de l'épaisse futaie de jeunes bouleaux, sur la pointe. La pleine lune brillait entre les troncs, une brise se leva, éveillant un bruissement de feuillages. Benjamin recula d'un pas ; quand les bouleaux s'enflammèrent, il dut se protéger les yeux pour ne pas être ébloui. Une pluie d'étincelles s'abattit sur la pointe obscure, et tout le boqueteau d'argent s'embrasa.

Chapitre 7

18 heures

Dans le sauna, Benjamin remarque le dos nu de Nils. Il est toujours grêlé de grains de beauté, comme si un essaim de taches brunes s'était posé entre ses omoplates. Ils obsédaient Nils, enfant, et il passait son temps à les enduire de pommades et de crème solaire. Maman le rappelait régulièrement à l'ordre pour qu'il ne se gratte pas. Quand Nils lisait, assis sur la berge, ou qu'il était allongé sur le ventre au soleil, Pierre et Benjamin arrivaient en catimini par-derrière et lui grattaient méchamment le dos, ça le rendait fou, il se mettait à boxer dans tous les sens comme un sauvage.

C'est la première fois depuis leur enfance que Benjamin voit ses frères nus. Pierre a le pubis entièrement rasé. Plus un poil nulle part. Benjamin a vu cela dans des films pornographiques, mais là, dans la vraie vie, l'absence de pilosité est d'autant plus manifeste. Il regarde son propre pénis, une chose morte, un bout de peau brune endormi dans les poils qui l'entourent. Celui de Pierre en revanche pulse sur le banc du sauna, comme animé d'une vie propre, une petite conscience visqueuse. Pierre remarque sans doute que Benjamin le fixe, car au bout d'un moment il enroule sa serviette autour de sa taille.

« Je ne savais pas que tu avais autant de tatouages, lui dit Benjamin. Il y en a que je n'ai jamais vus.

– Ah bon ? Je pense que je vais m'en faire enlever certains.

– Lesquels ?

– Celui-là, par exemple. »

Il montre le dessin d'un poing fermé assorti de la phrase : *Save the people of Borneo.*

« De quoi est menacé le peuple de Bornéo ? demande Benjamin.

– De rien, dit Pierre. C'est pour ça que je trouvais ça marrant. »

Benjamin rit. Nils hoche la tête en souriant, les yeux baissés vers ses pieds sur la marche inférieure du sauna.

« Un jour où j'étais bourré, j'ai demandé au tatoueur de faire une flèche dirigée vers ma bite et d'écrire : *It's not gonna suck itself.* »

Les trois frères pouffent de rire en cadence, trois discrets gloussements qui s'accrochent l'un à l'autre. Nils jette un coup d'œil sur le thermomètre suspendu au mur et marmonne : « 90 degrés.

– Il faut que je fasse une pause », dit Benjamin,

et il sort sur la terrasse. À l'un des murs du sauna sont suspendus six fagots secs de petites branches de bouleau. Appuyé contre le bois écaillé, Benjamin considère le bel alignement. Il tend la main vers le sixième fagot, celui qui est un peu plus petit que les autres, et passe doucement la paume sur les feuilles sèches, dentelées.

Nils sort du sauna. « Allez viens, on va se baigner », crie-t-il, et il s'élance au bas de la petite terrasse, bondissant lorsqu'il pose le pied sur quelque chose de pointu, puis il s'arrête au bord de l'eau, hésitant. Benjamin retrouve alors Nils enfant, les jours d'été où papa l'exhortait de plus en plus impatiemment à venir se baigner, hurlant de la rive que l'eau était bonne, qu'est-ce qu'il attendait donc, et sa voix montait dans les aigus, il était fou de dépit que son fils ne daigne pas faire ne serait-ce qu'un petit plongeon, et finalement Nils s'éloignait furibond, sans se baigner.

Pierre ouvre d'un coup la porte du sauna, sort en titubant de la fournaise et descend au lac. Il entre dans l'eau à grandes enjambées, bras écartés, bute sur une pierre, manque de tomber et jure : « Putain. » Puis il se propulse en ligne droite vers le large, dans un superbe crawl avec de longs mouvements. Benjamin rejoint Nils sur la rive. Le niveau de l'eau est bas, ils ont dû ouvrir l'écluse récemment. Entre les rochers, dans les gravillons mouillés, il aperçoit une petite perche couchée sur le flanc, elle est sûrement restée là quand l'eau s'est retirée. Il se penche et la soulève par les nageoires.

« Regarde ! »

Avec précaution il dépose le poisson dans l'eau, celui-ci pivote lentement sur lui-même et se retrouve à l'envers. Il est ballotté, son ventre blanc affleure à la surface. D'une légère pichenette, Benjamin tente de le remettre d'aplomb, le poisson reste un moment sur le côté, ses ouïes bougent, il n'est pas mort, mais il n'a pas la force de maintenir son équilibre et se retourne à nouveau. Petit, déjà, Benjamin éprouvait cette frayeur face aux poissons. Il aimait bien aller à la pêche mais il détestait avoir une touche. À cause de ces tiraillements saccadés quand le poisson mordait à l'hameçon. L'idée qu'il y avait quelque chose de vivant au bout de la ligne, une conscience. À la vue du poisson qui faisait écumer l'eau en luttant pour sa vie près de la surface, Benjamin ressentait une sorte de dégoût existentiel. Papa l'aidait à le tuer et à le vider. C'était chaque fois la même épouvante lorsque papa maintenait le poisson à la verticale sur le banc de bois et lui fendait le cou avec un couteau.

« Ce sont seulement des réflexes, mes enfants », disait-il alors que l'animal continuait à s'agiter dans sa main, et il appuyait plus fort sur le couteau, l'enfonçait plus profondément tout en répétant sans cesse : « Il ne sent rien, il est déjà mort. » Il était arrivé deux ou trois fois que les soubresauts des poissons se prolongent au point que papa lui-même avait perdu son sang-froid, ses yeux s'étaient mis à papilloter, il ne savait plus quoi faire.

Ses gestes brusques, entre barbarie et dextérité, lorsqu'il s'occupait du poisson. Il le vidait d'abord avec brutalité, jetait à l'eau les viscères puis, avec une extrême délicatesse, devant les enfants qui observaient un silence recueilli, il extrayait la poche de bile qui pouvait corrompre la chair si elle éclatait.

Accroupi au bord de l'eau, Benjamin donne encore un petit coup au poisson. Et encore un.

« Allez, petit poisson, chuchote-t-il, je vais lutter avec toi. »

Maintenant il se maintient à l'endroit, sensible aux mouvements de l'eau, mais il va s'en tirer, il demeure immobile un bref instant. Il est dans le lac. Et d'un coup, il file, disparaît.

Benjamin regarde son frère.

« Voilà, dit-il, il suffit de le faire.

– C'est ça », répond Nils.

Et ils se mettent à nager côte à côte, fraternellement, quelques clapotements avec les pieds, puis tous les trois se redressent dans l'eau et se rapprochent l'un de l'autre. Elle est tellement bonne qu'ils s'y attardent un moment, ils n'ont pas froid.

« On retourne au sauna ? demande Nils.

– D'accord, dit Pierre, il faut juste que je me vide les intestins dans la flotte.

– Bon sang », marmonne Nils, et il regagne le rivage.

Pierre part d'un grand rire qui retentit sur le lac.

« Mais bordel, je rigole ! »

Ils pénètrent à nouveau dans le sauna, regardent dehors par la petite fenêtre qui donne sur le lac.

« Est-ce que ce n'était pas par ici qu'on avait enterré notre capsule temporelle ? » demande Pierre.

Benjamin se lève et jette un œil à l'extérieur.

« Si. Tout près de l'arbre, je crois. »

Il se souvient de la vieille boîte à pain en fer-blanc que leur père leur avait donnée et que Pierre et lui avaient remplie d'objets puis enterrée profondément. C'était un projet scientifique qui avait pour but de conserver pour la postérité des informations importantes sur le mode de vie des humains au vingtième siècle.

« Il faut qu'on la retrouve, dit Pierre.

– Ça va être dur, répond Benjamin.

– Pourquoi donc ? On n'a qu'à creuser, non ?

– Mais on ne sait pas exactement où on l'a enterrée.

– C'est bon, dit Pierre. Je vais la trouver, moi ! »

Il se précipite hors du sauna, les deux autres le regardent déboucher sur le terre-plein herbeux devant la fenêtre. Il s'agenouille près de l'arbre et commence à creuser furieusement avec ses mains. Il dégage un peu de terre, la repousse sur le côté, recommence, mais il est clair qu'il n'y arrivera pas, il a beau creuser, il entame à peine la surface du sol. Il reste un moment assis sur ses talons, perplexe. Puis il se relève et court jusqu'à la grange.

« Qu'est-ce qu'il fabrique ? demande Nils.

– Il est malade », répond Benjamin.

Nils attrape le seau et verse de l'eau sur le foyer, les pierres du sauna se mettent à siffler. Des perles de sueur se forment sur son torse.

« Ça te fait quoi d'être ici ? demande Nils.

– Je ne sais pas. C'est comme si une part de moi-même me disait que j'étais rentré à la maison. Et une autre part me crie de m'en aller. »

Nils éclate de rire.

« Pareil pour moi.

– Ça me fait bizarre de revoir cet endroit, dit Benjamin. J'y suis allé si souvent, en pensée. Les événements n'ont pas arrêté de défiler en moi. Et là… »

Il regarde à travers la vitre.

« Ça fait drôle, c'est tout.

– Benjamin, dit Nils, je suis tellement désolé, pour tout ça. »

Ils se regardent puis baissent à nouveau rapidement les yeux. Nils verse encore de l'eau sur les pierres, elles chuintent, les prient de se taire.

Pierre revient, chaussé de sabots, une bêche à la main. Il se tourne vers la fenêtre du sauna, fait de grands gestes avec les bras au-dessus de sa tête. Il plante énergiquement la bêche dans la terre, cela fait sauter son pénis rasé sur sa cuisse. Et il se met à creuser. En sueur, mais résolu, il accompagne chaque coup de bêche d'un bruit de gorge qu'il accentue en soupirant bruyamment.

« Il ne la trouvera jamais », marmonne Benjamin.

Le choc de l'outil sur le métal retentit jusqu'à l'intérieur du sauna. Benjamin et Nils se collent à la vitre. Pierre se jette à terre et continue à creuser avec les mains. Il extirpe du trou un objet que Benjamin reconnaît immédiatement. La tôle rouillée apparaît par endroits sous la couche de terre : c'est la boîte à pain. Pierre se relève et, campé sur ses jambes écartées, il brandit la boîte au-dessus de sa tête en poussant un cri inarticulé, tel un sauvage qui aurait découvert le feu. Benjamin et Nils se précipitent hors du sauna. Pierre pose la boîte sur la petite table de la terrasse et ils font cercle tout autour.

« Vous êtes prêts ? demande Pierre. Parce que maintenant, nous allons rendre visite aux enfants que nous étions. »

Il ouvre la boîte. Tout au-dessus, un quotidien. À la une, en pleine page : « L'OTAN bombarde Sarajevo. » Sous le journal, une petite enveloppe. Benjamin la décachette. À première vue, elle paraît vide, mais il y a quelque chose au fond. Il verse le contenu sur la table, on dirait de petites demi-lunes en plastique. Benjamin ne les identifie pas tout de suite.

« Oh, mon Dieu, lance-t-il au bout d'un court instant.

– Qu'est-ce que c'est ? » demande Nils.

Penché en avant, Benjamin trifouille dans le petit tas jaunâtre devant lui.

« Ce sont nos ongles.

– Quoi ? fait Nils.

– On s'était coupé les ongles. Tu te souviens, Pierre ? »

Pierre acquiesce de la tête, s'assoit à la table. Il touche doucement leurs petits ongles d'enfant. « On avait coupé ceux de ta main gauche et ceux de ma main droite. Dix ongles pour que la postérité sache comment on était. »

Benjamin entreprend de replacer les dix ongles dans le bon ordre, les deux plus larges, ceux des pouces, au centre, et les quatre autres de chaque côté. Il pose sa main juste sous les petits ongles, voit sa propre silhouette d'enfant.

Pierre sort de la boîte un billet de dix couronnes. « Regarde ça !

– C'est celui que j'avais fauché à maman, dit Benjamin.

– Je me souviens, dit Nils. On t'épiait par la fenêtre, on a vu quand tu t'es fait prendre par maman. »

Benjamin croise furtivement le regard de ses frères. Il repose le billet. Au fond de la boîte se trouve un joli bouquet de boutons d'or séchés bien conservés. Les pétales jaunes brillent dans le soleil rasant. Benjamin tend le bouquet à Pierre. Celui-ci le tient délicatement, l'observe. Puis il détourne le regard et se couvre les yeux de la main.

« On réessaie d'offrir ce bouquet à maman ? » suggère Benjamin.

Ils se sèchent succinctement, remettent leurs costumes sur leurs peaux humides. L'un derrière l'autre, ils traversent le pré en direction du lac.

Benjamin est au bord de l'eau, un bouquet de boutons d'or séchés à la main. Ses frères se tiennent à côté de lui. Nils porte l'urne. Elle est lourde, il change sans arrêt de bras et a un air de plus en plus déconcerté, comme s'il était pris au dépourvu par le poids de maman.

Chapitre 8

Le cellier

« Dégueulasse, dit Nils en passant devant ses deux frères. Je ne peux pas voir ça.

– Qu'est-ce que vous fabriquez ? demanda papa qui lisait le journal à côté d'eux.

– On se coupe les ongles ! dit Pierre. On va les mettre dans la capsule temporelle.

– Des ongles dans la capsule temporelle ?

– Imagine que les humains aient un tout autre aspect, dans mille ans. Comme ça ils sauront à quoi ressemblaient nos ongles.

– Astucieux », dit papa.

C'était tôt le matin. Soleil bas qui brillait du mauvais côté, herbe encore couverte de rosée, flocons de céréales gonflés dans les bols de lait réchauffés par les rayons. Le vent était plus frais que d'habitude à cette heure matinale, à chaque rafale papa retenait les pages de son journal et levait les yeux pour voir ce qui se passait. Sa tasse de café dessinait des cercles bruns quand il la posait sur les feuillets. De temps en temps, il allait à la cuisine se couper de grosses tranches de pain qu'il tartinait d'une couche de beurre si épaisse qu'on y voyait l'empreinte de ses dents après chaque bouchée. Dans leurs pyjamas usés, Benjamin et Pierre, concentrés, se coupaient les ongles et en faisaient un petit tas sur la table de la terrasse. Une fois l'opération terminée, ils les glissèrent dans une enveloppe qu'ils mirent dans la boîte en fer-blanc que papa leur avait donnée. Voilà, ils avaient le premier artéfact.

« Papa, est-ce qu'on peut prendre le journal pour notre capsule temporelle ?

– Bien sûr, dès que j'aurai fini de le lire. »

Benjamin observait son père en train de manger, espérant qu'il aurait terminé ses deux œufs avant que maman se réveille, parce qu'elle avait horreur de le voir manger des œufs.

« Tu as de l'argent ? demanda Benjamin. J'aimerais mettre un billet aussi.

– Vous ne pouvez pas prendre une des pièces de cinq couronnes que vous avez gagnées hier ?

– Il faut un billet, comme ça je pourrai écrire un petit mot dessus. »

Papa fouilla ses poches, se leva, partit regarder dans son portefeuille.

« Je n'ai pas d'argent, cria-t-il de l'entrée. Vous demanderez à maman quand elle sera réveillée.

– Bon, qu'est-ce qu'on fait maintenant ? demanda Pierre qui ne tenait jamais en place.

– Vous pouvez trouver d'autres choses à mettre dans votre boîte, dit papa.

– Il n'y a pas d'autres choses, répondit Pierre.

– Alors jouez un peu avec Molly. »

Cela n'était jamais vraiment une bonne alternative pour Pierre, ni pour personne dans la famille, d'ailleurs. Molly n'était pas joueuse. Elle était délicate et craintive. Lors de son premier été avec eux, ils pensaient que cela passerait, qu'elle avait besoin de temps pour s'habituer, à présent ils avaient compris que c'était son caractère. Apparemment, elle avait peur du monde, elle ne voulait jamais qu'on la lâche, préférait être portée. Elle évitait papa, se tenait à distance de lui, en dépit de ses tentatives maladroites pour lui témoigner de l'affection. Ni Nils ni Pierre ne s'intéressaient particulièrement à elle, peut-être les frères éprouvaient-ils une certaine jalousie, vu que maman semblait parfois manifester davantage de tendresse envers le chien qu'envers eux. L'amour de maman pour Molly était intense mais cyclique, ce qui rendait la chienne d'autant plus inquiète. Souvent, maman voulait la garder pour elle toute seule et refusait de la partager, d'autres fois, elle la traitait avec tiédeur. Il arrivait que Benjamin la trouve abandonnée, pour ainsi dire, oubliée, conséquence de l'indifférence de Pierre et Nils, de la résignation de papa et de la soudaine froideur de maman.

Benjamin se sentait très proche d'elle. Ils recherchaient la compagnie l'un de l'autre et cet été-là, durant les longues heures de l'après-midi où papa et maman faisaient la sieste, ils bâtirent lentement leur relation. En secret, Benjamin s'appropria Molly. Ils descendaient au lac et lançaient des cailloux. Ils faisaient des petites promenades dans la forêt. Ensemble.

« Amusez-vous un peu avec Molly ! répéta papa.

– Elle ne veut pas jouer avec nous, dit Pierre.

– Mais si, dit papa. Il faut juste lui laisser du temps. »

Dépité, Pierre partit vers la grange où il rangeait ses bandes dessinées, Benjamin s'approcha de la chienne et la prit dans ses bras. Il entra dans la cuisine, s'assit à table près de la fenêtre, Molly sur ses genoux. Vu d'ici, à travers le vieux carreau, le monde réel changeait d'aspect ; quand Benjamin penchait lentement la tête d'avant en arrière, la végétation ondulait. Là-bas, papa remontait le sentier vers la vieille grange. En contre-bas, sur la berge, émergeait la tignasse de Nils, là où il avait coutume de s'asseoir pour lire tranquille au bord de l'eau. Et juste au-dessus de Benjamin, maman dormait dans son lit. Il connaissait toutes les étapes de son réveil, savait ce qu'il fallait guetter. Le premier contact prudent de ses pieds nus avec le plancher de la chambre, aussitôt suivi par le coup de fouet du store à enrouleur claquant dans sa fixation. Une fenêtre s'ouvrait et devant celle de la cuisine tombait une pluie dorée quand maman vidait le pot de chambre qu'elle utilisait lorsqu'elle avait la flemme de descendre aux toilettes, la nuit. Le petit déclic de la porte au moment où elle sortait de la chambre, ses pas précipités dans l'escalier, et juste après, elle était dans la cuisine. Benjamin considéra les risques et les conséquences d'être pris sur le fait, mais il y avait bien assez de signaux avertisseurs, il aurait le temps de s'esquiver. Il se leva et se faufila dans l'entrée où le sac à main de maman était suspendu à un crochet. Il en sortit le portefeuille et plongea les yeux dans l'univers des adultes : multiples cartes bancaires de différentes sortes dans leurs petits compartiments, tickets de caisse et de stationnement qui révélaient une vie bien remplie, autant d'indices de tout ce qu'elle faisait d'extraordinaire lorsqu'elle abandonnait la famille pour aller au travail. Dans l'emplacement des billets, des coupures de cent, de cinquante et de dix couronnes. Des sommes d'argent incroyables. Il retira prudemment un billet de dix, le tint entre le pouce et l'index. Il tendit le bras pour ranger le portefeuille dans le sac.

« Qu'est-ce que tu fabriques ? »

Au milieu de l'escalier, maman l'observait. Sa robe de chambre ouverte, ses cheveux en bataille, les marques de son oreiller sur la joue. Benjamin n'en croyait pas ses yeux, c'était impossible. Comment pouvait-elle tout à coup être là, sans crier gare ? Comme si elle n'était pas allée se coucher hier soir mais avait passé la nuit dans l'escalier, à attendre en silence dans le noir que le jour se lève, que cet instant arrive.

« Réponds-moi, Benjamin. Qu'est-ce que tu fais ?

– Je voulais t'emprunter un billet de dix pour mettre dans la capsule temporelle, mais tu dormais, alors… »

Il se tut. Maman descendit les marches, prit Molly des bras de Benjamin, la déposa délicatement par terre et attendit qu'elle parte en trottinant. Elle se tourna ensuite vers Benjamin, le regarda un moment sans rien dire. Un bref rictus découvrit ses dents.

« On ne vole pas ! hurla-t-elle.

– Pardon, maman. Pardon.

– Donne-moi ça. »

Il lui tendit le billet.

« Maintenant on va discuter un petit peu, toi et moi. »

Elle s'assit sur le banc de l'entrée, Benjamin s'assit à côté d'elle. Deux silhouettes apparurent tout à coup à la fenêtre, le cri de maman avait alerté ses frères qui venaient voir ce qui se passait. Ils avaient le nez collé à la vitre, Benjamin croisa leurs regards. Il jeta un œil par la porte, dans l'espoir que papa rentrerait, car il connaissait le danger de se trouver seul avec maman lorsqu'elle était en colère.

« Quand j'avais dix ans, ou peut-être neuf… », commença-t-elle.

Elle laissa errer son regard au plafond et partit d'un petit rire, comme si elle venait de penser à un détail amusant de l'anecdote qu'elle s'apprêtait à raconter.

« J'avais neuf ans. Un jour j'ai volé une couronne dans la poche du manteau de mon père. J'ai enfourché ma bicyclette et je suis partie à toute allure au magasin pour m'acheter une sucette. Mais à mi-chemin, à peu près, je me suis arrêtée, pétrie d'angoisse. Qu'est-ce que j'ai fait ? me disais-je. Je suis restée plantée là un bon moment, rongée de scrupules. Puis je suis rentrée en vitesse à la maison, je me suis faufilée dans le vestibule et j'ai remis la pièce dans la poche du manteau. »

Dans le silence qui suivit, Benjamin regarda sa mère. L'histoire était terminée, c'était évident, mais il ne comprenait pas. Il manquait la morale, tout était flou, embrouillé. Que voulait-elle dire ? Attendait-elle qu'il remette le billet dans le portefeuille ?

« Mais ça... » Elle lui mit le billet sous le nez. « Voler de l'argent, ça ne se fait pas. Un point c'est tout.

– Pardon.

– Pourquoi as-tu fait ça ?

– Parce que je savais que tu ne me les donnerais pas. »

Elle le regarda.

« Va réfléchir à tout cela dans le cellier un moment, ordonna-t-elle.

– Le cellier ? »

C'était une nouvelle punition. Auparavant, elle l'envoyait toujours dans le sauna, quand il n'était pas allumé. Benjamin devait y rester seul, assis sur la marche supérieure, et réfléchir à ses erreurs. L'éducation de maman était à la fois sévère, dictée par des règles, et en même temps arbitraire. Maman était dure, mais pas explicite. Il ne savait jamais quand la réclusion au sauna se terminait, quand il avait l'autorisation de sortir. Il devait le déduire lui-même. Ce qui ne faisait qu'accroître sa mauvaise conscience : et s'il quittait sa prison du sauna trop tôt ? Le cellier, c'était autre chose. Il détestait se retrouver là-bas, dans l'humidité froide et sombre. Les fois où papa l'envoyait y chercher une bière, il s'arrangeait pour maintenir les deux portes du sas grandes ouvertes, prenait son élan puis entrait d'un bond rapide dans l'obscurité et en ressortait aussitôt.

« Je peux laisser les portes ouvertes ? demanda-t-il.

– Oui, tu peux », répondit maman.

Il se leva et sortit. Dehors, Pierre et Nils détournèrent les yeux quand il passa à leur hauteur. Arrivé devant la porte en bois vermoulu du cellier, il posa la main sur la poignée, dirigea son regard vers le mur d'arbres dressé au-dessus de lui. Il se retourna, maman le surveillait depuis un fauteuil sur la terrasse. Elle alluma une cigarette en se courbant sous la table pour s'abriter du vent. Il pénétra dans le noir. Le froid le saisit. Odeur de terre. Une fois que ses yeux se furent habitués à l'obscurité, il distingua les contours de la pièce. Contre l'une des parois, un pack de six canettes de bière et une brique de lait fermenté. Du bric-à-brac datant des étés passés, un sac en plastique et l'emballage d'un gâteau qu'ils avaient acheté pour l'anniversaire de maman, il y avait longtemps. Au milieu du cellier, un casier à bouteilles qu'il retourna pour s'asseoir dessus. Il regarda ses pieds nus sur le sol de terre battue. La chair de poule sur ses cuisses. Il regretta de ne pas avoir emporté de gilet, il n'allait pas tarder à avoir froid. À travers la mince ouverture de la porte, il pouvait voir l'été. Le buisson de framboisiers, un bout du terrain de foot, l'arrière du sauna où étaient suspendus les filets. Il aperçut la chienne qui s'approchait dans l'herbe haute, elle s'arrêta sur le seuil, regarda à l'intérieur.

« Viens, Molly ! » chuchota Benjamin.

Elle fit un pas dans la pénombre, chercha Benjamin du regard.

« Molly, cria maman de la terrasse, viens là ! »

Molly tourna la tête vers maman, puis vers Benjamin.

« Coucou, mon petit chou, cria maman. Viens, on va manger un peu. »

La chienne fila.

Une brusque rafale de vent traversa la propriété, Benjamin la vit déferler de la cime des arbres sur le lac puis remonter vers la maison, et quand elle atteignit le cellier, la porte se referma en claquant. Soudain dans le noir, Benjamin poussa un cri et avança à l'aveuglette, bras tendus devant lui, jusqu'à ce que ses doigts touchent une paroi. En la suivant, il parviendrait vite à la porte. Il progressa à tâtons le long de la surface rugueuse, mais c'était comme s'il s'enfonçait de plus en plus profondément dans l'obscurité, il eut bientôt le sentiment qu'il ne pourrait plus retrouver son chemin. Il finit par sentir le châssis de bois, donna un grand coup de pied devant lui et la porte vola. Il avait certes décidé de ne pas pleurer, mais là, il ne parvint plus à s'en empêcher. Il avait beau savoir que maman le renverrait au cellier, il fallait qu'il sorte. Et puis cette sensation qu'il avait, de perdre pied, de décoller de la réalité. Cela lui arrivait de plus en plus fréquemment, le prenant toujours au dépourvu. En cours de musique, ils apprenaient à jouer de la batterie, le professeur leur avait montré comment frapper les cymbales de plus en plus doucement, et là il s'était passé quelque chose avec ce son qui s'évanouissait peu à peu, qui lui échappait, il s'était senti menacé, comme si le silence allait entraîner sa propre fin, et il avait hurlé en plein cours, s'était réveillé ailleurs, les visages de ses parents penchés sur lui.

Il regarda par l'ouverture pour se raccrocher à ce qui existait, à l'extérieur. Peut-être était-ce son état émotionnel, peut-être les larmes, ou encore le contraste entre l'obscurité totale à l'intérieur et la lumière éclatante du dehors, toujours est-il que les couleurs changèrent, devinrent plus nettes, plus belles. Comme s'il se trouvait dans une salle de cinéma obscure et qu'on projetait un vieux film dans l'encadrement de la porte du cellier. Le poteau électrique gris blanchit sous ses yeux. L'eau s'assombrit, prit une teinte noir de jais. La pelouse brillait, incandescente. Et papa revenant de la grange, là-bas, était entouré d'un halo, tel un personnage de conte, une créature phosphorescente qui passait. Papa aperçut la porte du cellier ouverte.

« Mais bon Dieu, qu'est-ce que j'ai dit ? fit-il en s'approchant. Cette porte doit toujours être fermée.

– Non, ne ferme pas ! dit maman tranquillement de son fauteuil.

– Pourquoi ?

– Benjamin est à l'intérieur.

– Comment ça ? »

Maman ne répondit pas. Stupéfait, papa jeta un œil dans le cellier, se tourna vers maman.

« Qu'est-ce qu'il fait là ?

– Il m'a volé de l'argent.

– Il a volé de l'argent ?

– Oui. Alors il va rester là-dedans un moment. »

Papa fit un pas vers le cellier, il était juste à l'entrée maintenant. Il cligna des yeux, essayant de discerner quelque chose dans la pénombre. Il n'était qu'à trois mètres de Benjamin mais ne le voyait pas. Assis sur son casier à bouteilles, Benjamin, lui, distinguait parfaitement son père, ses couleurs et ses contours, son imposante silhouette auréolée d'or, rayonnant d'un incroyable éclat dans tout l'espace de la porte. Papa retira sa casquette de marin, se gratta la tête, resta un moment sur le seuil à réfléchir. Regarda vers maman, et à nouveau dans l'obscurité du cellier. Puis il partit.

Benjamin ignore combien de temps il attendit. Une heure ? Deux ? Le soleil tourna, faisant naître des ombres nouvelles, les nuages s'accumulèrent puis disparurent. Dans le silence et l'obscurité, il voyait tout, entendait tout avec une ouïe superfine, le vent qui faisait battre les fenêtres, la pompe de la chasse d'eau, les hirondelles qui grattaient le bois, et lorsque maman apparut finalement à l'entrée du cellier pour lui annoncer qu'il pouvait sortir, le son de sa voix lui carillonna douloureusement aux oreilles.

Benjamin gagna la grange où Pierre lisait ses bandes dessinées, assis par terre. Pierre leva les yeux vers lui.

« Salut ! dit-il. Ça y est, tu es sorti ? On termine la capsule temporelle ? » Benjamin fit oui de la tête.

Les deux frères passèrent devant la terrasse où maman était retournée s'installer avec son journal.

« Vous pouvez prendre ça aussi », dit-elle sans lever les yeux, en désignant le bouquet de boutons d'or fourré dans un verre sale sur la table.

Benjamin emporta les fleurs et la boîte à pain, et ils descendirent au lac. Ils s'agenouillèrent à proximité du sauna et commencèrent à creuser un trou. Papa venait de planter un arbre, tout près, alors la terre fraîchement travaillée était meuble. Pierre participa un moment aux opérations mais, les choses durant trop longtemps à son goût, il se lassa et partit jeter des cailloux dans l'abri à bateau, un peu plus loin. Benjamin voulait creuser profondément afin que la capsule ne soit pas découverte par erreur plus tôt que prévu. Il s'épongea le front, aperçut papa qui arrivait par le petit sentier. Benjamin fit semblant de ne pas le voir, continua à creuser. Il sentait la présence de papa debout derrière lui, en train d'observer son fils.

« Comment ça va, mon garçon ? »

Benjamin ne répondit pas, il frappait la terre avec sa petite pelle de jardin, creusait plus profond.

« Tu creuses ?

– Oui.

– J'ai quelque chose pour ta capsule temporelle. »

Benjamin leva les yeux. Papa lui tendit le billet de dix couronnes.

« Mais c'est l'argent de maman.

– On ne lui dira rien. »

Papa s'accroupit. Benjamin ouvrit la boîte à pain et y fourra le billet. Ils rebouchèrent le trou.

Chapitre 9

16 heures

Ils marchent en file indienne à travers la forêt, leurs pas lourds dans les clairières où ils couraient, enfants. Ils ralentissent l'allure dans la dernière partie de la descente, se retiennent aux troncs d'arbre pour ne pas être entraînés par la vitesse, et débouchent en plein soleil sur le sentier qui relie la maison à la grange. Ils s'assoient autour de la petite table au pied de la maison. Pierre s'éloigne, farfouille un moment dans la voiture puis revient avec quelques canettes de bière.

« Ça pue la viande hachée, dans la voiture. Quel est le con qui a emporté de la viande hachée ?

– Ce sont les pirojkis qu'on a pris dans le congélateur de maman, ils ont dégelé, dit Nils. T'en veux un ? »

Pierre rit, il ne répond pas, étouffe un sarcasme. La bière est chaude, elle chuinte et fait de la mousse, les frères boivent en silence en regardant le lac. Le téléphone de Benjamin sonne, numéro inconnu, il coupe le son et ne prend pas l'appel. Nouvelle sonnerie. Benjamin appuie de nouveau sur « silence ».

« Tu ne réponds pas ? demande Nils.

– Non, merde », marmonne Benjamin.

Signal d'un SMS. Benjamin le lit d'abord pour lui-même, puis à haute voix pour ses frères : « Bonjour, je suis Johan Dahlberg, médecin légiste. C'est moi qui ai ouvert votre mère. Si vous souhaitez des informations sur la cause de son décès, n'hésitez pas à m'appeler. »

« Non, merci, dit Pierre. Pas envie de savoir.

– Arrête, dit Nils. On l'appelle, évidemment. »

Benjamin lève les mains, signifiant à ses frères que c'est à eux de décider.

« Rappelle-le », dit Nils.

Benjamin lance l'appel et pose le téléphone entre eux, sur la table. À peine Benjamin s'est-il présenté qu'ils entendent le bruit caractéristique du haut-parleur que l'on coupe et du combiné que l'on décroche à l'autre bout de la ligne, puis un « Ah, très bien » de satisfaction, maintenant que le contact est établi.

« Bon, dit le pathologiste. Vu que nous avons peu de détails sur les circonstances du décès de votre mère, eh bien, comment dirais-je… »

Benjamin entend un faible cliquetis dans le fond, comme si l'homme était en train de vider un lave-vaisselle.

« Certaines choses n'étaient pas claires, dirons-nous.

– Oui, c'est ce que nous avons compris, dit Benjamin.

– Exactement », dit le pathologiste d'un ton absent, puis il se tait, Benjamin l'entend feuilleter des papiers. « Un instant, je vous prie. »

« Ouvrir ». Comment peut-on employer ce mot pour une personne ? Benjamin a immédiatement devant les yeux l'image de sa mère, ouverte. Elle est allongée sur une civière stérile au troisième sous-sol de l'hôpital, dans le froid et la solitude. Le ventre de maman semblable à une rose de peau, et quelque part, cachée dans le contenu visqueux de son corps, la solution du mystère, que le pathologiste, penché au-dessus d'elle, consigne par écrit, autant d'informations qui seront communiquées aux parties concernées, c'est-à-dire à ses fils désireux de savoir ce qui s'est passé, pourquoi tout est allé si vite, et surtout comment il est possible qu'une personne qui s'apprêtait à faire un voyage en Méditerranée meure du jour au lendemain dans d'atroces souffrances.

« Oui, nous avons été surpris par l'extrême rapidité des événements. C'est pourquoi nous avons décidé tout de suite après le décès d'aller y regarder de plus près, pour comprendre ce qui s'était passé.

– Et qu'avez-vous trouvé ?

– Votre mère avait depuis longtemps une tumeur à la thyroïde, vous le saviez ?

– Oui, dit Benjamin.

– Elle avait aussi un ulcère. Nous avons constaté

une perforation de l'estomac, oui, les sucs gastriques se sont écoulés à l'extérieur, dirons-nous, et ont provoqué l'inflammation de parties de plus en plus importantes de l'abdomen. Ce qui est malheureusement très douloureux. »

Autour de la table, les frères échangent un regard. Ils savent, ils étaient là et ont vu cette douleur sur le visage de leur mère, durant les dernières heures de sa vie. Elle s'est d'abord traduite par une légère contraction des sourcils et de ses lèvres closes, crispées. Ensuite cela a empiré. Leur mère se plaignait, gémissait, agrippait les aides-soignants, leur sifflant des méchancetés à la figure. Elle appuyait sur le bouton d'appel, les infirmières accouraient. Comme elle s'était plainte d'avoir mal au ventre, l'une d'elles lui avait demandé si elle voulait du Samarin.

« Du Samarin ? avait dit maman. Vous croyez que j'ai une gastrite ? » Elle avait fixé l'infirmière, bouche bée, des éclairs de mépris dans le regard. « Mon ventre brûle ! Vous ne comprenez pas ? C'est un véritable incendie ! » Bien qu'elle fût alors devenue toute petite et impuissante, Benjamin avait été effrayé par sa voix de fausset, ce glapissement qui lui rappelait les moments où elle explosait, quand il était enfant.

Elle a crié pendant plusieurs heures.

Puis elle s'est tue.

Toujours parfaitement lucide, les yeux rivés au mur, elle ne disait plus un mot. Ses fils essayaient d'attirer son attention en faisant des signes devant son visage, en prononçant son nom. Mais elle ne voulait plus parler. Son refus semblait être une protestation contre la douleur.

Puis il y a eu ce truc, avec son visage. Elle avait sans doute la bouche sèche, car sa lèvre supérieure resta collée à la gencive. Ses traits se figèrent en une grimace et le rictus formé par ses dents de devant découvertes continue de hanter Benjamin. Ce mutisme lui ressemblait si peu. Elle avait passé sa vie en rage, mais les deux dernières heures, elle demeura muette. Elle reposait tranquillement sur son lit dans un angle de la pièce et ses dents luisaient dans la faible lumière de l'après-midi. Un des frères avait demandé à un médecin si elle était consciente, si elle les entendait. Puisque ses yeux étaient ouverts. Non, les médecins ne savaient pas vraiment.

Finalement, maman avait fermé les yeux. Il y eut de plus en plus de monde dans la chambre à mesure que son état empirait ; ensuite, quand il s'avéra qu'il n'y avait plus rien à faire, il y eut moins de monde. Ils augmentèrent les doses de morphine afin qu'elle souffre moins dans ses derniers instants, peut-être sa fin fut-elle plus légère, personne ne le sait, car le rictus ne quitta pas son visage, même lorsqu'on la transporta sur un brancard dans la chapelle, et aujourd'hui, tandis que le pathologiste évoque la douleur qu'elle a dû endurer, c'est son départ silencieux dans ce lit d'hôpital que Benjamin se remémore. De même, après qu'il a remercié l'homme et raccroché, les trois frères gardent le silence, les yeux baissés sur leurs canettes de bière, et c'est cette image qui s'impose à lui. La grimace muette qui refuse de le laisser en paix.

« Tu crois que le sauna est prêt ? demande Pierre à Benjamin.

– Je l'ai mis en route il y a une heure, répond-il en regardant sa montre, il devrait être chaud. »

Nils tend son téléphone à Pierre.

« J'ai pris quelques photos, elles sont pas mal, dit-il. Scrolle vers la droite pour voir les autres. »

L'écran du portable de Nils affiche une photographie de maman sur son lit de mort. Pierre soupire et rend le téléphone à Nils.

« On est vraiment obligés de regarder ça ? demande-t-il.

– C'est une belle photo, je trouve. On voit qu'elle est calme, là.

– Calme ? fait Pierre. Elle souffre horriblement.

– Non, sur celle-là elle est morte, on ne souffre pas quand on est mort.

– Mais pourquoi fais-tu ce genre de photos, au juste ? demande Pierre. C'est complètement pervers. Prendre des photos d'un mort et les montrer aux autres. Tu as fait la même chose avec papa. Je n'ai pas envie de voir des photos de mes parents morts.

– La mort n'a rien de laid, il serait peut-être temps que tu en prennes conscience.

– Mais respecte le fait que je n'ai pas envie, au moins ! Je ne veux pas regarder, point final, dit Pierre.

Un fils en deuil n'a pas envie de voir des photos de ses parents à l'instant de leur décès.

– En deuil…, marmonne Nils, et il boit une gorgée de bière.

– Quoi ? fait Pierre. Qu'est-ce que tu sous-entends ?

– Tu as vraiment l'air dans l'affliction, tiens.

– Ta gueule ! Chacun est en deuil à sa façon. »

Le silence tombe autour de la table.

« Tu ne peux pas l'accepter, tout simplement ? demande Pierre. Je ne veux pas voir de photos de maman morte. Range-moi cette merde. »

Nils ne répond pas. Il attrape son téléphone et s'y plonge fébrilement, sourire aux lèvres, ouvrant au hasard diverses applications, et peu à peu monte en lui le sentiment d'avoir subi un affront. Pierre ne s'aperçoit de rien, mais Benjamin, lui, le remarque clairement, ce mécontentement suprême d'avoir été chapitré et tourné en ridicule, malaise qui aboutit à un sentiment d'humiliation contre lequel Nils se débat à présent en silence. Il se lève et entre dans la maison.

« Pierre, chuchote Benjamin, c'était vraiment nécessaire, tu crois ?

– Mais il est malade ou quoi ! Je voulais le lui dire à l'hôpital, déjà, quand il a commencé à prendre des photos d'elle. Ça me rend dingue qu'il me force à les regarder.

– On est là pour essayer d'accomplir sa dernière volonté. Il ne faut pas qu'on s'engueule. »

Pierre ne répond pas. Il se penche sur la coupelle

de chips que Nils a apportée, mais elle est vide. Il reste un moment le regard fixé sur la table puis se lève et va dans la maison. Benjamin distingue son dos par la fenêtre ouverte de la cuisine, il entend sa voix posée : « Excuse-moi, j'ai été trop dur à propos de ces photos. »

Assis à la table de la cuisine, Nils tourne les yeux vers Pierre.

« Pas grave, répond-il. Ce n'était pas le moment de les montrer. »

Pierre tend les bras vers son frère, Nils se lève, ils se tapent dans le dos, on dirait des applaudissements. Benjamin sent les muscles de son visage se tendre, il se rend compte qu'il est en train de sourire. L'accolade de ses frères est brève, mais peu importe, elle s'est réellement produite, et durant quelques minutes, sur la terrasse, Benjamin baigne dans un sentiment de satisfaction absolue, comme lorsque après une bonne pêche par une nuit venteuse on essaie d'arranger un filet tellement emmêlé qu'il va peut-être falloir carrément tout jeter, et puis voilà qu'on tourne une maille dans un sens inhabituel et le filet se déroule dans un bruissement, sans qu'on ait besoin de tirer dessus, il vous coule des mains et tombe joliment des crochets, contre le mur de la maison.

Pierre et Nils apparaissent sur le perron. Pierre brandit trois canettes de bière.

« C'est parti pour un sauna entre frangins ! »

Ils descendent par l'étroit sentier qui mène au lac.

Sur la petite terrasse du sauna, les frères ôtent leurs vêtements ; lentement, comme à contrecœur, ils se dénudent. Benjamin regarde leurs brûlures identiques sur les tibias, qui datent du jour où ils s'étaient mutuellement gommé la peau à en hurler, ça sentait les poils et la chair brûlés, papa les avait surpris et leur avait confisqué les gommes. Il voit les plaques rouges entre les doigts de pieds de Pierre, c'est sa mycose. Dans le sauna, Benjamin remarque le dos nu de Nils. Il est toujours grêlé de grains de beauté, comme si un essaim de taches brunes s'était posé entre ses omoplates.

Chapitre 10

La main fantôme

Pierre et Benjamin s'étaient donné des coups de tapette à mouches sur le dos des mains, ils poussaient des cris, les doigts rouges, mais papa et maman les avaient vite fait taire et chassés de la cuisine. On avait besoin de calme ici, il se passait des choses importantes autour de la table. Benjamin et Pierre s'assirent dans l'escalier, d'où ils avaient une vue plongeante sur les papiers, talons et formulaires étalés sur la table. Papa prenait un feuillet, l'examinait d'un œil sévère et le reposait au même endroit. Assis en bout de table, Nils signait un document, maman le mettait aussitôt de côté et lui avançait le suivant. Cela faisait un certain temps déjà que papa et maman élaboraient des stratégies avec Nils, qu'ils échangeaient à voix basse des propos très sérieux, consultaient à tour de rôle des papiers. Aujourd'hui c'était la date limite pour faire une demande d'admission au lycée, alors il fallait s'y mettre. Envoyer tous les documents afin que le fils aîné puisse être orienté vers le monde académique. Ses résultats scolaires avaient conféré à Nils depuis plusieurs années un statut particulier auprès de papa et maman. Il était l'espoir de la famille, celui qui irait loin. Il en avait toujours été ainsi. Au cours préparatoire, il était tellement brillant qu'on lui avait fait sauter le CE1, il était passé directement en CE2 et il rentrait toujours de l'école avec dans son cartable un succès ou un autre à exhiber. Des rédactions que les parents s'empressaient de se lire l'un à l'autre à haute voix, ou des devoirs qu'on analysait et commentait. Quand Nils rapportait le résultat d'une composition plus importante, maman les appelait tous, elle n'ouvrait pas l'enveloppe brune avant qu'ils soient tous réunis, sortait ses lunettes et déchiffrait le bulletin dans un silence concentré, tandis que Nils attendait debout à côté d'elle, plein d'appréhension, une main sur le flanc et l'autre sur la cuisse. Une fois que maman avait mesuré l'ampleur de la réussite de Nils, elle secouait la tête, le regardait en souriant par-dessus ses lunettes et disait : « Tu es incroyable. » Et selon un rituel immuable, elle brandissait le bulletin sous les yeux de Pierre et Benjamin et lançait : « Prenez-en de la graine ! »

Dehors il pleuvait. Aucune lampe n'était allumée, hormis celle de la cuisine dont l'éclat jaune éclairait l'avenir de Nils, sur la table. Dans la pénombre de l'escalier, Pierre et Benjamin suivaient les opérations en silence, sans perdre une miette de ces conversations décisives.

« Tu es sûr de vouloir choisir l'allemand ? demanda maman, les yeux baissés sur un document.

– Oui, je crois bien, répondit Nils.

– Bon. Seulement c'est dommage pour le français. Je pense que tu aurais adoré, c'est une langue très raffinée, très belle.

– Je vais voir si on peut prendre une langue en plus, en dehors du programme, ça me permettrait de faire du français et de l'allemand. Pour l'instant, je veux juste entrer au lycée. »

Remplis de fierté, les parents échangèrent un regard. Benjamin tourna la tête vers Pierre, le vit faire discrètement un doigt d'honneur en direction de Nils. Benjamin pouffa et fit de même.

« *Fuck you*, murmura Pierre.

– *Fuck you*, répéta Benjamin.

– *Fuck you forever* », renchérit Pierre.

Benjamin donna un coup de coude à Pierre dans les côtes.

« Oh non, fit-il en regardant son majeur.

– Quoi ?

– Tu ne vois pas ? La main fantôme. »

Sous les yeux de Pierre, la main de Benjamin se métamorphosa, ses doigts s'écartèrent soudain, pareils aux branches biscornues d'un arbre mort, puis la main se tourna vers lui. En un bond, Pierre fut au bas de l'escalier, Benjamin à ses trousses, le pourchassant à travers la cuisine, il l'attrapa et le plaqua au sol.

« La main fantôme ! cria-t-il. Ce n'est pas moi ! C'est quelqu'un d'autre qui commande ma main ! »

Benjamin retourna Pierre sur le dos, il lui bloqua les bras contre le sol avec ses genoux et le chatouilla sur le ventre, le torse, et sous les aisselles.

« Arrête ! hurlait Pierre en essayant de se libérer.

– Je ne peux pas arrêter, ce n'est pas moi ! »

Benjamin le chatouillait encore plus fort, Pierre ne pouvait plus respirer, un sourire grimaçant déformait son visage et malgré les protestations qui s'élevaient du côté de la table de la cuisine, faisant fi des rugissements de Nils et des grognements terrifiés de papa, Benjamin continuait, parce que dans les gargouillis du rire de Pierre, il y avait de la lumière et de l'oxygène, et Pierre riait, sans bruit, il tournait la tête à droite, à gauche, et encore à droite ; puis il se mit à pleurer. Benjamin lâcha prise.

« Qu'est-ce qu'il y a ? demanda-t-il. Je t'ai fait mal ? »

Pierre ne répondit pas. Il se tourna sur le côté, enfouit son visage dans ses mains. Benjamin se redressa et vit la flaque d'urine qui brillait sur le plancher, il vit aussi la tache sombre sur le jean de Pierre, au niveau de la braguette. C'est Molly qui arriva la première près de la petite mare, elle l'examina rapidement et s'éloigna.

« Maman…, appela Benjamin en pointant le menton vers la flaque.

– Mon Dieu », fit-elle, et elle se leva.

Elle prit une lavette, qu'elle laissa tomber sur le pipi et alla ensuite essorer dans l'évier. L'urine coulait le long de ses doigts, mais ça ne la gênait pas. Elle n'avait jamais fait la délicate en ce qui concernait les sécrétions corporelles. Il lui arrivait de s'énerver, bien sûr, quand papa oubliait de relever la lunette des cabinets et pissait dessus, alors là elle poussait les hauts cris, sans pour autant se donner la peine de l'essuyer avant de s'asseoir, laissant à l'arrière de ses cuisses le soin d'absorber les gouttes. Maman repassa un coup de lavette. Benjamin rejoignit Pierre allongé par terre, en pleurs.

« C'est pas grave », dit Benjamin. Il posa une main sur le dos de son frère. « Moi, ça m'arrive tout le temps.

– Non, c'est pas vrai, dit Pierre entre deux sanglots.

– Si, je t'assure. Attends ! »

Benjamin fit semblant de palper son pantalon, leva les yeux au plafond. Pierre le regardait entre ses doigts.

« Maintenant c'est *moi* qui me suis fait dessus », dit Benjamin.

Pierre rit, au milieu de ses larmes. Maman essora les dernières gouttes d'urine dans l'évier. « Va te changer », dit-elle à Pierre. Elle prit son journal et ses cigarettes et se retira dans le séjour.

Papa acheva le cérémonial autour de la table de la cuisine et fourra l'épaisse liasse de papiers dans une enveloppe. Il tira une langue molle, d'animal, et fit passer dessus le dos de la rangée de timbres, avant de les coller sur l'enveloppe. Une quantité astronomique de timbres. Il tendit l'enveloppe à Nils.

« C'est un grand jour, dit papa, et sa voix se brisa. Mon grand garçon. » Il prit son fils dans ses bras. Tentative maladroite de Nils pour prendre part à l'étreinte. Sa tempe contre celle de papa, ses bras inertes, des tubes de chair entourant la taille de papa.

« Il faut que tu y ailles, maintenant », dit celui-ci, et Nils grimpa l'escalier quatre à quatre pour se changer.

Assis sur le perron, Benjamin considéra la petite route, au-dessus de la maison, par laquelle Nils allait bientôt partir. Ce chemin forestier était l'unique moyen d'arriver jusqu'ici. Et d'en sortir. Comme si la propriété n'était reliée à la réalité que par cet étroit boyau de terre. Si la végétation l'envahissait, ce lieu deviendrait une vraie jungle. Benjamin s'asseyait parfois dehors et observait le chemin, surtout pour s'assurer qu'il était toujours là. À deux ou trois reprises au cours de l'été, papa allait faucher l'herbe qui poussait entre les traces des roues, afin de maintenir le passage dégagé. Les enfants l'accompagnaient toujours, mais devaient rester à distance derrière lui ; quand ils s'approchaient trop près, papa glapissait en leur montrant la lame de la faux : « Ça, ça vous tranche une jambe sans que vous vous en aperceviez. » Les frères de Benjamin se lassaient et repartaient, mais lui suivait son père tout le long du chemin, en retrait, et il restait attentif. À la fin, tous les deux contemplaient le travail accompli. « Voilà à quoi ça doit ressembler, disait papa. À une longue chatte d'herbe. » Il riait, tout en ébouriffant les cheveux de Benjamin, et ils reprenaient le chemin en sens inverse pour rentrer.

La mobylette de Nils était garée devant le cellier. Le grand frère de Benjamin n'avait pas encore quinze ans, mais papa et maman lui faisaient confiance, ils le savaient prudent. Benjamin n'avait jamais eu le droit de monter sur la bécane, mais tout au début, Nils l'avait laissé pousser les gaz, une fois, quand le moteur tournait à vide, en restant debout à côté, et Benjamin avait senti la puissance de l'engin, entrevu tout ce qu'il permettait de faire. La mobylette était une porte de sortie, une ouverture vers l'ailleurs. Nils disposait à présent de toutes nouvelles possibilités de fuite. Lui qui prenait la tangente en permanence possédait soudain le moyen de s'esquiver plus vite que jamais, encore plus loin. À côté de la machine, sous la surveillance attentive de Nils, Benjamin avait actionné l'accélérateur de la main droite. Comprenant alors que la mobylette allait tout changer, qu'elle le réduirait définitivement à la solitude, il avait poussé encore plus les gaz, fait hurler le moteur, pour couvrir son désespoir.

Tous les matins Nils partait au bourg où il avait décroché un job d'été dans un magasin d'alimentation, et le soir il en rapportait des saveurs citadines. À la fin de sa journée, il passait le balai devant le rayon des bonbons en vrac et, au lieu de jeter les friandises que les clients avaient fait tomber par terre, il les récoltait dans un sachet pour Pierre et Benjamin.

Ceux-ci vidaient le contenu du sachet sur la table de la cuisine, retiraient du tas les cheveux et les poussières, éliminaient saletés et petits cailloux, écartaient les bonbons les plus endommagés – bananes en guimauve piétinées, chocolats à la liqueur d'arak aplatis comme des pièces de cinq couronnes –, puis ils descendaient en courant au bord du lac avec leur butin, pour le déguster tranquillement. C'était devenu une habitude : Nils rapportait des bonbons sales, Benjamin et Pierre allaient s'asseoir au bord du lac et s'empiffraient en regardant au loin sur l'eau, parfois un petit caillou oublié crissait entre leurs dents, alors ils s'ébrouaient et crachaient sur les rochers en rigolant.

Pierre s'était changé, il s'assit avec Benjamin sur le perron pour regarder Nils partir. Nils se préparait. Il enfila un casque trop grand pour lui, vérifia par quelques pressions sur la selle que les pneus étaient bien gonflés. Il fourra l'enveloppe dans un sachet en plastique qu'il fixa sur le porte-bagages, et papa contrôla que cela tenait bien. Après quoi Nils se mit en route pour le monde, il irait d'abord à une boîte aux lettres, pour assurer son avenir, et ensuite au travail ; il disparut dans le chemin, le vent finit par recouvrir le bruit du moteur et Benjamin devina les sensations qui emplissaient le corps de Nils, maintenant qu'il était parti, parti pour l'autre côté du chemin forestier, où Benjamin était allé lui aussi, les fois où ses parents l'avaient emmené faire des courses. Ce lacet de terre, tel un trou de ver menant à une autre dimension, vous aspirait en quelque sorte, on roulait vite, on était pour ainsi dire porté, et finalement recraché sain et sauf de l'autre côté, sur l'asphalte, dans un endroit qui ressemblait à une localité, avec des maisons de part et d'autre de la route. Parfois, dans sa solitude, Benjamin se disait que c'était là, à l'autre bout du chemin de terre, que la vie commençait.

Papa s'assit près de Pierre et Benjamin.

« Eh ben, les garçons, dit-il en regardant le jardin, quel temps de chien. »

Molly se faufila en haut des marches et grimpa sur les genoux de Benjamin. Papa l'attrapa d'un geste vif, la serra contre lui et lui caressa doucement la tête. Il avait décidé de lui faire passer sa peur en lui imposant son amour. Il l'attrapait deux ou trois fois par jour pour lui témoigner de la tendresse.

« Câline-la, toi aussi ! » dit-il à Pierre. Pierre caressa la tête de Molly et Benjamin vit la terreur l'envahir ; elle se raidit, demeura en alerte, prête à filer dès qu'elle le pourrait.

« Qu'est-ce qu'on va faire aujourd'hui, par ce putain de temps ? demanda papa.

– Je ne sais pas, répondit Benjamin.

– Vous ne voulez pas partir à l'aventure dans la forêt ? »

Pierre et Benjamin ne répondirent pas.

« Vous pouvez emmener Molly, dit papa.

– Elle ne veut jamais venir nulle part avec nous, dit Pierre.

– Mais si. Benjamin va s'occuper d'elle. »

Molly profita de ce que papa desserrait les bras pour s'échapper. Papa poussa un juron, la chienne rentra dans la maison en gémissant et, de l'intérieur plongé dans la pénombre, à travers un rideau de fumée, on entendit maman appeler d'une voix délibérément puérile depuis le séjour : « Coucou, mon petit chou. » Et Molly s'enfonça dans la brume.

Pierre et Benjamin enfilèrent leurs imperméables, leurs bottes en caoutchouc et ils ressortirent. Ils suivirent la ligne électrique raccordée à la maison, elle partait tout droit vers les sapins, et Benjamin se disait que tant qu'il ne perdait pas de vue le fil noir au-dessus d'eux, il trouverait le chemin pour rentrer. Il tombait une petite pluie, la forêt était lourde, les pierres glissantes. Les frères sautaient de l'une à l'autre. Ils s'enfoncèrent plus loin que d'habitude, au-delà du sentier envahi par la végétation, qui menait au barrage, ils dépassèrent les gros rochers qui semblaient avoir été jetés dans l'immense tourbière. Continuèrent là où la forêt s'épaississait.

« Regarde ! » s'exclama Pierre en désignant une petite éminence.

Entre les grands arbres se dressait un poste de transformation. Une petite bâtisse entourée d'un alignement de pieux, des lances noires aux pointes blanches érigées vers le ciel telles des fusées de feu d'artifice. Et devant, de part et d'autre de la bâtisse, s'élevaient deux constructions plus élevées, en forme de tours, qui ressemblaient à des toiles d'araignée en acier et étendaient leurs fils noirs dans trois directions différentes de la forêt.

« Qu'est-ce que c'est ? demanda Pierre.

– C'est de là que provient toute l'électricité, répondit Benjamin en avançant de quelques pas. Allons voir. »

Le bâtiment et le terrain attenant étaient enclos d'une haute grille de protection sur laquelle étaient accrochés des écriteaux jaunes avec des éclairs rouges. Benjamin leva les yeux vers les lignes électriques, traits noirs qui découpaient le ciel gris et bas en cases parfaitement régulières. Il considéra la bâtisse, les taches sur la façade, le revêtement extérieur qui s'était effrité et accumulé en petits tas au pied du mur. À l'arrière, deux petites fenêtres donnaient à la construction un air de maison d'habitation. Quand ils eurent fait le tour, ils s'aperçurent que la porte de devant était grande ouverte.

« C'est le vent qui l'a ouverte ? demanda Pierre.

– Je ne crois pas. Elle a été forcée.

– Pourquoi est-ce que quelqu'un voudrait entrer là-dedans ?

– Je ne sais pas. »

Côte à côte devant la clôture, les doigts accrochés à la grille, Benjamin et Pierre essayaient de regarder à l'intérieur par la porte ouverte, mais ils ne voyaient rien, entendaient seulement le bruit du courant, un bourdonnement sourd, presque mystérieux, qui ne rappelait rien de connu à Benjamin, comme s'il n'en percevait qu'une petite partie et qu'il y avait ici des fréquences qu'il ne pouvait pas distinguer. Peut-être, en effet, l'électricité émettait-elle un son bien plus aigu, songeait-il, une sorte de cri perçant continu, une vibration insupportable pour les animaux de la forêt, mais son oreille humaine à lui ne saisissait qu'un faible ronflement, comme si le courant tenait à lui signaler sa présence et à le mettre en garde : « Ne t'approche pas. »

Ils continuèrent à marcher dans la forêt. Ils cueillirent des myrtilles, s'en barbouillèrent le visage, feignant de saigner et d'être gravement blessés. Ils lancèrent des cailloux sur le tronc creux d'un arbre mort et chaque fois qu'ils l'atteignaient, cela résonnait bizarrement dans la forêt. Ils plantèrent une petite branche dans une fourmilière et le monticule tout entier se mit à grouiller de vie. Ils pataugèrent à travers un marécage si profond que l'eau faillit entrer dans leurs bottes, les plaqua contre leurs tibias. Ils découvrirent des crottes d'animaux et, imitant leur père en pareil cas, les sondèrent avec un bout de bois puis, arborant une mine austère, tentèrent de déterminer dans quelle direction l'animal était parti. Ils s'enfoncèrent de plus en plus dans la forêt et quand Benjamin leva les yeux pour s'orienter, les lignes électriques avaient disparu. Il avait beau regarder dans tous les sens, il ne les voyait nulle part. C'était partout le même paysage. La même forêt vallonnée, les mêmes pins lourds sous le même ciel de pluie. La panique le gagna.

« Viens, cria-t-il à Pierre, il faut qu'on rentre ! »

Il se mit à courir, Pierre sur ses talons, il entendait sa propre respiration, les branches qui craquaient sous ses pas, il courait et cherchait des indices. Il s'arrêtait, se retournait, de plus en plus convaincu de s'être trompé de chemin. Et il revenait sur ses pas, repartait aussi vite dans une autre direction, Pierre derrière lui. Il posa le pied dans un endroit détrempé, sa botte se remplit d'eau, alourdissant sa jambe, ses pas clapotaient, mais il continuait à courir, cherchant les lignes électriques qui les ramèneraient à la maison. Il s'arrêta, essoufflé, mains sur les genoux. Pierre le rejoignit et, tête contre tête, ils reprirent leur souffle. Pierre se redressa, Benjamin vit son visage s'empourprer et les taches rouges apparaître sur son cou.

« On est perdus ? demanda Pierre.

– Non non.

– Alors c'est par où ? »

Benjamin se remémora les excursions dans la forêt avec son père ; s'il se perdait, avait dit papa, il devait suivre le soleil. « Comme ça tu finiras toujours par arriver au lac. » Benjamin leva les yeux, essaya de trouver une trouée claire dans le ciel gris, mais tout était laiteux, sans contours.

Ils marchaient lentement, Benjamin avait le sentiment que la forêt grandissait, qu'elle devenait plus haute ou qu'eux-mêmes rapetissaient, s'enlisaient peu à peu en elle, encore cinq centimètres de mousse et ils se noieraient. Ils s'assirent sur un rocher. À mesure que le jour déclinait le ciel s'éclaircit, la couverture de nuages se dissipa avec l'approche du crépuscule et la cime des sapins capta les derniers rayons du soleil. Pierre se mit à pleurer, Benjamin se fâcha.

« Pourquoi tu pleures ?

– On ne retrouvera jamais la maison.

– Tais-toi ! siffla Benjamin. Tais-toi ! »

Benjamin se dit que papa et maman finiraient bien par se demander où étaient les enfants et ils viendraient les chercher dans la forêt. Mais le temps passait, il faisait plus sombre. Ils étaient assis là depuis longtemps déjà, deux heures, peut-être trois, quand tout à coup Benjamin perçut un bruit lointain. Un grondement clair qu'il identifia aussitôt, ce bruit d'habitude associé au désespoir et à la solitude, qui éveillait à présent un espoir : la mobylette de Nils. Son grand frère rentrait du travail, fonçant sur le chemin forestier au-dessus de la maison.

« Cours ! » cria Benjamin à Pierre.

Et ils coururent en direction du bourdonnement, ils entendaient Nils accélérer, et le moteur qui hurlait quand il rétrogradait dans une montée, ils coururent sur des collines et des buttes, à travers les broussailles, entre les arbres, et d'un coup Benjamin retrouva ses marques, il reconnut les ornières pleines d'eau creusées par la pelleteuse, ils les avaient longées d'un pas mal assuré quelques heures auparavant, il vit le tas de troncs coupés et les sapins penchés, puis les poteaux électriques corrodés soutenant les fils noirs qui transportaient le courant à travers la forêt. Ils déboulèrent sur le chemin forestier et la fermette apparut entre les arbres. La mobylette de Nils, encore brûlante, était garée sur le terre-plein. Papa et maman étaient assis au bord du lac, devant le sauna. Bougies allumées et bouteilles sur la table. À l'intérieur de la maison, dans le séjour, Nils déballait les emplettes qu'il avait faites au magasin. Une canette de Coca, sur laquelle perlaient encore des gouttelettes de froid, des soufflés apéritifs au fromage, qu'il versa dans une coupelle. Quand il vit Benjamin, il lui lança un sachet.

« Bonbons abîmés », cria Benjamin à Pierre.

Pierre entra dans le séjour.

« On ne va pas raconter à papa et maman ce qui s'est passé ? demanda-t-il.

– Non, pourquoi ?

– Parce qu'on s'est perdus, tiens. Super longtemps.

– Mais on est là, maintenant, répondit Benjamin. Tu veux des bonbons ? »

Nils s'approcha de la fenêtre, il s'assura que papa et maman étaient toujours au bord du lac puis se dirigea vers le poste de télévision. Sans une hésitation, il brancha l'appareil et l'alluma. Devant Benjamin sidéré, Nils approcha un fauteuil du téléviseur, afin d'entendre le son réglé à faible volume, et s'y installa, ses biscuits apéritifs sur les genoux. Il faisait des choses absolument incroyables avec un naturel qui dépassait

Benjamin. Pierre et lui s'assirent sur le tapis derrière Nils et vidèrent le sachet de bonbons entre eux.

« Ça a été, pour l'enveloppe ? demanda Benjamin. Tu l'as postée ?

– Oui.

– Super. »

Benjamin mâchait un bonbon voiture de course rouge, qui colla d'abord à ses dents puis à son palais, il se fit mal à la langue en le décollant.

« C'était vraiment important que tu postes cette enveloppe », dit-il.

Nils le regarda. Se tourna à nouveau vers la télé.

« Une bonne chose de faite pour toute la famille, fit Benjamin.

– Oui, répondit Nils, parce qu'il est peu probable que vous soyez jamais admis dans une quelconque école, espèces d'idiots. »

De derrière, Benjamin et Pierre observaient le dos voûté de Nils penché vers le téléviseur. Benjamin se leva discrètement. Il connaissait les points faibles de son grand frère, savait où il était le plus vulnérable. Au sommet du crâne, sur une surface équivalente à une boîte de tabac à chiquer, Nils était dégarni, on devinait sa peau blanche à travers la chevelure clairsemée. Maman l'enduisait de crème contre les coups de soleil, mais elle en mettait souvent trop et il se retrouvait couronné d'un barbouillage graisseux. Benjamin et Pierre se moquaient parfois de lui à cause de cette tache, quand ils étaient sûrs que maman ne pouvait pas les entendre, évidemment. Benjamin s'avança à pas de loup et entortilla doucement les rares cheveux au sommet du crâne de Nils autour de son doigt. Celui-ci sursauta et se retourna.

« Arrête, bordel !

– Quel bon élève tu es, petit bonhomme », gloussa Benjamin, et il se rassit à sa place.

Ils laissèrent passer un moment, puis Pierre s'avança à son tour à pas de loup et fit la même chose. Nils envoya de violents coups de poing derrière lui mais manqua sa cible. Il se leva, resta planté avec sa coupelle de biscuits apéritifs dans les mains. Et là, le léger strabisme qui apparaissait toujours le soir quand il était fatigué altéra son regard, ses frères le remarquèrent tout de suite et se mirent à loucher pour le singer.

« Je vais vous tuer, je vous le jure », dit Nils, et il se rassit.

Si Benjamin voyait venir de loin les disputes de ses parents bien avant qu'eux-mêmes n'aient conscience de ce qui couvait, lorsque cela le concernait directement, en revanche, il était aveugle. Il s'approcha une nouvelle fois, le doigt levé, tandis que Pierre, la main devant la bouche, tentait de réprimer ses gloussements. À peine Benjamin avait-il posé le doigt sur le crâne de Nils que celui-ci se retourna et lui assena un grand coup sur l'épaule. Nils avait frappé avec une telle force que la coupelle de soufflés apéritifs tomba de ses genoux et se répandit sur le plancher.

« Putain ! » hurla Nils devant le désastre.

Benjamin comprit qu'il avait perdu le contrôle de la situation. Il se rabattit vers la cuisine mais Nils le rattrapa aussitôt et l'empoigna. Plus grand et plus fort, il plaqua Benjamin au sol. De sa main gauche, il lui bloqua les deux bras et le frappa sur la tempe. Benjamin sentit sa tête résonner et perdit connaissance quelques secondes, il revint à lui juste au moment où le deuxième coup tombait, puis le troisième, et encore un, le poing de Nils lui martelait le crâne. Il ne voyait plus rien, n'entendait que les bruits sourds contre sa tête et la voix désespérée de Pierre, dans le fond : « Arrête ! Arrête de le frapper ! »

Les coups cessèrent. Nils desserra sa prise. Benjamin resta par terre, il vit Nils jeter un œil par la fenêtre puis monter l'escalier en courant. Quelques secondes plus tard, la porte s'ouvrit, papa et maman rentraient du lac avec les bouteilles, les assiettes et les verres. Benjamin se redressa, il ne voulait pas que ses parents le trouvent allongé là, qu'ils découvrent ce qui s'était passé.

« Nils a frappé Benjamin à la tête ! » cria Pierre.

Sur le seuil de la cuisine, maman considéra Benjamin.

« Qu'est-ce que vous lui avez fait, encore ? demanda-t-elle.

– Nils a regardé la télé, dit Benjamin.

– Qu'est-ce que tu racontes ? fit maman. Tu n'as pas honte de rapporter sur ton frère ? »

Benjamin tâta doucement son visage du bout des doigts pour vérifier qu'il ne saignait pas.

« Qu'est-ce que vous lui avez fait ? Qu'est-ce que vous lui avez encore dit comme méchancetés ? » demanda maman. N'obtenant pas de réponse, elle avança dans la pièce et cria : « Répondez-moi ! Vous allez me dire ce que vous avez fait à Nils ! »

Elle se tourna vers Pierre.

« Que s'est-il passé ?

– On jouait dans la forêt et on s'est perdus.

– Non, on ne s'est pas perdus, intervint Benjamin.

– Si, on s'est perdus pendant plusieurs heures, et j'ai pleuré. »

Maman regarda ses fils. Bouche à demi ouverte, stupéfaction et dégoût sur son visage. « Sales gosses », dit-elle, puis elle tourna les talons. Toujours assis par terre, Benjamin entendit son pas lourd dans l'escalier, elle ouvrit la porte de la chambre de Nils, la referma. Murmure assourdi des mensonges de Nils. Benjamin se leva avec précaution. Pierre s'assit dans le séjour devant le tas de bonbons. Il retira une pièce de dix öre qui avait atterri dans le sachet. Choisit un bateau à la framboise qui n'avait pas l'air abîmé et le fourra dans sa bouche. Benjamin se jeta sur lui et le plaqua au sol, sur le dos.

« Non, pas la main fantôme ! » hurla Pierre. Avec ses genoux, Benjamin entrava les mains de son frère et le chatouilla sur le torse, le ventre et sous les bras. Pierre riait, se débattait, le visage rouge et grimaçant, il essayait de crier à Benjamin d'arrêter, mais aucun son ne sortait de sa bouche. Au bout de quelques secondes, l'inquiétude apparut sur ses traits. « Arrête, Benjamin, pour de vrai. Je vais me faire pipi dessus. » Benjamin appuya ses genoux plus fermement, chatouilla son frère plus fort encore et là, Pierre cessa de rire. Il se débattit, fit cent contorsions pour se libérer, mais Benjamin pesait sur lui de tout son poids. Il réussit à dégager une main et frappa Benjamin sur le torse et au visage. Sa mine désespérée, à force de cogner vainement, puis les larmes qui affluèrent lorsque sous lui se forma la flaque de pipi.

Chapitre 11

14 heures

Il aborde le dernier virage et bientôt la maison de bois peinte en rouge se profile à travers les arbres. La propriété est envahie par la végétation, à côté des grands sapins la fermette paraît minuscule. Les hautes herbes raclent le châssis de la voiture. Il avance jusqu'au cellier et coupe le contact. Les frères restent un moment dans la voiture et regardent à l'extérieur.

Ils sont de retour.

Ils ouvrent les portières, s'extirpent de la fraîcheur du véhicule climatisé et se retrouvent de plein fouet au milieu de l'été. Ils sont accueillis par les bruits environnants, le frémissement familier de l'air au passage incessant des hirondelles, les bourdons tranquilles, les guêpes stressées. Des insectes partout, sur la moindre fleur. Et le vent qui s'invite dans toute la propriété, prend la cime des arbres, murmure dans les sapins et évente la voiture qui émet des petits claquements, après le long trajet.

« Alors, on y va ? lance Benjamin.

– Vous ne voulez pas qu'on entre d'abord dans la maison ? demande Pierre. Pour voir si tout va bien ?

– Non, dit Benjamin, je voudrais y aller tout de suite. »

Sans répondre, Pierre et Nils posent leurs sacs, ils rejoignent Benjamin et tous les trois suivent en file indienne le petit sentier sinueux entre la maison et la grange, puis s'enfoncent dans la forêt.

C'est la forêt de Benjamin.

Elle l'habite, il la porte en lui depuis toutes ces années. Il en connaît chaque caillou, chaque passage délicat, chaque bouleau brisé. Les distances sont plus courtes que dans son souvenir, le marécage autrefois effrayant, immense, se traverse aujourd'hui en sept enjambées. Les gros rochers mystérieux d'alors n'ont plus de secret à présent. Seuls les sapins demeurent insondables. Quand Benjamin regarde leurs cimes, il est pris de vertige, comme s'il allait tomber à travers la tête la première.

« C'est le bon chemin ? demande Pierre.

– Oui, répond Benjamin. Continue tout droit. Derrière la butte là-bas. »

Benjamin ferme la marche, il observe la nuque de ses frères qui penchent la tête pour vérifier où ils mettent les pieds. Ils avancent plus lentement maintenant, à pas prudents, on dirait qu'ils sont en train de pister un grand animal dans la forêt sèche. Benjamin nourrissait l'espoir que tout aurait disparu, que les clôtures auraient été enlevées, le bâtiment rasé, que les broussailles et les buissons auraient recouvert les fondations. Mais ce n'est pas le cas, évidemment. Le poste de transformation est toujours là, entre les pins, la grille et les piquets aussi. Comme s'il avait toujours été là et allait y rester à jamais. Devant lui, ses frères s'arrêtent.

« Ce n'est pas la peine d'aller plus loin, dit Pierre.

– Si », répond Benjamin.

Maintenant c'est lui qui marche en tête et ses frères le suivent. Les vitres sont cassées. De la végétation pousse entre les briques de la façade. Les câbles noirs, qui partaient des hauts poteaux et alimentaient le monde autrefois, ont été retirés.

« Le poste n'est plus en fonction, dit Benjamin.

– On dirait que non, en effet, dit Nils. Il est trop vieux. Il ne peut plus répondre aux besoins actuels. »

Benjamin considère le bâtiment : « Vous vous souvenez du bruit ? » dit-il.

Ses frères ne répondent pas, ils gardent les yeux fixés sur la façade.

« Ce bourdonnement morne du courant, vous ne vous en souvenez pas ?

– Si », marmonne Nils.

Benjamin regarde ses frères, qui avancent à contrecœur vers la haute clôture. Il jette un œil par l'ouverture sombre. La porte est grande ouverte. Le verrou brisé pend toujours tel un membre estropié le long du corps de la maison.

« Je ne comprends pas pourquoi quelqu'un s'était introduit ici par effraction, dit Benjamin. Il n'y avait pourtant rien à voler là-dedans ?

– Du cuivre, dit Nils. Il n'existe quasiment pas de meilleur conducteur que le cuivre. Et ça vaut pas mal d'argent. »

Le regard de Benjamin suit la clôture jusqu'à la porte grillagée, un peu plus loin, qui donne accès au petit bâtiment, et il distingue la silhouette de l'enfant qu'il était, le petit garçon qui s'était séparé de ses frères et approché de l'ouverture. Il appuie son front contre la grille. Il entend la respiration lourde de ses frères. Maintenant ils sont côte à côte.

« Qu'est-ce qui s'est passé, en réalité ? » demande Benjamin.

Nils et Pierre regardent leurs mains dans les mailles de la grille. Leur posture montre qu'ils n'ont pas envie d'être là. Mais ils n'ont pas le choix.

« Toute ma vie je me suis attribué la culpabilité, dit Benjamin. Mais j'avais aussi deux frères avec moi.

– On était des enfants, dit Pierre.

– Oui, dit Benjamin. Et des frères. Vous vous souvenez de ce que papa disait toujours ? Il disait que nous devions nous réjouir d'être frères, parce qu'il n'y a rien de plus fort. »

Benjamin ne tourne pas son regard vers Pierre et Nils, il se contente de scruter l'obscurité dans l'ouverture de la porte.

De côté il voit Pierre tâter ses poches, sortir une cigarette et l'allumer à l'abri de ses mains en coupe.

« Je pense tout le temps à ce jour-là », dit Nils.

Le soleil a baissé, l'ombre des sapins dessine des taches noires parmi les buissons de myrtilles d'un vert brillant, autour du bâtiment.

« Quand je suis rentré à la maison, cet après-midi-là… » Nils se met à rire. « Je me suis allongé dans le hamac et j'ai écouté de la musique, je me disais qu'en faisant comme d'habitude, ce serait comme si rien ne s'était passé. Je savais que tu étais mort, puisque j'avais assisté à ton décès. J'étais ici, exactement, et j'ai tout vu. Je croyais que je serais saisi par l'angoisse, ou l'effroi. Et ça a peut-être été le cas, d'ailleurs. Mais sais-tu quel sentiment a été le plus fort ? »

Benjamin ne répond pas, il regarde Nils, médusé.

« Le soulagement, dit Nils.

– Mais bon sang, dit Pierre, ça suffit maintenant. » Il avise un gros caillou et donne un coup de pied dedans.

« S'il faut parler de ça, alors parlons-en, non ? répond Nils en se tournant à nouveau vers Benjamin. Je regrette ce que j'ai fait. J'étais sous le choc, mais ce n'est pas une excuse. Et je me déteste à cause de ça. Mais est-ce que tu as oublié comment c'était pour moi ? Est-ce que tu as oublié tout ce que Pierre et toi m'avez fait subir ? J'ai gardé tous mes journaux intimes. Je les feuillette parfois. Tous les jours, je souhaitais que tu meures. Et c'est ce qui est arrivé, finalement. »

Benjamin observe Nils. Le léger strabisme de son regard. La cicatrice entre la tempe et l'œil, datant de sa chute sur le bord d'une piscine, quand il était petit. Sa peau de bébé, lisse, et ses yeux d'un brun profond, qui ont un si bel éclat quand le soleil y plonge. Benjamin éprouve soudain un grand besoin de son frère. Il a envie de sentir Nils près de lui, il veut que Nils le retienne, pour ne pas être happé par la cime des arbres et tomber dans l'abîme du ciel. Il pose une main sur l'épaule de son grand frère, sent sa maigreur, ses vertèbres à travers le T-shirt. C'est un geste gauche et inhabituel, mais il laisse sa main, Nils pose la sienne par-dessus, la tapote maladroitement. Ils se regardent en hochant la tête. Son doux sourire.

Ils marchent en file indienne à travers la forêt, leurs pas lourds dans les clairières où ils couraient, enfants. Ils ralentissent l'allure dans la dernière partie de la descente, se retiennent aux troncs d'arbre pour ne pas être entraînés par la vitesse, et débouchent en plein soleil.

Chapitre 12

L'arc électrique

C'était la Saint-Jean.

Il se souvient des dames opulentes qui vendaient du café et des petites brioches, derrière des tables aux pieds tubulaires. Il se souvient du bonhomme avec son tambour de tombola en fer-blanc qui cliquetait ; dès qu'un enfant voulait y toucher, il feignait de faire claquer le couvercle et les gamins s'évaporaient en piaillant, avant de revenir à la charge. Des lots sur une table, cinq couronnes le ticket ; il se rappelait avoir tiré le premier prix, une tablette de chocolat, et que le chocolat fondu nageait dans son emballage. Il se souvient des plaids de pique-nique tachés de café, sur lesquels les familles inconfortablement installées ouvraient leurs bouteilles thermos. Il se souvient que le mât de la Saint-Jean avait été décoré par les femmes, mais dressé par les hommes. Liesse générale quand il fut enfin debout, applaudissements épars emportés par le vent. Ça soufflait plus fort que d'habitude, les haut-parleurs se balançaient, la musique de l'accordéon qui semblait venir de loin donnait la chair de poule. Il se souvient que Molly avait eu peur lorsqu'une rafale de vent s'était engouffrée dans les houppiers et avait secoué les feuillages au-dessus du pré. Ils étaient assis un peu à l'écart des autres visiteurs. Comme toujours, quand ils se retrouvaient en famille dans des endroits fréquentés, ils se joignaient aux autres, sans être pourtant tout à fait là. Les frères, sales mais endimanchés. Maman avait tenté de domestiquer la chevelure de Pierre avec de la salive. Papa avait lentement distribué quelques billets, et les garçons avaient filé s'acheter des limonades. Aucun d'entre eux n'avait envie de danser autour du mât, mais maman leur avait fait signe de la rejoindre dans le cercle, alors ils avaient sautillé sur la chanson des « Petites Grenouilles », avant de filer l'un après l'autre, vite, retourner sur le plaid, et maman était restée toute seule avec Molly dans les bras, elle l'avait bercée au son de « Nous sommes des musiciens » et au bout d'un moment elle était revenue s'asseoir, épuisée mais pleine d'entrain, et avait lancé d'une voix de fausset : « Alors, on continue ? »

Papa s'était aussitôt levé.

« Oui, allons-y ! »

Le jour de la Saint-Jean, la tradition familiale voulait qu'on aille déjeuner dehors, sur la Transeuropéenne. C'était la seule fois de l'été où ils allaient au restaurant. Toujours le même, qui était toujours désert en cette journée de Midsommar où les gens étaient chez eux en famille et mangeaient du hareng.

Papa et maman s'installèrent à leur table habituelle, près de la fenêtre, avec vue sur l'autoroute.

« Vous avez des assiettes de charcuterie ? demanda papa au serveur.

– Non, je suis désolé.

– Vous avez un plat avec du salami ?

– Du salami ? Oui, il y a du salami sur plusieurs de nos pizzas.

– Pouvez-vous me donner le salami à part, sur une soucoupe ? »

Le serveur regarda papa, perplexe.

« Oui..., dit-il. C'est possible.

– Ah, bien, comme ça nous aurons une assiette de charcuterie. Vous avez de la vodka glacée ?

– Absolument », répondit le serveur.

Un instant plus tard, il revint avec deux verres ordinaires remplis d'un fond de vodka, que papa et maman commencèrent à siroter. Papa fit une grimace.

« Elle est à température ambiante, dit-il, et il héla le serveur. Pouvez-vous nous donner une coupelle de glaçons ?

– Elle n'est pas assez froide ? demanda le serveur.

– Si, si. On l'aimerait bien juste un petit peu plus froide encore. »

Quand il s'éloigna, papa et maman échangèrent un sourire, en buveurs émérites qui ferment les yeux sur les balourdises que leur infligent les amateurs. Au contact de la vodka, les glaçons émirent des petits craquements, papa et maman levèrent leurs verres et burent.

La conversation du déjeuner s'éteignit doucement. Elle se fit plus lente, papa et maman mangeaient paresseusement, commandaient encore à boire. Papa cherchait nerveusement à capter le regard du serveur. Ils ne se parlaient plus, leur échange était réduit à un bref « Santé » à chaque nouveau verre de vodka. Le plus souvent, quand il buvait, papa devenait apathique, difficilement accessible mais inoffensif, or là, c'était différent. Benjamin s'en aperçut à son agacement inaccoutumé. Le serveur ne voyant pas qu'il lui faisait signe, papa cria : « S'il vous plaît ! » d'un ton rude à travers la salle. Il ordonna à Benjamin d'arrêter de faire des bulles avec sa paille dans sa limonade. Quand au bout d'un moment Benjamin recommença, papa lui arracha la paille des mains et essaya de la déchirer. Peine perdue, le plastique était coriace, indestructible, alors papa fit une nouvelle tentative, avec les dents. La paille lui résistant toujours, il la jeta par terre. Maman détacha son regard de Molly, allongée sur ses genoux, nota la perturbation et baissa à nouveau les yeux. Immobile, Benjamin n'osait pas regarder son père. Il ne comprenait pas. Il se rendait compte que quelque chose n'était pas comme d'habitude. Maintenant, il fallait rester vigilant.

Ils montèrent dans la voiture. À l'intérieur du véhicule, Benjamin était toujours sur ses gardes, car c'était toujours là, semblait-il, que se déroulaient les scènes les plus terribles, lorsque la famille était enfermée dans un si petit espace. C'est là qu'avaient lieu les plus violentes disputes entre papa et maman, quand papa faisait tanguer la voiture en essayant de régler la radio, ou quand maman ratait une bifurcation sur l'autoroute et que papa poussait des cris désespérés en voyant s'éloigner la sortie derrière eux.

« Tu tiens vraiment à conduire ? marmonna maman quand papa sortit du parking.

– Oui, oui », répondit-il.

Benjamin était assis au milieu, sur la banquette arrière, c'était sa place, parce que de là il pouvait surveiller ses parents, la route, et ses frères à côté de lui. Juste avant d'arriver sur la départementale, papa prit un virage trop serré et la voiture rentra dans les buissons sur le bas-côté, les branches et les rameaux raclèrent durement le pare-brise.

« Hé, ho ! cria maman.

– Oui, oui », répondit papa.

Il repartit, fit hurler le moteur trop longtemps en première, et quand il se décida enfin à passer la vitesse supérieure, la voiture se mit à tanguer ; à l'arrière, la tête des enfants fut ballottée de droite et de gauche. Benjamin observait le regard de papa dans le rétroviseur, il le voyait cligner des yeux tandis que la voiture zigzaguait. Benjamin n'osait rien dire, la seule chose à faire était de rester assis en silence et de se concentrer, comme si c'était lui qui conduisait. Par la vitre latérale, il vit la voiture se rapprocher du fossé. Imperturbable, Pierre lisait une bande dessinée qu'il avait trouvée par terre. Nils en revanche, la tête appuyée contre le carreau, suivait attentivement les périlleux écarts du véhicule sur la chaussée. La départementale se rétrécit, devint un chemin gravillonné, et de chaque côté de la voiture se dressaient de grands arbres. Papa traversa la forêt à vive allure, ils étaient bientôt arrivés et dans la côte, juste avant de bifurquer sur le sentier forestier qui s'enfonçait vers la maison, Benjamin se dit qu'ils étaient peut-être tirés d'affaire, finalement.

Dans le dernier virage, sur les graviers, la voiture perdit son adhérence et papa ne maîtrisa plus le véhicule, qui partit à la dérive, roues bloquées. Papa essaya de parer au dérapage, mais la voiture échoua dans le fossé, de l'autre côté du chemin. Benjamin fut propulsé en avant, il atterrit sur la boîte de vitesses, ses frères se retrouvèrent par terre. Papa regarda autour de lui, troublé. Lorsqu'ils avaient quitté la route, maman avait serré Molly contre sa poitrine, elle vérifia rapidement qu'elle n'était pas blessée. Puis elle se retourna et demanda : « Tout le monde va bien ? »

Les frères se déplièrent, reprirent leurs places. La voiture penchait, ils étaient tous les trois serrés contre le côté droit. Papa redémarra.

« Qu'est-ce que tu fais ? demanda maman.

– Il faut sortir de là, dit papa.

– On n'y arrivera pas, on va devoir appeler quelqu'un.

– Tu rigoles », dit papa.

Il essaya de remonter sur le chemin, appuya plus fort sur l'accélérateur, faisant hurler le moteur, la terre et les cailloux claquaient sous le châssis, mais la voiture ne bougeait pas.

« Putain ! » cria papa, et il remit les gaz.

Pierre ouvrit la portière de son côté.

« Ferme cette portière ! beugla papa. Ferme cette portière, bordel ! »

Benjamin s'allongea aussitôt sur Pierre et referma la portière, tandis que le moteur rugissait férocement et que maman criait pour couvrir le bruit : « On n'y arrivera pas ! »

Papa passa la marche arrière, accéléra et là, les pneus accrochèrent et la voiture se hissa hors du fossé. Papa s'arrêta au milieu du chemin pour passer la première. Pierre rouvrit sa portière.

« Je veux rentrer à la maison à pied, dit-il.

– Moi aussi », dit Benjamin.

Benjamin vit le rictus de papa dans le rétroviseur.

« Mais bordel, qu'est-ce que j'ai dit, avec cette portière ? »

Il se retourna à demi et se mit à frapper à l'aveuglette en direction des garçons.

« Elle reste fermée quand le moteur tourne ! »

Mains sur la tête, les frères se protégeaient contre

le poing qui fendait l'air. Benjamin écopa de plusieurs coups à l'épaule, Pierre en reçut un sur la cuisse. Mais c'est Nils qui fut le plus touché parce qu'il était assis en pleine trajectoire et ne pouvait éviter les allers et retours du poing de papa qui balayait l'espace au-dessus de la banquette arrière, l'un après l'autre les coups l'atteignaient au visage. « Arrête ! » hurla maman en tentant de retenir son bras, mais papa était ailleurs, il n'était plus possible d'entrer en contact avec lui.

Le premier réflexe de Pierre fut de fuir, il tritura la poignée de la portière pour s'échapper, mais Benjamin eut le réflexe inverse. Il se glissa du côté de Pierre et tira la porte, les enfermant, lui et ses frères, avec les coups.

« Ça y est, papa, elle est fermée ! hurla-t-il. Elle est fermée ! »

Encore quelques allers et retours du poing accompagnés de bruits indistincts, puis cela se calma. Les coups cessèrent, Benjamin se risqua à regarder entre ses mains. Papa fixait le volant, silencieux. Puis il passa la première et roula, les trois frères se redressèrent, maintenant ils suivaient le chemin, regardaient les mains molles de papa sur le volant, épiant chacun de ses gestes, dans la descente du sentier forestier et lorsqu'il manœuvra pour garer la voiture devant la maison. Aucun d'entre eux n'osa ouvrir la portière.

« Je vais m'allonger », dit papa, et il descendit. À travers le pare-brise, entre les sièges avant, Benjamin le vit se tenir au tronc des arbres qui bordaient l'allée, monter les marches du perron d'un pas large et incertain, puis disparaître dans la maison. Maman sortit elle aussi, ouvrit la portière du côté de Nils et fit signe aux frères de descendre. Ils se rassemblèrent devant la voiture. Benjamin remarqua le regard trouble de sa mère, son sourire en biais, celui qu'elle avait toujours quand elle avait trop bu et essayait de s'y retrouver dans un monde qui lui était soudain devenu incompréhensible.

« Tout va bien ? »

Elle caressa doucement le visage de Nils.

« Mon bonhomme, dit-elle en examinant une blessure sur son menton. Je vais dire deux mots là-dessus à papa, il viendra vous faire des excuses. Mais je crois qu'il a d'abord besoin de dormir un peu. Vous comprenez ? »

Les garçons hochèrent la tête. Maman s'appuya sur le capot, adressa son doux sourire à Pierre et lui caressa la joue. Elle le regarda longtemps, sans voir ses yeux remplis de larmes ni ses tremblements.

« Papa et moi on va dormir un peu, dit-elle. Ensuite on parlera de ça tous ensemble sérieusement. »

Elle tendit Molly à Benjamin.

« Vous pouvez vous occuper d'elle un moment ? »

Sur ce, elle s'éloigna lentement dans l'allée. Elle s'arrêta, comme si quelque chose venait de lui traverser l'esprit, puis continua vers la maison, passa devant le cellier et gravit les marches du perron. C'est seulement lorsqu'elle fut hors de vue que Pierre éclata en sanglots. Benjamin et Nils posèrent chacun un bras sur ses épaules, Nils agrippa Benjamin, et là, quand ils furent tous les trois enlacés, près de la voiture, Benjamin eut le sentiment que ses frères et lui étaient ensemble pour la première fois depuis longtemps.

Molly choisit ce moment pour disparaître. Le trajet en voiture l'avait mise dans tous ses états, elle gémissait, inquiète, se mit à trottiner sur le petit sentier, l'air apeuré, s'éloignant puis revenant, et d'un seul coup elle fila entre les arbres, apparemment décidée à s'enfuir. Benjamin l'appela, d'abord d'un ton encourageant : « Coucou, mon petit chou », puis avec autorité : « Viens ici maintenant ! » Les trois frères appelaient, mais elle n'écoutait pas, elle continuait dans la côte, ne voulait plus être avec eux.

C'est ainsi que les frères montèrent dans la forêt cet après-midi-là, à la poursuite de la chienne effrayée. Ils finirent par la rattraper, Benjamin la prit dans ses bras et vit la peur dans ses yeux, sentit son cœur battre.

Ils s'enfoncèrent davantage dans la forêt. Benjamin se souvient que Pierre portait une chemise blanche, maman l'avait soigneusement rentrée dans la ceinture du jean le matin, mais maintenant elle pendait à l'extérieur. Il se souvenait qu'ils avaient marché sur des racines qui ressemblaient à des doigts de vieillard. Qu'ils avaient entendu le coucou quelque part dans les pins, et l'avaient imité. Qu'ils avaient arraché des morceaux d'écorce sur un arbre et les avaient lâchés dans le ruisseau sur le versant de la forêt orienté vers le lac.

Ils continuèrent à gravir la colline, et sans le vouloir, sans s'être concertés, ils se retrouvèrent malgré eux sur le sentier qui menait au transformateur électrique. De loin déjà ils entendirent le bruit du courant, telle une lointaine rumeur d'orgue, un faible bourdonnement qui s'amplifiait et devenait plus grave à mesure qu'ils s'en rapprochaient, et bientôt ils aperçurent le haut de la grande construction métallique qui brillait dans le soleil.

Arrivés près du poste, ils dépassèrent les alignements de poteaux coiffés de caoutchouc et s'avancèrent jusqu'à la clôture. Ils regardèrent à travers la porte ouverte du bâtiment.

« Je me demande ce qu'il y a à l'intérieur, dit Benjamin.

– Sûrement juste un tas de fils électriques, répondit Nils.

– On essaie d'entrer ?

– Non, dit Nils, c'est peut-être dangereux. »

Ils se postèrent côte à côte devant la clôture, les mains contre le grillage.

« J'ai reçu une décharge, un jour, dit Benjamin. J'avais demandé à papa ce que ça faisait quand on prenait un coup de jus, alors il a sorti une de ces piles carrées, là, et il m'a dit de la lécher.

– Et qu'est-ce que ça t'a fait ? voulut savoir Pierre.

– Ça m'a piqué la langue, pendant un moment j'ai

eu l'impression de ne plus pouvoir parler. Puis c'est passé.

– Mais il y a des décharges bien pires, dit Nils. Si tu enfonces une fourchette dans une prise, par exemple. Là tu peux mourir. »

Benjamin tâta la poignée de la clôture. Celle-ci s'ouvrit aussitôt.

« Là aussi, ça a été forcé ! » s'écria-t-il.

Il franchit la clôture, marcha sur la petite pelouse devant la bâtisse et vint se planter face à ses frères de l'autre côté de la grille. Saisissant celle-ci d'une main, il cria : « Libérez-moi ! » en faisant semblant de pleurer. « S'il vous plaît ! »

Il baissa les yeux sur Molly, qu'il tenait contre lui, posa doucement une main sur sa tête. Il se tourna à nouveau vers ses frères et, le visage déformé par un rictus, il souleva la chienne dans leur direction.

« Prenez au moins Molly, implora-t-il. Laissez-lui la liberté, elle ne mérite pas ça ! »

Pierre pouffa de rire.

« Allez, maintenant on rentre, dit Nils.

– Attends, dit Benjamin, je veux juste voir comment c'est là-dedans. »

Il fit quelques pas vers la bâtisse, s'arrêta dans l'ouverture de la porte, scruta l'intérieur, mais ne distingua que de vagues formes sombres. Tâtonnant le long du mur, il trouva un interrupteur qu'il actionna, et aussitôt une ampoule au plafond éclaira la pièce. Celle-ci était plus petite qu'il ne l'avait cru. Un espace réduit où se tenir et, sur le mur du fond, un alignement serré d'épais câbles noirs montant du sol au plafond. Le courant intense et continu qui circulait le long des murs semblait faire vibrer la pièce, produisant un bruit qui rappelait les trois grands sèche-linge dans la cave, chez eux en ville.

« Vous croyez qu'il y a du courant ? cria Benjamin à ses frères, dehors.

– Oui ! répondit Nils. Ne touche à rien. »

Benjamin ramassa un caillou et le lança en douceur contre les câbles. Le caillou retomba sans que rien ne se passe. Il en prit un plus gros et recommença.

« Apparemment il n'y a pas de courant, annonça-t-il. Il ne se passe rien quand je jette des cailloux.

– Les pierres ne sont pas conductrices ! cria Nils. Ça ne veut pas dire que les câbles ne le sont pas non plus ! »

Benjamin s'avança avec prudence plus près du mur noir, il n'en était plus qu'à cinquante centimètres. Il leva la main.

« N'y touche pas ! hurla Nils. Je suis sérieux. Tu risques de mourir !

– Non, non, lança Benjamin. Je ne touche à rien. »

Il approcha encore un peu sa main levée, et les câbles émirent un crépitement, une sorte de craquement, qui disparut dès qu'il la baissa.

De nouveau, il la tendit vers le mur noir. De toutes petites étincelles, presque invisibles, apparurent entre les câbles et sa main. Plus il l'approchait, plus ça crépitait. Il n'avait jamais entendu un son pareil de sa vie. C'était comme dans les films, quand ils mesurent la radioactivité après une grande catastrophe. Il pouvait commander le bruit en avançant ou en éloignant sa main, et il saisissait l'ampleur de cette force à présent. Nils avait raison. S'il touchait les câbles, il risquait d'être gravement blessé, et une pensée lui traversa l'esprit : Je n'ai jamais été aussi près de la mort qu'en cet instant. Il se retourna vers ses frères.

« Vous avez vu ça ? cria-t-il en suivant des yeux les petites flammèches qui fusaient dans la pièce. Des étincelles ! C'est de la magie !

– Arrête ! hurla Nils. Arrête ça tout de suite ! »

Benjamin écoutait le son qui enflait et s'éteignait au rythme des mouvements de sa main, il contemplait le rideau d'étincelles autour de lui et, soutenant le regard de ses frères, il sourit ; puis toute la pièce devint bleue.

Il se réveilla neuf. Les premières secondes furent des secondes d'apesanteur et de liberté. Il s'assit, essaya de s'orienter. Ensuite la douleur apparut, enflamma son dos et son bras, et les événements l'assaillirent. Il regarda le grillage, à l'extérieur.

Pensa : Où sont mes frères ?

Le soleil était plus bas dans le ciel. Combien de temps était-il resté allongé là ? Il essaya de se relever, mais ses jambes ne le portaient pas, il abandonna et se rassit, un vague élancement parcourut son corps et là, il commença à comprendre.

Molly.

Elle était couchée à un mètre de lui seulement. Il n'y avait aucun doute possible. La peau roussie, la position anormale de ses membres. Il rampa jusqu'à elle, souleva le corps abîmé et le posa sur ses genoux. Il observa le visage sans vie de Molly, sa bouche entrouverte, comme si elle dormait profondément et qu'il suffisait de la secouer un peu pour la réveiller. Il n'osa pas le faire, ne voulait pas toucher ses blessures, de peur de lui faire mal. Il la serra contre son cœur, à l'endroit où elle se trouvait juste avant de mourir. Sa respiration se fit plus rapide et plus lourde, il entendit des sons inconnus, comprit qu'ils provenaient de lui. Et morceau par morceau, le monde s'évanouit. Toute sa vie, il avait lutté contre le sentiment de perdre pied, il avait en permanence cherché à s'accrocher à des choses ou des lieux concrets, mais pour la première fois, il désirait au contraire lâcher tout ce qui le retenait. Assis dans l'obscurité, il regardait le mince rectangle vert de réalité, à l'extérieur, il plissa très fort les yeux puis les rouvrit avec l'espoir que l'ouverture allait vite s'obturer, qu'elle s'éteindrait, tout simplement, et que lui disparaîtrait, délié de la réalité, retenu pour toujours dans les ténèbres.

Il avait dû perdre connaissance, car lorsqu'il rouvrit les yeux, le soleil, dehors, avait encore décliné. Il se leva, tituba vers la porte. Ses premiers pas dans la lumière ; il passa la clôture. Pensa : Où sont mes frères ?

Il traversa la forêt, la chienne dans les bras. Il ne sait pas comment il est rentré à la maison. Mais il se souvient qu'il avait vu le lac, qu'il était sombre, sans une ride, qu'il n'y avait pas un souffle de vent. Il se souvient que ses jambes le portaient à peine et qu'il avait vu sa mère sur le perron, en robe de chambre. Il se souvient de sa silhouette floue, des arbres autour de la maison, embués par ses larmes. Il se souvient que maman s'était avancée sur la pelouse, elle l'avait regardé avec une sorte de stupeur. Et il se souvient qu'elle s'était écroulée dans l'herbe en criant de désespoir, et que le lac avait répondu.

Chapitre 13

Midi

À partir d'ici, il n'y a plus de clôture anti-gibier, la départementale devient plus étroite, moins bonne ; asphalte rapiécé, nids-de-poule inattendus et carcasses d'animaux au bord du fossé, pelage déchiré et chair écrasée. Ils ne croisent personne, excepté un ou deux grumiers chargés de bois. Toutes les stations de radio se brouillent les unes après les autres. Ils sont de l'autre côté de la Suède, s'enfoncent de plus en plus dans les forêts, parlent de moins en moins, et lorsqu'ils quittent enfin la départementale, ils sont complètement muets. Ils repassent par le trou de ver. Les voilà de retour sur le chemin de terre, encore cinq kilomètres à travers la forêt et ils seront arrivés. Dans le rétroviseur qui vibre, Benjamin voit les nuages de poussière soulevés par la voiture, pareils à la fumée de feux de Bengale, ça moutonne de part et d'autre, jusque sur les arbres, les sapins sont de plus en plus hauts à mesure qu'ils approchent de la propriété.

Il roule prudemment sur le vieux chemin de terre et Nils, à l'arrière, fixe la route d'un air concentré, le buste incliné vers l'avant. C'est comme s'ils arrivaient dans un lieu protégé par les anges gardiens de la famille, un endroit que quelqu'un se serait employé à garder intact au cas où ils y reviendraient un jour. La voiture est toujours cahotée par les mêmes ornières. Le long de la route, les panneaux signalant les aires de croisement penchent bizarrement, de la même manière aujourd'hui qu'autrefois. Les jours et les années se sont-ils seulement écoulés, ici ? Ou bien tout est-il resté figé ? Il se produit peut-être quelque chose avec le temps, dans ces forêts, il ne se comporte pas comme il devrait. Le temps est un chemin de terre, en tenant sa droite on peut s'y voir passer soi-même, en sens inverse. Soudain, Benjamin voit arriver la vieille Volvo 245 en face de lui, papa et maman sont assis devant, ils se sont faits chics parce que c'est la Saint-Jean. Et au milieu de la banquette arrière, il s'aperçoit lui-même, le regard attentif, soucieux que tout aille bien.

Et maintenant, par les vitres baissées, Benjamin entend un bruit de moteur, c'est Nils qui surgit en haut de la côte sur sa mobylette dont le réservoir brille au soleil, et il les croise rapidement, triste et solitaire, il roule à vive allure sur l'étroit lacet de terre qui relie la maison à la réalité, il rentre de sa journée au magasin d'alimentation. Tiens, là-bas parmi les arbres, ce sont Benjamin et Pierre qui courent serrés l'un derrière l'autre, ils sont perdus dans la forêt, ils ont peur et tendent l'oreille vers le bruit de la mobylette, pour retrouver le chemin de la maison.

La voiture aborde la côte où l'on est toujours ébloui par le soleil, le soir, et après avoir dépassé la crête, Benjamin s'aperçoit à nouveau lui-même, juste au bord de la route, petit garçon en short, jambes minces et torse nu. Maman a passé quelques jours en ville pour son travail et il est monté seul sur le chemin pour aller à sa rencontre. Au moment où Benjamin arrive à sa hauteur, le garçonnet plonge ses yeux clairs dans les siens, il considère le visage de cet étranger avec indifférence, tourne à nouveau la tête vers le haut de la colline, il guette le retour de sa mère.

L'un après l'autre ils défilent, tous les petits garçons qu'il a été.

Benjamin et ses frères sont presque arrivés maintenant, ils bifurquent dans le sentier forestier. Il se souvient de leur dernier matin ici, une semaine après l'accident. Au petit déjeuner, la décision était tombée : « On rentre à la maison. » Tout s'était précipité. On avait ouvert de grandes valises par terre, dans le séjour. Papa avait fait le tour de la maison, éteint les lampes, fermé les radiateurs. Pendant qu'il chargeait les dernières affaires dans la voiture et vérifiait que les portes étaient verrouillées, maman avait allumé une cigarette et s'était appuyée contre le capot. Elle fumait, l'air absent, le regard tourné vers le lac. Benjamin s'était approché, prêt à prendre le sac posé à ses pieds, mais elle l'en avait empêché d'un geste de la main, et il était resté planté à côté d'elle, tout près. Maman avait jeté un coup d'œil furtif sur Benjamin puis à nouveau dirigé son regard vers le lac.

« Le jour où c'est arrivé, avait-elle dit en tapotant sa cigarette de l'index, je m'étais réveillée, cet après-midi-là, et je n'arrivais pas à me rendormir. J'étais dans mon lit et je faisais des mots croisés… »

Elle avait fait un signe, pointé un doigt vers le ciel.

« Tout à coup, la lampe du plafond s'est éteinte. J'ai regardé en l'air, étonnée. Qu'est-ce qui se passait ? Et puis quelques secondes plus tard, à peine, la lumière est revenue. »

Maman avait secoué doucement la tête.

« Je n'y ai pas prêté plus attention, mais maintenant je comprends. »

Elle avait souri.

« On peut très bien y voir quelque chose de beau. C'était comme un petit salut, un adieu. Tout s'est éteint, et ensuite elle n'était plus. »

Maman avait écrasé la braise de sa cigarette sur le mur de la grange et rangé la moitié non fumée dans le paquet. Puis elle était montée dans la voiture.

On voit bien que personne n'a roulé ici depuis très longtemps. L'herbe est haute entre les ornières, les branches des arbustes giflent la carrosserie, à droite et à gauche. Benjamin croise une voiture dans l'étroit chemin, c'est à nouveau la vieille Volvo 245, chargée jusque sur le toit, c'est le dernier jour, celui où la famille quitte la propriété. Papa est au volant, maman à côté de lui, elle regarde le chemin devant elle, sans rien dire. Les trois frères sont serrés épaule contre épaule sur la banquette arrière. Benjamin tient bien sa droite pour que le véhicule qui repart ait la place de passer. Il s'entraperçoit lui-même un très bref instant, juste une vision fugace du garçon assis au milieu. Son regard triste, en éveil, qui surveille attentivement tout ce qui se passe dans la voiture et à l'extérieur. La Volvo 245 croise Benjamin et continue dans la côte, il la suit dans le rétroviseur jusqu'à ce qu'elle disparaisse de sa vue. Il aborde le dernier virage et bientôt la maison de bois peinte en rouge se profile à travers les arbres. La propriété est envahie par la végétation, à côté des grands sapins la fermette paraît minuscule. Les hautes herbes raclent le châssis de la voiture. Il avance jusqu'au cellier et coupe le contact. Les frères restent un moment dans la voiture et regardent à l'extérieur.

Ils sont de retour.

Deuxième partie

De l'autre côté du chemin de terre

Chapitre 14

10 heures

Il regarde les lignes haute tension le long de l'autoroute. À travers les vitres latérales, les câbles noirs s'inclinent lentement vers l'été, inversent ensuite leur courbe pour remonter tous les cent mètres jusqu'à leur point culminant, au sommet des gigantesques pylônes d'acier auxquels ils sont attachés, puis ils plongent à nouveau, saluant d'une révérence les prairies au-dessous d'eux.

Il regarde les lignes haute tension.

Une fois, le tableau électrique de Benjamin avait pris feu. Il avait réussi à éteindre l'incendie, mais avait dû faire venir un électricien pour réparer le court-circuit. L'homme avait dévissé les lambris dans l'entrée pour accéder au tableau électrique. Habile, il avait retiré le boîtier extérieur en quelques secondes seulement, rassemblé les vis dans sa grosse main. Il s'apprêtait à démonter le boîtier suivant quand un courant d'air avait fait claquer la porte de la cuisine juste derrière lui et, par réflexe, l'électricien avait immédiatement lâché tout ce qu'il tenait en main et levé les bras, comme sous la menace d'un revolver. Benjamin était resté interloqué. Tandis que l'électricien récupérait les vis et les outils éparpillés par terre dans l'entrée, Benjamin lui avait demandé ce qui s'était passé. « Déformation professionnelle, avait répondu l'homme. Dès qu'un électricien entend des claquements, il lâche tout ce qu'il a dans les mains. »

La terreur de prendre une décharge électrique. Enfant, Benjamin ne l'avait jamais ressentie. Avant l'accident, il était attiré par le courant. Derrière la piscine, il y avait une ferme équestre et après un cours de natation, un jour, alors que les autres enfants retournaient à l'école, Benjamin était allé jusqu'à la clôture électrique bordant l'enclos des chevaux. Il avait regardé longtemps le mince fil et la plaque de métal jaune avertissant du danger, sur laquelle une main au contact du câble était entourée d'éclairs rouges fusant dans toutes les directions. Comme pour se lancer un défi à lui-même, il avait placé ses deux mains près du fil, les avait jointes en coupe sans le toucher, puis il les avait resserrées. Une brève décharge lui avait parcouru les mains, montant jusqu'à ses aisselles avant de se dissiper. Il se souvient qu'après cela, il s'était senti étonnamment stimulé. Le courant semblait avoir agi un instant sur son étrange manque d'énergie en lui donnant un coup de fouet, et au moment de la décharge il avait cru entendre une voix lui chuchoter : « Allez, fonce ! »

Sur l'autoroute, Pierre roule vite, il ne quitte pas la file de gauche. Dès qu'un véhicule, devant lui, l'oblige à ralentir – une espèce de conducteur du dimanche qui n'est pas pressé – il le colle et lui fait des appels de phares, le force par intimidation à se rabattre sur la voie du milieu, c'est-à-dire à sa place, puis il accélère à nouveau, et le moteur bien huilé ronronne de satisfaction.

« Restau ! s'écrie Pierre tout à coup, le doigt pointé sur un panneau qui se rapproche, à l'horizon.

– Enfin », marmonne Nils à l'arrière.

Le restauroute ressemble à tous les restauroutes. Les employés ont des étoiles dorées sur la poitrine, certains en ont plusieurs, d'autres n'en ont pas, ainsi tout le monde peut voir qui est bon et qui ne l'est pas. Tous portent des badges avec leur nom, hormis le très jeune gérant qui, l'œil attentif, va et vient derrière les caisses ; on dirait une poule, l'indolence de ses employés lui fait honte, il arpente la salle d'un pas nerveux, se charge efficacement de telle ou telle tâche, s'arrête de temps à autre et regarde les clients avec un sourire vide.

Ils commandent des hamburgers-frites et vont s'asseoir à l'une des tables tout près de la sortie. Nils sort son téléphone.

« Il faut que je règle vos conneries, dit-il. Je suppose que nous sommes recherchés par la police.

– Oh là là, dit Pierre en rigolant.

– Non, pas de oh là là, dit Nils. Je suis super sérieux. »

Il ressort, Benjamin ne tarde pas à l'apercevoir sur le parking, en plein vent, le téléphone pressé sur une oreille et se bouchant l'autre avec la paume de sa main pour ne pas être gêné par le bruit de l'autoroute. Pierre verse les frites dans le couvercle de son hamburger, il dispose soigneusement les petites capsules de ketchup en ligne, quand il en a vidé une, la suivante n'est pas loin.

« Je n'aurais jamais cru qu'on retournerait là-bas, dit Pierre.

– Non », dit Benjamin. Une nouvelle pensée lui vient aussitôt, il lève les yeux de son hamburger. « Pourquoi donc ?

– Eh bien, à cause de l'accident, dit Pierre. Ça a été tellement dur pour toi. »

Benjamin observe les gestes rapides de Pierre en train de manger : il trempe trois frites à la fois dans le ketchup, elles s'alourdissent et ploient comme des tulipes, il les fourre dans sa bouche.

« Je ne comprends toujours pas, dit Pierre. Pourquoi as-tu reçu une décharge ? C'est pourtant bien quand on touche un câble qu'on prend une décharge, non ? Tu n'avais touché à rien.

– Je n'ai pas compris non plus. J'ai vécu dix ans sans savoir ce qui s'était passé. Puis je me suis renseigné.

– Alors ? »

Et Benjamin explique à Pierre les arcs électriques. À certains endroits, la tension électrique est si élevée que l'air ambiant lui-même est chargé. Sa température atteint plusieurs milliers de degrés et finalement, la chaleur est telle que cela provoque une décharge, qui rappelle la foudre.

« C'est ce qui s'est passé ? demande Pierre.

– Oui. Il est étonnant que je ne sois pas mort, selon les électriciens auxquels j'en ai parlé.

– Tu as raconté ça à des électriciens ?

– Oui. À un certain nombre.

– Pourquoi ?

– Je voulais comprendre ce qui m'était arrivé. »

Pierre hoche la tête, regarde au-dehors, Nils a changé de place, maintenant il est sur un petit remblai herbeux surplombant les huit voies de l'autoroute.

« Sais-tu combien d'accidents dus à l'électricité sont déclarés chaque année à l'Office de sécurité des installations électriques ? demande Benjamin. Cinquante. Mais sais-tu combien on estime qu'il s'en produit en réalité ? Plus de vingt mille. Or personne ne les déclare. Et pourquoi, à ton avis ?

– La honte ?

– Exactement. Ils ont honte. Parce qu'ils sont électriciens. Ils sont censés savoir.

– Incroyable », fait Pierre en reposant son hamburger qu'on dirait entamé par des dents de rat. Il prend une frite, la grignote comme on mange un stick apéritif, puis dépose sur une serviette en papier sur la table le bout qu'il a touché. Benjamin remarque tous les petits rogatons que son frère a laissés.

« Pourquoi ne manges-tu pas le dernier bout ? demande Benjamin.

– C'est dégoûtant, répond-il, mes doigts sont sales, ils ont traîné partout. »

Benjamin regarde Pierre se débarrasser de ses bouts de frites les uns après les autres et il est soudain pris de pitié pour son frère, parce que dans le petit tas qui grossit sur la table, il croit voir le signe que Pierre aussi porte en lui quelque chose, derrière cette manie il y a aussi une histoire. Benjamin a toujours été frappé par le fait que Pierre soit sorti de l'enfance apparemment sans une égratignure. Il donne l'impression d'être imperturbable, comme si les événements coulaient sur lui, ou peut-être même qu'ils le rendaient plus fort. Or à cet instant, face à son frère en train d'empiler ses bouts de frites, Benjamin sent pour la première fois que quelque chose a laissé des traces en lui, parce que refuser de mettre dans sa bouche ce qu'on a touché, c'est en quelque sorte refuser d'avoir affaire à soi-même. Dans le silence qui s'installe entre eux, les bruits du restaurant s'amplifient. Cliquetis des machines qui crachent nerveusement des glaçons dans les gobelets en carton. Sèche-mains qui se déclenche puis se tait dans les toilettes. Bourdonnement de l'autoroute chaque fois qu'entre un nouveau client. Quelqu'un commande une glace à l'italienne et un petit moteur se met en marche, émettant un son grave, comme la dernière touche d'un piano tout en bas du clavier, et Benjamin est à nouveau projeté vers le poste de transformation, devant le mur de courant, visions qu'il tente aussitôt de chasser, et peut-être y parvient-il, mais il sait qu'elles reviendront. Chaque fois qu'il est surpris par des bruits forts, il repense à l'explosion. Lorsqu'il tire la chasse d'eau dans les toilettes d'un avion, par exemple, et que le clapet du sas claque en se refermant. Les éclairages intenses lui font le même effet. Quand il conduit de nuit, l'hiver, sur une route départementale, et croise soudain un conducteur qui roule pleins phares, il reste paralysé un court instant, est ramené à la dernière seconde juste avant l'explosion, lorsque tout était devenu blanc. Le sol frais de la pièce dans l'obscurité humide, lui qui se réveille et tâtonne, plisse les yeux dans la lumière.

Pour la première fois au cours de la conversation, Benjamin ne cherche pas à éviter le regard de Pierre.

« Il y a une chose que je n'ai jamais comprise, dit Benjamin. Comment avez-vous pu m'abandonner là-dedans ? »

Pierre pose son verre de Coca, tamponne le bout de ses doigts sur une serviette, secoue la tête en souriant.

« C'est vraiment ce que tu crois ? demande-t-il. Moi je ne t'ai pas laissé tomber.

– Quand je me suis réveillé, vous n'étiez plus là. Cela voudrait dire quoi, sinon ?

– Tu ne sais donc toujours pas ce qui s'est passé ? Je ne t'ai pas laissé tomber. Je me suis précipité vers toi. J'ai voulu te tirer de là et à la seconde même où je t'ai touché, j'ai pris une décharge, moi aussi.

– Non.

– Non ?

– Je ne te crois pas, dit Benjamin.

– Tu étais évanoui. Tu n'as rien vu. La décharge que tu avais reçue t'avait rendu conducteur, et moi j'ai pris un coup de jus en te touchant. Ça m'a seulement assommé. Quand je me suis réveillé, j'ai vu Nils s'éloigner dans la forêt. J'ai essayé de te ranimer, mais ça ne marchait pas. Je croyais que Nils était parti chercher de l'aide. Alors je l'ai suivi. Je l'ai rattrapé juste au moment où il arrivait à la maison. Il est allé se coucher dans le hamac, je ne comprenais rien.

– Et après ? Qu'est-ce que tu as fait ?

– Je lui ai crié qu'on devait retourner là-bas. Mais il n'a pas voulu. J'étais paniqué, j'ai cherché papa et maman, ils n'étaient nulle part. Alors je suis revenu sans lui.

– Non, ça ne peut pas être vrai. J'étais tout seul quand je me suis réveillé dans le transformateur.

– Je me suis trompé de chemin. J'ai couru tout ce que j'ai pu pour venir te chercher, mais à la fin j'étais complètement perdu. Je ne retrouvais ni le chemin du poste électrique ni celui de la maison. »

Benjamin tombe des nues.

« Tu ne t'en souviens pas ? demande Pierre. Quand tu es revenu avec Molly, je n'étais pas là. J'étais dans la forêt et je te cherchais. »

Benjamin ferme les yeux. La Saint-Jean. Il a porté Molly jusqu'à la maison. Elle est étendue, morte, sur la pelouse devant le perron. Maman la soulève et s'effondre avec elle dans l'herbe. Elle l'embrasse, elle crie.

Nils.

Le voilà, dans la descente vers le lac, un peu à l'écart, il observe la scène en silence. Maman lève les yeux sur Benjamin. Il se rappelle certains petits détails, par exemple le fil de salive entre sa lèvre supérieure et sa lèvre inférieure. Son sein blanc sous la robe de chambre ouverte. « Qu'est-ce que tu as fait ? ne cesse-t-elle de hurler à Benjamin, alternant entre la colère et le désespoir. Qu'est-ce que tu as fait ? »

Mais où est Pierre ? Benjamin le cherche, mais il ne le voit nulle part.

« Tu n'étais pas là.

– Non. J'errais dans la forêt. Puis j'ai abandonné, je me suis assis sur une pierre. Finalement j'ai entendu les cris de maman. Je ne l'avais jamais entendue crier comme ça. Elle hurlait : "Qu'est-ce que tu as fait ? Qu'est-ce que tu as fait ?" J'ai suivi ses cris. Quand je suis arrivé, tout était sens dessus dessous. C'était… » Il secoue la tête. « C'était le chaos.

– Oui, dit Benjamin, les yeux baissés vers la table. Et qu'est-ce que tu as fait alors ?

– Je ne sais plus. Je me souviens que j'ai voulu me laver. Je n'avais pas envie que papa et maman voient ce qui s'était passé. J'avais les mains et les bras brûlés.

Tu ne te rappelles pas que j'ai eu des marques de brûlures pendant plusieurs semaines ?

– Non.

– Je suis allé me laver dans la salle de bains et ma peau se détachait. J'étais planté là, je regardais tous ces morceaux de peau dans le lavabo et j'entendais les hurlements de maman dehors, ils me tintaient dans les oreilles. J'avais l'impression de me trouver en plein milieu d'une guerre.

– Je ne savais pas tout ça, dit Benjamin. Je ne savais pas que tu avais essayé de me sauver la vie. Je ne savais pas que tu m'avais cherché. »

Pierre hausse les épaules.

« Pourquoi ne me l'as-tu jamais raconté ? demande Benjamin.

– Je croyais que tu étais au courant. Et puis papa et maman disaient que tu n'allais pas bien, qu'il ne fallait pas te parler de ce qui était arrivé. »

Les images défilent. Benjamin traverse la forêt en titubant, Molly dans les bras, il arrive près de la maison, pas une ride ne trouble le lac. Il voit maman sur le perron. Sa bouche entrouverte, son regard vide, juste avant qu'elle comprenne. Maintenant il voit aussi son petit frère, se l'imagine dans la forêt, perdu. Il a déclaré forfait, quand soudain les cris de maman lui parviennent à travers les pins. Alors il se met à courir, le petit garçon, ses bras brûlés ballant le long de son corps. Il a sept ans, il court, guidé jusqu'à la maison par les pleurs de sa mère.

Pierre et Benjamin se lèvent, enfilent leurs vestes. Pierre prend le hamburger de Nils. En quittant la table, Benjamin pose les yeux sur le tas de frites abandonnées, ces bouts de pomme de terre que Pierre a empilés en une jolie pyramide, discrète manifestation du dégoût de soi.

Ils montent en voiture. Les surgelés que Nils a emportés dans un sac à provisions se sont réchauffés, une vague odeur de pirojkis à la viande flotte dans l'habitacle. Ils reprennent l'autoroute, elle rétrécit en une nationale. À partir d'ici, il n'y a plus de clôture anti-gibier, la départementale devient moins bonne ; asphalte rapiécé, nids-de-poule inattendus et carcasses d'animaux au bord du fossé, pelage déchiré et chair écrasée. Ils ne croisent personne, excepté un ou deux grumiers chargés de bois. Toutes les stations de radio se brouillent les unes après les autres. Ils sont de l'autre côté de la Suède, s'enfoncent de plus en plus dans les forêts, parlent de moins en moins, et lorsqu'ils quittent enfin la départementale, ils sont complètement muets. Ils repassent par le trou de ver.

Chapitre 15

La fête du baccalauréat

De la fenêtre, papa observait la place, en bas. Il regarda l'heure, alla s'asseoir sur une chaise à table, baissa les yeux sur ses genoux. Il s'était fait chic : mocassins couleur chair, ton sur ton avec ses jambes, pantalon de costume – il le laissait toujours suspendu à un cintre dans la cuisine jusqu'à la dernière minute, afin de garder intact le pli du pressing, une habitude qui rebutait Nils et maman parce que avant chaque grande occasion il déambulait plusieurs heures en caleçon dans l'appartement. Il s'était coiffé de sa vieille casquette de bachelier, défraîchie et informe, pareille à un bout de chiffon jauni.

« Bon sang », chuchota-t-il en retournant à la fenêtre. Il était obligé de presser son visage contre la vitre pour apercevoir un bout de rue en bas. Benjamin s'imaginait papa vu de l'autre côté, depuis la place, avec ses mains sur la vitre, sa joue écrasée et ses grands yeux qui scrutaient le terrain. Tel un animal dans un zoo, qui vient de comprendre qu'il est en captivité.

« C'est tout de même incroyable, murmurait-il à part soi, comment peut-on être en retard à sa propre fête de baccalauréat ? »

Le matin, ils étaient allés en famille dans la cour du lycée pour accueillir Nils, quand il sortirait avec tous les autres. Papa avait autorisé Pierre et Benjamin à manquer l'école pour pouvoir être de la partie. C'était un grand jour. Pierre portait la pancarte, une photo de Nils à trois ans, assis sur son pot et souriant vers l'objectif. Le cliché rappelait à Benjamin une anecdote familiale que maman aimait raconter, la fois où il avait exploré le contenu du pot de Nils après son passage et où elle l'avait surpris dans la salle de bains, un bout d'excrément à la main ; elle décrivait Benjamin grignotant la chose par le côté, « comme si c'était une brochette de poulet », et riait longtemps, d'un rire étouffé, et chaque fois qu'elle racontait cette histoire, Benjamin quittait la pièce.

Dans la cour, la pluie s'était mise à tomber, alors la famille se serra sous un parapluie. Ensuite, un enthousiaste muni d'un mégaphone, le directeur sans doute, compta à rebours à partir de dix et les portes s'ouvrirent, les élèves déferlèrent sur le petit terrain asphalté, courant tous à droite à gauche, à la recherche de leurs familles. Tous sauf Nils. Benjamin le repéra tout de suite, sourire aux lèvres, qui se dirigeait d'un pas tranquille vers la photographie de lui sur le pot.

« Bravo ! » cria maman en levant légèrement le poing quand Nils approcha. Elle et papa l'embrassèrent. Il avait autour du cou un ruban bleu et jaune auquel étaient accrochés des bouquets de fleurs, des oursons en peluche et des petites bouteilles de mousseux, il était lesté d'amour, les preuves de sa vie sociale bien remplie ballottaient sur sa poitrine, fréquentations que Benjamin avait seulement entraperçues chez eux. L'après-midi, Nils rentrait souvent du lycée avec des copains, quatre ou cinq gars, parfois, qui débarquaient dans l'entrée et traversaient le couloir en se bousculant. Nils les emmenait tout de suite dans sa chambre et fermait derrière eux, mais Benjamin les observait attentivement à travers sa porte entrebâillée lorsqu'ils arrivaient et repartaient, des colosses aux visages ravagés par l'acné, taciturnes aux longues jambes, avec des cuisses vissées au thorax.

Nils avait en main l'enveloppe marron contenant ses notes. Une bombe atomique de déception explosa sans un bruit, quand papa la décacheta et balaya rapidement du regard les résultats. Il tendit le papier à maman, relut les notes par-dessus son épaule, hochant la tête comme s'il s'était attendu à peu près à cela, replia le bulletin et le fourra dans sa poche intérieure. Mais Benjamin vit le désappointement dans leurs regards. Au cours du printemps, les signes n'avaient pas manqué, annonçant que les notes ne seraient peut-être pas aussi exceptionnelles que maman le répétait à longueur de journée à ses deux autres enfants.

Nils prit rapidement congé, il devait rejoindre ses camarades de classe sur la plateforme du camion pour le défilé. Il promit de rentrer à la maison le plus vite possible, il y eut un peu d'agitation à l'arrivée d'un copain, les petites bouteilles de champagne s'entrechoquèrent sur leurs poitrines lorsqu'ils s'embrassèrent, puis ils s'éloignèrent en se tenant par les épaules, en direction de la longue file de camions qui attendaient, moteur allumé, ornés de rameaux de bouleau et, sur les côtés, de draps sur lesquels étaient taggués des messages provocateurs. Papa cria à son fils happé par la cohue : « On t'attend à la maison ! »

Maman alluma une cigarette et, serrés sous le parapluie, ils étaient repartis vers le centre par le tunnel qui passait sous la voie du train régional, la petite famille avec sa pancarte en l'air, une manifestation miniature traversant la place.

Plus de deux heures s'étaient écoulées, papa n'avait pas cessé d'aller et venir à la fenêtre pour guetter le retour du fils prodigue. Il vérifia la nourriture sur la table d'appoint. Des tranches de mortadelle dans des petites assiettes, des radis et du sel. Quatre moitiés d'œufs durs garnis d'œufs de lompe. Et sur un plat à part, de l'emmental finlandais, le produit phare du petit buffet, ce que Nils aimait par-dessus tout. Le soir il s'en raclait une tranche, étalait dessus une épaisse couche de beurre, formait un rouleau et avalait le tout en une bouchée devant la télé. Pierre et Benjamin ne supportaient pas cette vision du beurre gras sur le fromage gras, et dès que Nils commençait, ils quittaient la pièce de manière démonstrative en faisant semblant de vomir. Nils restait dans la pénombre, éclairé uniquement par la froide lumière bleue de la télévision, et il raclait son fromage jusqu'à la croûte.

Blottie sur le canapé, maman fumait, le cendrier sur les genoux pour ne pas avoir à se pencher vers la table. Quand papa qui farfouillait dans les couverts fit tomber une fourchette, elle leva les yeux de son magazine et dit : « Mets le champagne au frais, il doit être chaud, depuis le temps. » Puis elle se replongea dans sa lecture.

On entendit soudain de la musique provenant de la place, en bas, un des camions de bacheliers passait lentement et papa courut se coller à la fenêtre. « Merde », siffla-t-il quand le véhicule sortit de son champ de vision, et il changea de place. Benjamin entendit l'ascenseur s'arrêter à leur étage, la porte de la cabine s'ouvrit, le cliquetis d'un trousseau de clés se rapprocha de l'appartement.

« Le voilà, dit Benjamin.

– Non, non, dit papa en regardant au-dehors. Ce n'est pas son camion. »

La porte s'ouvrit.

« Salut, cria Nils, et papa se rua dans l'entrée.

– Bienvenue ! » fit-il. Il lança des regards à la

ronde et chuchota : « Benjamin » entre ses dents, en lui signifiant d'un geste de venir accueillir son frère, puis il se tourna vers le fond de l'appartement et rugit : « Pierre ! » Aussitôt celui-ci apparut dans l'encadrement de sa porte.

« Désolé, dit Nils, le camion est allé jusqu'en ville, je ne pouvais pas descendre.

– Pas grave », dit papa. Il s'affaira avec la bouteille de champagne, en déroula le papier argenté en corolle, tourna le bouchon en grimaçant, les bras tendus au cas où il sauterait au plafond.

« Champagne rosé ! » lança-t-il.

Ils étaient tous les cinq au milieu du salon, maman et les garçons regardaient papa remplir trois coupes. Il retira ses lunettes, frappa doucement plusieurs petits coups sur le bord de son verre, s'éclaircit la gorge.

« À notre beau bachelier, dit-il en levant son verre. Nous sommes très fiers de toi. »

Papa, maman et Nils trinquèrent.

« Il est chaud », dit maman. Elle se tourna vers Benjamin. « Tu veux bien aller chercher des glaçons ? »

Pierre prit un demi-œuf dur dans une assiette, et papa rouspéta : « Mais dis donc, laisse Nils se servir en premier, s'il te plaît.

– Ça va, dit Nils avec une amabilité inhabituelle et affectée. Il peut se servir avant moi. »

Un quart d'heure plus tard, Nils se préparait à ressortir. Il partait rejoindre des copains et le soir, ils iraient faire la fête. Il était en train d'enfiler ses chaussures dans l'entrée, papa était sur le seuil de la cuisine.

« Nils, appela-t-il en agitant le paquet d'emmental. Tu as vu ce que tu rates ?

– Oh, mon préféré.

– On pourra le manger ce soir, quand tu rentreras. C'est notre dernier soir quand même.

– D'accord », répondit Nils.

La porte claqua, Nils était parti. Papa resta un instant les yeux fixés dans le vague. Il retira sa casquette de bachelier, la posa sur la console de l'entrée et alla dans sa chambre. À nouveau ce fut l'attente, on attendit que Nils rentre à la maison. Chaque heure comptait, à présent, parce qu'il partait en voyage le lendemain, pour neuf mois comme bénévole en Amérique centrale. Pour Benjamin, le fait qu'il quitte la maison aussi vite, son bac tout juste en poche, était une grave provocation envers papa et maman, une manière de leur montrer qu'il ne voulait pas rester chez eux un jour de plus que nécessaire. Mais papa et maman le croyaient, apparemment, quand il déclarait avoir besoin de faire une pause, de se vider la tête et de voir le monde. Benjamin longea le couloir qui desservait les chambres à coucher, ouvrit discrètement la porte de Nils. Ses bagages étaient bouclés, trois valises empilées. Le porte-CD était vide, ainsi que la bibliothèque. Sur les murs ne restaient que les marques grasses bien alignées de la pâte adhésive qui avait servi à fixer les affiches de films. Il avait fait les choses avec minutie.

Nils avait dit qu'il rentrerait au printemps, mais pour Benjamin il était évident que celui qui laisse sa chambre dans un état aussi impeccable la quitte pour de bon.

Il retourna dans la sienne. C'était l'après-midi, pourtant on se serait cru tard le soir. Maman s'était à nouveau étendue sur le canapé avec son magazine. Installé dans un fauteuil, papa lisait un livre dans sa chambre. Benjamin s'allongea sur son lit, ferma les yeux un moment et s'endormit. Quand il se réveilla, la nuit était tombée. Il regarda son radioréveil : 22 h 12. Il faisait froid dans la pièce, une fenêtre était ouverte, il songea à se lever, ne parvint cependant pas à se décider. Il tendit l'oreille vers les bruits de l'appartement, une télévision était allumée dans le séjour, mais il n'entendait aucune conversation. Est-ce que Nils était rentré ? Soudain un cri strident, maman.

« Tu vas arrêter, à la fin ? »

C'était sans doute Pierre qui croquait des glaçons, ça exaspérait maman, il le savait mais ne pouvait pas s'en empêcher. Des pas sur le parquet, Pierre quittait le séjour et entrait dans sa chambre. Benjamin l'entendit ressortir puis le vit tout à coup apparaître dans l'encadrement de sa porte, une cigarette à la main, et se diriger vers le petit balcon jouxtant sa chambre. Il y avait longtemps que Pierre fumait en cachette, et il se montrait de plus en plus téméraire. Parfois, maman faisait de petits contrôles inopinés, lui reniflait les doigts, comme si elle se doutait qu'il fumait, alors pour déjouer sa suspicion, après chaque cigarette il s'aspergeait les mains de vinaigre, il en avait toujours une bouteille dans sa sacoche, et le soir avant de rentrer, il procédait à sa toilette dans l'ascenseur. Toujours cette odeur âcre dans la cage d'escalier, sur ses vêtements. Maman n'avait jamais compris ; elle avait dit, un jour où elle était entrée pour une raison quelconque dans la chambre de Pierre, que cela sentait la cuisine.

Benjamin regardait Pierre sur le balcon, il avait des gestes de fumeur chevronné, sa main en coupe pour que le vent n'éteigne pas l'allumette, sa manière de laisser la cigarette allumée pendre entre ses lèvres quand il remontait la fermeture éclair de son blouson, sans pour autant se donner de grands airs, ou encore, accoudé à la balustrade, d'inspirer une bouffée et de recracher la fumée par le nez. Il avait les attitudes d'un homme beaucoup plus vieux, un regard qui pouvait se figer comme si quelque chose de douloureux lui traversait soudain l'esprit, ou une façon de contempler les grands immeubles, un rictus tranquille sur le visage, après avoir pris une nouvelle taffe. Pour Benjamin, Pierre n'avait plus rien d'un enfant ni d'un adolescent, il paraissait lourd de choses que seul peut connaître quelqu'un qui a vécu longtemps. Il était de plus en plus renfermé, voulait rarement parler de ce qu'ils avaient fait ensemble, tous les deux. Il avait changé. Benjamin se souvient d'une violente dispute entre papa et maman, ils se hurlaient dessus dans tout l'appartement, cela s'était envenimé, ils en étaient venus aux mains, cavalcade sur le parquet de l'entrée, porte qu'on agrippe d'un côté et de l'autre, maman essayant de fuir la colère de papa, Benjamin se rappelle la fureur sur le visage de papa quand il avait brutalement tiré sur la porte, passé la main dans l'entrebâillement et frappé, il se rappelle avoir entraîné Pierre dans un placard et s'être enfermé avec lui, tandis qu'à l'extérieur la bagarre continuait, bruits de corps et hurlements qui nourrissaient en Benjamin des images insensées, et ils s'étaient assis par terre, serrés l'un contre l'autre, Pierre pleurait, Benjamin lui avait bouché les oreilles avec ses mains et il avait dit tout bas : « N'écoute pas. »

Ils étaient ensemble.

Il retrouvait encore parfois leur complicité, l'espace d'un instant. Tôt le matin, dans la cuisine, lorsque debout l'un à côté de l'autre, en pyjama, ils pressaient leur brique de boisson chocolatée dans le lait et que Pierre en versait à côté, Benjamin singeait papa en chuchotant d'un air consterné : « Qu'est-ce que tu es maladroit ! » Et Pierre imitait maman quand elle coupait court à un conflit : « Je vais me coucher. » Ils gloussaient de rire. Puis ils continuaient à remuer leur chocolat en silence, les cheveux ébouriffés, ils étaient ensemble.

Mais à l'école, ensuite, Pierre devenait quelqu'un d'autre. Alors qu'ils n'avaient toujours fait qu'un, il arrivait désormais qu'ils se croisent sans même se saluer. Lors d'un intercours, un jour, Benjamin avait soudain entendu du bruit dans un couloir, entre les rangées de casiers, et en passant il avait vu Pierre qui plaquait un élève plus jeune contre un mur, penché en avant, son front collé contre celui du petit gars. Benjamin n'avait jeté qu'un coup d'œil furtif, il ne voulait pas regarder, mais cette image de la violence explosive qui habitait son frère était restée gravée en lui, il ne pouvait l'oublier. Il en avait déjà eu un aperçu avec les types du centre de loisirs, près de chez eux, et les bandes qui traînaient sur la place, capables de paralyser toute une rame quand ils descendaient dans le métro. Benjamin voyait en eux une virilité qu'il ne comprenait pas et dans laquelle il ne se reconnaissait pas. Il commençait maintenant à se rendre compte qu'elle existait au sein de sa famille, chez Pierre, dans son comportement de plus en plus imprévisible. Son sac était rempli d'étoiles de ninja, fabriquées en cours de travaux manuels. Benjamin l'avait aussi vu fumer avec ses copains derrière le gymnase, l'après-midi, et lancer ses shurikens contre le mur. Un jour, sans rien demander à maman, Pierre s'était décoloré les cheveux. Il avait dû y avoir un raté car il s'était retrouvé avec les cheveux jaune poussin, il avait refait une teinture le lendemain, noir corbeau cette fois, tirant sur le bleu. Ce n'était qu'une couleur de cheveux et pourtant cette incroyable coiffure bleu foncé, visible de loin dans la cour de l'école, changea la perception qu'on avait de lui, et puis ce regard à l'affût, comme s'il risquait en permanence de tomber dans un guet-apens. Le cliquetis continuel des étoiles de jet dans sa sacoche lorsqu'il passait dans les couloirs, et les élèves plus jeunes plaqués contre les portes des casiers.

Benjamin s'était mis à observer Pierre en cachette pendant les récréations et à cette occasion, en voyant son frère de loin, il s'était vu lui-même. C'était en plein hiver, température en dessous de zéro et nuit déjà tombée à la récréation de deux heures, les élèves jouaient aux quatre carrés sur le bitume verglacé, de la fumée sortait de leurs bouches et quand ils essayaient de jeter la balle de tennis, elle collait à leurs gants raidis par la neige ; Benjamin avait repéré Pierre au bord du terrain, il regardait le jeu, vêtu de son blouson archi-léger, sans bonnet, ses mains bleues de froid enfoncées dans les poches de son jean. Une colère subite avait submergé Benjamin : pourquoi papa et maman ne lui avaient-ils pas donné un blouson plus chaud ? Pourquoi n'avait-il pas de bonnet ni de gants ? C'est seulement en retournant en classe qu'il avait remarqué qu'il grelottait, lui aussi, et constaté que son propre blouson était aussi léger que celui de son frère. Peu à peu, il réunissait les indices, apprenait à se connaître lui-même en regardant autour de lui. La saleté à la maison, les taches d'urine par terre autour de la cuvette des WC, ça crissait sous les pantoufles de papa, les moutons sous les lits, qui tournoyaient doucement dans le courant d'air quand les fenêtres étaient ouvertes. Les draps qui jaunissaient dans les lits des enfants avant d'être enfin changés. Les piles de vaisselle sale dans l'évier et les petites mouches qui sortaient affolées de leurs cachettes entre les assiettes, quand on ouvrait le robinet. Les cernes de crasse sur l'émail de la baignoire, telles des lignes de marée dans un port, les sacs d'ordures qui s'empilaient à côté de l'étagère à chaussures, dans l'entrée. Benjamin s'était rendu compte qu'il n'y avait pas que la maison qui était sale, ses habitants l'étaient aussi. Il reconstituait le puzzle, se comparait aux autres. Pendant les cours, il avait l'habitude de se curer les ongles avec un porte-mine. Cette occupation l'aidait à passer le temps et le résultat était immédiat, il aimait ça, il faisait glisser doucement le bout métallique sous ses ongles en deuil et les stries noires disparaissaient l'une après l'autre sans laisser de trace. Il rassemblait la crasse en un petit tas sur son pupitre. Un jour il avait regardé les ongles des autres dans sa classe, aucune saleté, quelqu'un veillait à ce que leurs mains soient propres et leurs ongles coupés. Souvent, le professeur d'arts plastiques se penchait au-dessus de Benjamin, son haleine sentait le café et ses chandails gardaient une vague odeur de lessive à la pomme. Un jour, ce professeur lui avait demandé de rester en classe après le cours. Il s'était accroupi à côté de Benjamin assis sur sa chaise et lui avait dit que parfois, lorsqu'il venait l'aider à réaliser un travail, il remarquait que Benjamin sentait la transpiration ; il ne voulait pas se mêler de ce qui ne le regardait pas, mais il savait que les adolescents sont à l'affût de la moindre occasion pour s'envoyer des méchancetés à la figure et ceux-là finiraient par l'embêter à cause de son odeur. Benjamin avait écouté attentivement le professeur d'arts plastiques. « En fait, tu n'as que deux règles à retenir, avait dit celui-ci. Change de chaussettes et de slip tous les jours et prends une douche tous les matins. » Le soir même, Benjamin avait contrôlé son hygiène. À l'abri des regards, il avait glissé la main sous son pull dans le creux de son aisselle et l'avait reniflée. C'était la première fois qu'il sentait l'odeur de sa propre transpiration. D'un seul coup, les choses lui étaient apparues clairement.

Dehors, sur le balcon, Pierre envoya voltiger sa cigarette d'une pichenette, elle partit telle une luciole par-dessus la balustrade. Il rentra, referma sans bruit la porte du balcon, traversa en quelques pas la chambre de Benjamin et disparut, laissant derrière lui des effluves de vinaigre.

Benjamin était toujours au lit. Sur le parking, les lampadaires s'allumèrent les uns après les autres, l'éclairage d'abord vacillant s'intensifia et, à travers les persiennes, stria les murs de minces rais de lumière. Sur l'appui de la fenêtre, une petite lampe produisait une faible clarté en projetant des points au plafond, qui ressemblaient aux méduses phosphorescentes voguant dans un océan vert que Benjamin avait vues un jour dans une émission sur la nature à la télévision.

Il prêta l'oreille aux bruits nocturnes de la banlieue, en bas deux chiens excités s'aboyaient dessus. Des types traversaient la place en courant pour ne pas rater le métro, il les entendit rire. Et, plus faible mais plus pénétrant, le lointain grondement de l'importante voie rapide, à quelques kilomètres. Il devrait se lever, songea-t-il. Il avait laissé filer tout l'après-midi et toute la soirée. Il était fatigué, avait envie de dormir, ce n'était quand même pas normal de dormir autant. Il s'assit au bord de son lit, se leva lentement, il avait froid, se dirigea vers le placard pour prendre un pull. Il entendait papa, derrière la porte, qui se préparait à aller se coucher. Quand il faisait sa toilette, le soir, papa sortait toujours se brosser les dents dans l'entrée, comme s'il craignait de manquer quelque chose. Ensuite, il allait au petit coin, à côté de la salle de bains, et c'était seulement lorsque sa présence sur les lieux s'avérait trop sonore qu'il fermait la porte, la repoussant avec humeur comme si quelqu'un d'autre que lui l'avait laissée ouverte. Benjamin l'entendit cracher une ou deux fois dans le lavabo, faire couler de l'eau, il avait terminé. Ses pas lourds dans l'entrée, Benjamin le vit passer en pyjama à travers l'ouverture de sa porte. Papa s'arrêta, les yeux baissés vers le sol.

« Bonne nuit ! cria-t-il à la cantonade.

– Bonne nuit », répondit maman depuis la salle de séjour.

Papa resta quelques instants immobile dans le couloir, essayant sans doute de déceler dans la voix de maman une intonation, un signe indiquant qu'elle avait peut-être envie de passer encore un moment avec lui, de grignoter quelque chose et de boire un petit verre.

Mais elle avait répondu d'une façon sèche et définitive, il comprit que cela ne serait pas pour cette fois. Il entra dans sa chambre. Depuis quelques années, ils faisaient chambre à part, maman prétendait qu'il ronflait trop. Et Benjamin, allongé dans l'obscurité, suivit l'enchaînement des bruits familiers qui se répétaient invariablement, maman qui baissait aussitôt le volume de la télévision et éteignait les lampes l'une après l'autre, laissant le séjour dans la pénombre. Elle procédait toujours de la sorte quand papa allait se coucher, sachant que s'il n'arrivait pas à s'endormir, il risquait de se relever au bout d'une demi-heure et de pointer un nez curieux hors de sa chambre pour trouver de la compagnie ; dès que cela se produisait, maman éteignait la télé et en un clin d'œil le séjour était plongé dans le noir. Papa n'entrait pas, il se contentait de faire quelques pas dans l'entrée puis retournait se coucher. Maman attendait un peu dans l'obscurité. Ensuite elle rallumait la télé.

Benjamin se réveilla. Il était dans son lit mais n'avait pas le souvenir de s'être recouché. Il avait dû se rendormir. Il se pencha pour voir le radioréveil : 0 h 12. Il entendit le moteur de l'ascenseur, se représenta l'ascension solitaire du petit cube de métal propulsé à travers le puits obscur. Il aimait l'écouter se mouvoir dans le corps de l'immeuble, le soir et la nuit, il en connaissait tous les bruits, le clic du mécanisme qui verrouillait la porte et déclenchait le mouvement, la sonnerie ridicule de l'alarme quand quelqu'un appuyait par erreur sur le bouton, le petit choc sourd de la cabine s'arrêtant à un étage. C'était Nils qui rentrait, il le savait, et une pensée le saisit : il entendait pour la dernière fois les bruits familiers de son frère dans l'ascenseur, sa signature sonore à lui, unique, ses pas étouffés jusqu'à la porte de l'appartement, le cliquetis de ses clés déjà audible depuis l'intérieur de la cabine, signe si caractéristique de son esprit d'efficacité, Nils était toujours prêt, il ne voulait pas perdre de temps à chercher ses clés en arrivant devant chez lui. La porte d'entrée s'ouvrit, puis se referma. Benjamin aperçut son frère dans la lumière jaune, par l'entrebâillement de sa porte. Il rapportait la brillante clarté du monde extérieur, celle des plateformes des camions dans le soir gris de juin, des fêtes en plein air par des températures fraîches, avec de la bière tiède, des caresses dans les buissons, des quais de gare bruyants et des bus rouges bondés qui filaient vers la banlieue. Il était là, auréolé de lumière, inaccessible, déjà loin d'ici, une légende qui avait un jour habité dans cette maison. Maman vint l'accueillir, ils gagnèrent la cuisine, Benjamin ne discernait que de vagues bribes de leur conversation, quelqu'un ouvrit et referma la porte du réfrigérateur, pour prendre l'emmental peut-être ? Raclement des chaises sur le sol lorsqu'ils s'assirent à table, murmures sourds lui parvenant à travers trois cloisons, échanges de paroles difficiles à distinguer, mais les intonations ne lui échappaient pas, la douceur des voyelles, les silences approbateurs. Cela apaisa Benjamin, la tristesse l'envahit, il sentit son cœur battre, il fallait absolument qu'il se lève avant que l'opportunité ne soit perdue, qu'il se dépêche d'aller à la cuisine et implore Nils : « Reste. » Il fallait qu'il lui dise qu'il n'y avait pas d'alternative, il devait rester, sinon, pour être franc, lui ne savait pas comment il ferait. Avec le départ de Nils quelque chose se briserait irrémédiablement, ça il le savait. Comment Benjamin pourrait-il jamais réparer la famille si l'un de ses membres partait ? De plus, l'absence de Nils le mettrait lui aussi en danger. Nils parti, quelqu'un disparaissait de la réalité, une main sur son épaule pour l'empêcher de partir à la dérive. Il y aurait désormais une personne de moins pour garantir à Benjamin que cette famille existait et qu'il en faisait partie. Quelqu'un en moins pour lui confirmer d'un seul regard échangé par-dessus la table du dîner : « Tu existes. Et cela a bien eu lieu. »

Il était couché. Sentait son dos peser sur le matelas. Il songea que le sol était très bas. Troisième étage. Dix mètres plus bas, douze peut-être. Il ne réchapperait pas d'une telle chute si l'immeuble s'effondrait, s'il tombait à travers le béton. Il leva les yeux au plafond dans l'espoir de trouver quelque chose à quoi se raccrocher, chercha à tâtons drap et oreillers, pour ne pas chavirer vers le plafond, en chute libre à cent kilomètres à l'heure, droit sur la surface de l'eau, sur les méduses phosphorescentes.

Il fallait qu'il se lève, qu'il coure à la cuisine. Mais comment s'y prendre maintenant, au beau milieu d'une conversation qu'il ne devait interrompre sous aucun prétexte ? Car telle était sa mission, faire en sorte que la famille se parle, à l'instar de maman et Nils à cet instant, qu'ils s'aiment les uns les autres et que tout aille bien. Les paroles gentilles lui parvenaient à travers les cloisons comme un air que l'on fredonne, un air optimiste, plein d'amour, qui le clouait à son lit. Il entendit Nils dire quelque chose, et maman se mettre à rire. Puis un autre bruit, une porte qui s'ouvrait – papa s'était réveillé ! Il faisait son tour dans l'appartement, cherchant quelqu'un qui veuille bien lui tenir compagnie un moment. Maman n'avait pas encore remarqué qu'il s'était levé, aucun éclat de voix colérique ne déchirait la nuit, la conversation dans la cuisine était encore sereine, tranquille, détendue. Benjamin distingua des bruits qu'il ne sut identifier. Quelque chose roulait sur le parquet, dans l'entrebâillement de la porte il vit la silhouette de Nils tirant ses valises vers l'entrée. Benjamin ne comprenait pas, Nils ne partait que le lendemain, normalement. Ils devaient prendre le petit déjeuner ensemble et se dire adieu, non ? Que se passait-il ?

Il regarda l'heure.

7 h 20.

Vite, debout !

Papa passa devant sa porte, il n'était plus en pyjama mais complètement habillé.

« Tu as tout ? entendit-il papa demander.

– Oui », répondit Nils.

Remue-ménage de valises, porte d'entrée qui s'ouvre. Benjamin voulut crier, mais aucun son ne sortit de sa gorge.

« Au revoir, mon garçon, dit papa. Fais bien attention à toi. Et appelle quand tu pourras. »

La porte se referma.

Chapitre 16

8 heures

Le ciel se troue et une pluie torrentielle s'abat sur la voiture ; tout de suite après la pluie le vent se lève. Benjamin le devine à l'obscurité soudaine, aux drapeaux tiraillés sur leurs hampes, sur les façades des hôtels, et à la démarche penchée d'un piéton qui lutte contre l'orage, sur le trottoir. C'est un vent à balayer toute la ville, une tempête qui devrait avoir un nom d'être humain.

L'orage s'éloigne aussi vite qu'il est arrivé. Les frères sortent de la voiture, air limpide après la pluie diluvienne. Ils traversent le cimetière, de la boue a éclaboussé les pierres tombales, l'eau continue de s'écouler dans les rigoles. Les morts sont serrés de part et d'autre de l'étroit et sinueux chemin de graviers qu'ils empruntent. Benjamin et Nils marchent côte à côte, Pierre un peu en arrière, il lit pour lui-même à haute voix le nom des défunts. Signale tel ou tel détail à ses frères, leur cite des fragments de poèmes gravés sur les stèles. Les jeunes morts surtout retiennent son attention.

« Douze ans ! » s'exclame Pierre.

Il avance les yeux baissés sur les tombes, s'arrête, Benjamin l'entend crier : « Oh, merde, il avait sept ans, celui-là ! »

Derrière un petit talus se dresse un bâtiment en ciment gris, le crématorium. Benjamin en a déjà visité un, lors d'une sortie avec l'école il y a longtemps, et il n'oubliera jamais certaines choses. Il a vu les chambres techniques et les cellules réfrigérantes où l'on entrepose les cercueils avant de les brûler. Des morts alignés, dans l'attente de l'effacement. L'organisation industrielle, les petits chariots qui allaient et venaient chargés de cercueils. Le jargon des employés, leurs plaisanteries et leurs voix fortes lorsqu'ils transportaient les corps, comme s'ils travaillaient sur un marché aux légumes. En rang dans la chaleur et éclairés par la lueur jaune du four, les enfants avaient assisté à la mise à la flamme d'un cercueil. À travers une petite vitre, ils avaient vu la colère du feu qui faisait entrer en fusion bois, tissu et chairs, les anéantissait. À l'aide d'une pelle pourvue d'un long manche, l'employé de crémation avait ramassé les restes humains et les avait mis dans un récipient en acier inoxydable qui rappelait les plats de service à la cantine de l'école. Juste à côté du four se trouvait une corbeille dans laquelle le gardien déposait tout ce dont les flammes n'étaient pas venues à bout. Plombages, clous du cercueil. Il avait tendu la corbeille vers les enfants pour qu'ils regardent, la secouant comme un sachet de bonbons. Benjamin avait vu des vis de hanche, des prothèses, des morceaux de pompes à insuline et de pacemakers, tout un bric-à-brac de défunts, couvert de cendre. Puis l'homme avait averti les enfants que maintenant ils pouvaient regarder ailleurs s'ils préféraient, alors une partie des élèves avaient tourné la tête vers le mur, mais Benjamin avait attentivement suivi tous les gestes de l'employé quand il avait fait tomber dans le récipient ce qui restait du squelette, certains os étaient en si bon état qu'on distinguait leur forme. Après avoir isolé les plus gros morceaux avec la pelle, l'homme avait introduit le récipient dans un concasseur. Quand la fine poudre se déversa ensuite dans l'urne, Benjamin comprit que ce n'était pas de la cendre, contrairement à ce qu'il avait toujours cru. C'étaient des os broyés.

Les frères franchissent la porte du crématorium, la petite antichambre semble faire office de réception, il n'y a personne derrière le comptoir. Pierre appuie sur une sonnette électrique et on l'entend tinter quelque part au loin. Benjamin balaie la pièce du regard, il a l'impression d'être dans un environnement à la fois professionnel et privé, c'est autant un bureau qu'un coin détente, avec des agendas ouverts, des crayons mâchonnés sur le comptoir, la photo d'une équipe de hockey sur le mur. Un homme arrive de l'intérieur du crématorium, on remarque d'emblée qu'ici le travail autour de la mort se déroule d'une autre manière que dans les entreprises de pompes funèbres où des employés grands et minces, en costume noir, servent le café aux veuves. L'homme arrive dans un cliquetis de trousseaux de clés, vêtu d'un jean dont la couleur bleue n'est encore vaguement visible que le long des coutures.

« Nous venons chercher l'urne de notre mère », dit Nils, et il sort un classeur de sa sacoche, étale des papiers sur le comptoir, en tend un à l'homme, qui commence à consulter son ordinateur.

Silence.

« Ah, la voilà, dit-il, je l'ai, oui. Mais elle doit être inhumée aujourd'hui, cet après-midi, n'est-ce pas ?

– Non, il y a un changement, dit Nils, j'ai appelé ce matin pour annuler l'inhumation.

– Curieux, dit l'homme, je n'en ai aucune trace.

– Ça m'a été confirmé. »

L'homme consulte de nouveau son ordinateur, se penche en avant pour déchiffrer l'information. On entend une radio dans la pièce attenante et plus loin l'écho de bruits métalliques, tels des coups de feu dans un hangar, suivis d'éclats de voix. Pour Benjamin, l'unique souci qu'ils peuvent avoir ici est qu'un cercueil s'avère trop large pour entrer dans le four.

« Qui a pris la communication quand vous avez appelé ? demande l'homme assis devant l'ordinateur. Ce n'était pas moi.

– Je ne me souviens pas. Mais c'était il y a juste un petit moment.

– Ah bon, je ne comprends pas. »

Nils fouille à nouveau dans les papiers, en extrait d'autres documents qu'il aligne sur le comptoir.

« Voici la déclaration à la préfecture, dans laquelle nous signalons que nous avons l'intention d'enterrer notre mère nous-mêmes et que nous viendrons chercher l'urne. Je l'ai remplie et envoyée par courriel ce matin. »

Derrière son comptoir, l'homme ne touche pas les documents, il se contente de se pencher pour les lire.

« Ceci n'est pas une déclaration, dit-il, c'est un formulaire de demande. Il faut le faire valider par la préfecture.

– Quoi ?

– On ne peut pas venir comme ça récupérer une urne. Vous devez faire une demande d'autorisation à procéder par vous-mêmes à une dispersion, vous indiquez où vous voulez répandre les cendres, vous joignez une carte de l'endroit, une carte marine le cas échéant. Ensuite la préfecture examine votre requête et vous répond, en général au bout d'une semaine environ.

– Nous ne pouvons pas attendre une semaine, malheureusement. Il faut que cela se fasse aujourd'hui.

– Je ne peux pas vous remettre l'urne si je ne suis pas informé de la validation par la préfecture.

– Vous ne pouvez pas regarder les papiers, au moins ? Vous voyez bien que tout est en règle. On est un peu pressés par le temps, là.

– Comme dit le proverbe, répond l'homme tout

en rassemblant les documents en un seul tas, chaque chose en son temps et une chose à la fois. Quand on fait ce genre de démarche, rien ne presse. »

Nils rit, d'un petit rire bref. Il range méthodiquement les papiers dans le classeur et le referme.

« Je vais vous expliquer. Maman devait être inhumée aujourd'hui. Mais hier soir, mes frères et moi sommes allés dans son appartement pour voir s'il y avait des choses de valeur que nous voulions garder, avant que l'entreprise de débarras ne vienne tout vider. Dans le tiroir de son bureau, au-dessus du reste, nous avons trouvé une lettre portant la mention : *Si je meurs.* »

Nils rouvre le classeur, en tire une enveloppe. Il tend la lettre à l'employé.

« Vous n'avez pas besoin de tout lire, mais regardez, là. »

Il montre la dernière partie.

« Ma mère écrit très clairement qu'elle ne veut pas être enterrée ici. Elle ne veut donc pas de l'inhumation que j'ai passé ces deux dernières semaines à organiser, et ce à plein temps. Personne ne souhaite autant que moi que notre mère soit enterrée ici cet après-midi, or en l'occurrence il s'agit uniquement de se conformer à sa dernière volonté. C'est pourquoi nous avons dû annuler l'inhumation aujourd'hui. Et nous devons récupérer l'urne. »

L'homme remue silencieusement les lèvres pendant sa lecture.

« Oh là là, dit-il, je comprends, tout cela est ennuyeux pour vous.

– Oui, dit Nils. La nuit a été longue.

– J'imagine, dit l'homme en rendant la lettre à Nils. Mais je suis désolé. Vous remettre l'urne serait illégal. »

Il pose les mains sur le comptoir. Les manches retroussées de sa chemise dévoilent de vieux tatouages ternis sur sa peau.

« C'est une question de respect envers les morts », dit l'homme.

La pièce est plongée dans le silence. Nils a les yeux baissés sur le classeur posé devant lui. Pierre fait un pas en avant, se plante devant le comptoir, juste en face de l'homme. Benjamin entrevoit immédiatement la suite, à la posture de Pierre, cou rentré dans les épaules, à sa voix caverneuse, presque étranglée.

« Pourrions-nous tout de même voir l'urne un petit instant ? demande-t-il.

– Oui, dit l'homme, ça c'est possible.

– Elle est où, d'ailleurs ?

– Dans une pièce spéciale. Attendez ! »

L'homme fait une recherche dans son ordinateur, marmonne quelques chiffres pour les mémoriser et disparaît. Benjamin entend des clés cliqueter dans une pièce à l'arrière, et au bout d'un moment l'homme est de retour. L'urne est verte, en cuivre. Ronde et lisse, avec une petite poignée en forme de torche sur le couvercle. L'homme pose l'urne sur le comptoir. Ensuite tout va très vite. Pierre s'empare de l'urne, la passe à Benjamin, prend son élan et d'un bond saute par-dessus le comptoir, il précipite l'homme à terre et se couche sur lui.

« Espèce de rat ! » lance-t-il.

L'homme fait des contorsions, grimace et se débat, il essaie de se libérer, mais Pierre le tient d'une poigne de fer, il appuie son bras sur son cou.

« Pierre, bordel ! » dit Nils. Il jette un bref regard à son frère, réfléchit un court instant, reprend son classeur, tourne les talons et s'en va. « Maison de fous », marmonne-t-il pour lui-même en quittant les lieux. Benjamin est rivé au sol. Il voit Nils partir et ne peut pas le suivre, il voit Pierre se jeter sur l'homme du crématorium et ne peut pas intervenir. La seule chose dont il est capable, c'est de rester planté là, d'assister à cette scène incompréhensible qui se déroule sous ses yeux. Il regarde la colère de Pierre. Il ne sait pas ce qu'elle signifie, n'en mesure pas toute la force, il ignore de quoi Pierre est capable à cet instant. Pierre a posé un genou sur le dos de l'homme, il se penche et lui chuchote à l'oreille : « Notre mère est morte.

– Lâche-moi ! crie l'homme.

– Ta gueule ! siffle Pierre. Notre mère vient de mourir. Et tu prétends qu'on n'a pas le droit d'avoir ses cendres ? »

La prise de Pierre lui tord sûrement une articulation, car l'homme se tient tranquille, face contre terre. Au bout d'un moment, il abandonne, ses tressaillements cessent, il est parfaitement immobile. Benjamin entend sa respiration lourde.

« Je vais bientôt te lâcher, dit Pierre. Mais tu restes par terre. Compris ? Tu ne bouges pas d'un centimètre, sinon je te démolis. »

Pierre desserre lentement sa prise. Il se lève. L'homme reste au sol.

« Espèce de rat », dit Pierre. Il saute par-dessus le comptoir. « Viens, Benjamin. »

Pierre prend l'urne des mains de Benjamin et les deux frères sortent, ils remontent rapidement le chemin gravillonné entre les tombes. D'innombrables perles de pluie constellent la carrosserie laquée de la voiture mal garée au bord de l'étroite allée, les deux roues de droite sur l'asphalte, les deux de gauche dans la terre consacrée. Pierre ouvre le hayon et Benjamin dépose l'urne dans le coffre. Il longe le véhicule, Nils est assis à l'arrière, les yeux fixés droit devant lui sur le ciel couleur béton. Ils montent en voiture et repartent.

« On fait comment, maintenant, pour la tombe de papa ? demande Benjamin.

– On n'aura pas le temps, là, ils vont très probablement nous prendre en chasse, dit Pierre, mais je peux passer devant en sortant. »

Benjamin prend le bouquet de tulipes posé sur le tableau de bord, tripote les tiges rêches. Papa et maman adoraient les tulipes, parce qu'elles annonçaient le printemps. D'aussi loin que Benjamin se souvienne, tous les vendredis de mars à mai, papa en achetait un bouquet, qui attendait sur la table de la cuisine que maman rentre du travail.

Voilà le bouleau le plus élevé du cimetière, c'est là que papa est enterré. Cela avait été décidé depuis toujours, ce serait sa place. Les frères passent lentement à la hauteur de l'arbre, ils voient la stèle de leur père, un bloc imposant gravé des quelques signes qui résument son existence.

« Vous avez vu le trou ? » demande Pierre.

À côté de la tombe de papa, un trou de forme cylindrique a été creusé dans la terre. Juste assez grand pour y loger une urne. Le gardien a fait son boulot, tout est prêt pour cet après-midi, où maman aurait dû être déposée là. Un voile brumeux descend de la forêt, le lourd bouleau laisse pendre ses feuilles jusqu'au sol autour de l'emplacement, et un souvenir très ancien revient à Benjamin. Il est dans la chambre de ses parents, des cartons sont empilés le long des murs – viennent-ils d'emménager ? Papa et maman sont en train de déballer les cartons quand soudain ils se jettent en riant sur le lit encore sans draps, ils veulent tous les deux dormir du côté droit et c'est à qui occupera la place le premier. Ils poussent des cris, font semblant de se battre, roulent et s'embrassent ; Nils s'en va, gêné, mais Benjamin reste, il ne veut rien manquer. En passant devant la tombe de papa, Benjamin constate que c'est maman qui aurait eu le côté droit, ils auraient reposé là tous les deux, ensemble dans la mort, mais sa lettre a tout changé, et dans quelques heures, le gardien viendra avec une nouvelle consigne, il rebouchera le trou, parachèvera la trahison de maman, scellera pour l'éternité la solitude de papa.

Ils sortent du cimetière et sont bientôt sur la route, une voiture chargée de trois frères et d'un récipient en cuivre qui contient les os broyés de leur mère. Ils traversent des banlieues, une périphérie densément ponctuée de feux rouges, et s'engagent sur l'autoroute. Il regarde les lignes haute tension le long de l'autoroute. À travers les vitres latérales, les câbles noirs s'inclinent lentement vers l'été, inversent ensuite leur courbe pour remonter tous les cent mètres jusqu'à leur point culminant, au sommet des gigantesques pylônes d'acier auxquels ils sont attachés, puis ils plongent à nouveau, saluant d'une révérence les prairies au-dessous d'eux.

Chapitre 17

Les fugitifs

La journée débuta par la promesse d'une balade à skis. C'était un dimanche de mars, deux semaines après les vingt ans de Benjamin. Assis dans la cuisine, il regardait son père se préparer son petit déjeuner. Papa portait sa robe de chambre claire, maculée de taches indélébiles de petits déjeuners récents ou anciens, il avait les cheveux en bataille, ses lunettes pendaient à leur cordon sur sa poitrine. Il fit éclater un œuf en le plongeant trop brutalement dans l'eau bouillante et marmonna : « Et merde ! » Le toast sauta du grille-pain, au même moment la bouilloire se mit à siffler, l'espace d'un instant papa ne sut par où commencer mais il prit les choses l'une après l'autre et emporta ensuite son plateau sur le petit balcon de la chambre de Benjamin. Benjamin le suivit. Air froid et vivifiant, soleil qui ne chauffait que quand la brise faiblissait. Il faisait bien trop frais pour s'asseoir dehors, mais papa s'en fichait, il ne voulait pas manquer le printemps, comme il disait toujours.

« Assieds-toi face au soleil, dit papa, c'est tellement agréable.

– Non, je te laisse la place.

– Tu es sûr ? »

Benjamin se souvient que les autres dormaient encore pendant qu'eux, dehors, voyaient s'affiner les contours du matin. Le thé de papa fumait dans l'air froid, il avait une odeur de goudron et de poison. Papa regardait le parking enneigé et la forêt qui bordait le lac, juste derrière. Benjamin le revoit fermant les yeux un instant, la tête inclinée en arrière contre le mur, puis écalant ses œufs, et à chaque fois qu'il en ouvrait un, il pouvait déterminer la direction du vent à la vapeur qui s'en échappait.

« Et si on faisait quelque chose aujourd'hui, seulement toi et moi ? dit papa.

– Oh oui. Qu'est-ce qu'on fait ?

– Je ne sais pas. Un tour de ski de fond ? »

Benjamin regarda son père d'un air interrogateur.

« Du ski de fond ? On a des skis ?

– Oui, bien sûr. On doit encore les avoir, je suppose. Il me semble qu'ils sont à la cave, quelque part. »

À une époque, papa et lui faisaient des randonnées à skis. Sillons blancs qui traversaient les forêts sombres jusqu'à de vastes étendues offrant des panoramas sur de longues vallées dont la vue émouvait tellement papa qu'il devait s'arrêter un moment pour les contempler.

Ils déballaient leur pique-nique, des sandwichs à la crème d'œufs de cabillaud, ça débordait par les côtés et collait au film plastique, et une orange qu'ils épluchaient avec des doigts gelés. Ensuite ils rentraient, soleil bas et poudre de diamant dans la neige, la descente était rapide, la forêt silencieuse, vide et morte, mais la piste ponctuée d'empreintes de griffes et de sabots, comme si la forêt vivait en secret quand personne ne la regardait, puis ils arrivaient à la maison les joues rouges, s'allongeaient sur le canapé, et papa réchauffait les pieds de Benjamin en les roulant dans ses mains comme des boulettes de viande.

« Ce serait super de refaire un tour à skis, dit Benjamin.

– Ça c'est vrai, dit papa.

– Juste nous deux, dit Benjamin.

– Oui, juste nous deux », dit papa.

Benjamin dénicha les skis de papa à la cave, mais les siens avaient disparu. De toute façon, ils devaient être trop petits maintenant. Ils décidèrent d'aller acheter des chaussures et des skis pour Benjamin. Ils traversèrent le parking, continuèrent dans la neige par les sentiers sablés qui rejoignaient le centre commercial, et juste devant la fontaine mise à sec, là où les clochards se bagarrent, l'été, papa porta soudain la main à sa tête. Il chancela vers l'avant, se mit à tourner en rond en titubant et revint à son point de départ. Benjamin lui attrapa le bras.

« Qu'est-ce qui se passe ? demanda-t-il.

– Rien, j'ai seulement eu très mal à la tête. »

Papa resta un moment à regarder la neige, le front plissé, puis il se baissa pour ramasser son bonnet. Là, il tomba à la renverse. Benjamin se précipita sur lui, le tourna sur le côté, tenta de réfréner les mouvements erratiques de sa tête.

« Je ne sais pas ce qui se passe, chuchota-t-il, c'est comme si quelque chose avait explosé dans ma tête. »

La matinée où papa eut son attaque se déroula ainsi.

Les ambulanciers arrivèrent, leur flegme apaisa Benjamin, on n'agit pas aussi lentement quand quelqu'un risque de mourir. Ils sortirent de leurs voitures, examinèrent papa, ouvrirent avec indolence le hayon et tirèrent le brancard en métal brillant. Ils firent allonger papa, l'attachèrent à l'aide d'une sangle passée sur son ventre. Étonné, il observait tout ce qui se passait autour de lui, l'un des ambulanciers posa doucement la main sur son bras pour attirer son attention, et papa le regarda droit dans les yeux.

« Vous avez fait une attaque, dit l'homme.

– Quoi donc ? » fit papa, comme s'il s'agissait d'une bonne blague.

On n'avait pas le droit de l'accompagner dans l'ambulance. Benjamin resta à côté du véhicule lorsqu'ils y chargèrent papa. Leurs regards se croisèrent. Papa prit la main de Benjamin et l'agita comme un fanion. « Et nous qui devions aller faire du ski », dit-il.

Le hayon fut refermé et l'ambulance passa lentement devant les curieux, sur la place.

Pierre, maman et Benjamin se retrouvèrent à l'hôpital autour du lit de papa, dans le service de réanimation, et le médecin les informa que tout allait bien. Papa avait fait une légère hémorragie cérébrale, mais le scanner ne montrait aucune lésion. Son oxymétrie était toujours basse, ce qui inquiétait un peu le médecin, alors papa serait gardé en observation pendant quelques jours, mais si tout allait bien, il rentrerait vite à la maison.

Comme il habitait en dehors de la ville, Nils arriva une heure plus tard. Il était avec une femme qui portait une perruque. Benjamin la connaissait, ils s'étaient rencontrés une fois, environ six mois auparavant, Nils était venu dîner avec elle à la maison, chez papa et maman, un dimanche. « Vous vous demandez peut-être pourquoi je porte une perruque ? » avait-elle dit, le repas à peine commencé. Oui, ça les intriguait. La perruque était blonde, presque blanche, et la limite de la frange si marquée qu'il ne faisait aucun doute que ce n'étaient pas ses vrais cheveux. C'était le but, justement, avait déclaré la fille. Elle souffrait d'alopécie. Dans un monde où le fait d'avoir perdu ses cheveux suscitait un sentiment de honte chez la plupart des gens, elle avait décidé que pour elle ce serait l'inverse. Elle n'éprouvait aucune honte, disait-elle. Elle avait fait de la perruque, de l'alopécie et de tout cela une part de son identité. Elle parlait vite, on ne pouvait pas l'interrompre, Benjamin craignait que maman ne finisse par perdre patience. Tout en parlant, elle caressait les avant-bras de Nils par-dessus la table, le grattait doucement du bout de ses ongles longs. Quand Nils s'était levé pour aller remplir la carafe d'eau à la cuisine, il rayonnait d'une confiance en soi que Benjamin ne reconnaissait pas. À la fin du repas, la fille avait retiré sa perruque sans cérémonie et l'avait posée sur la table, à côté d'elle. Elle n'avait fait aucun commentaire, alors personne n'avait rien dit non plus, mais un silence embarrassant était tombé comme une chape de plomb sur la tablée, cliquetis de couverts contre les assiettes, regards à la dérobée sur ce crâne rasé qui brillait à la lumière des bougies. La femme à la perruque, maintenant sans perruque, s'était introduite dans l'intimité familiale, avait passé toutes les portes, telle une irrésistible pulsation. Peut-être souhaitait-elle déranger, ou laisser une trace, et peut-être y était-elle parvenue durant un bref instant, mais après son départ, ce fut comme lorsque l'on remue de la mélasse ; au bout d'un moment tout finit par redevenir comme avant.

Nils et la femme à la perruque arrivèrent main dans la main à l'hôpital, elle embrassa tous les membres de la famille. Benjamin n'avait pas vu Nils depuis plusieurs mois, et si leurs retrouvailles lui parurent plus faciles qu'il ne l'avait imaginé, c'était peut-être grâce à cette femme. Papa était désorienté. Il fouillait des yeux la table roulante à côté de son lit, comme autrefois l'été à la fermette, lorsqu'il prélevait ce qui restait dans les assiettes des autres, après le dîner, pour avoir un peu plus à manger. Il regarda ses enfants.

« C'était horrible, l'ambulance, dit-il.

– Je comprends », répondit Benjamin.

Pierre lui tendit le verre de sirop et papa aspira sur sa paille en regardant au plafond, l'air pensif.

« Mais les gars de l'ambulance étaient sympathiques, dit-il.

– Vous avez parlé de quoi ? demanda Pierre.

– Ils m'ont surtout posé un tas de questions et m'ont fait faire des trucs débiles pour voir comment j'allais.

– Quel genre de trucs ?

– Ils m'ont demandé si je pouvais sourire. Évidemment que je pouvais sourire. Ensuite ils m'ont dit de tendre la main et de la garder en l'air cinq secondes. Puis ils m'ont fait répéter une petite phrase pour vérifier que j'articulais correctement.

– Quelle phrase ? » demanda Benjamin.

Papa répondit, mais Benjamin ne comprit pas ce qu'il lui dit.

Un peu plus tard, papa voulut se reposer, il était fatigué, la famille attendit qu'il s'endorme pour quitter l'hôpital, maman reviendrait le lendemain. Benjamin resta à veiller son père endormi. La journée s'écoula, la nuit tomba tôt, plongeant la pièce dans l'obscurité, un rai de chaude lumière jaune filtrait au bas de la porte, entrecoupé d'ombres noires quand quelqu'un passait dans le couloir. Papa se réveilla, il se redressa dans son lit et réclama encore du sirop de fraise. La soirée s'écoula, ils étaient ensemble tous les deux et dehors la pluie tombait doucement. Peut-être auraient-ils pu mieux profiter de cette dernière conversation. Après coup, Benjamin regrette de ne pas avoir dit certaines choses, bien sûr, ou posé certaines questions. Papa l'aurait aidé à mettre de l'ordre dans ses souvenirs, à comprendre des paroles qu'il l'avait entendu prononcer ou des actes qui remontaient à loin et qu'il ne s'expliquait toujours pas. Mais ils ne parlèrent pas des choses anciennes, ils ne l'avaient jamais fait et ne le firent pas davantage cette fois-ci, parce que ni l'un ni l'autre ne savait comment s'y prendre, et puis ce n'était peut-être pas nécessaire, peut-être ce silence était-il ce qu'ils pouvaient vivre de plus beau ensemble, parce qu'ils étaient seulement tous les deux, Benjamin et papa, maman n'était pas là, ils étaient libres, ils étaient eux-mêmes, hors de sa portée, tels deux prisonniers qui ont réussi à s'évader et reprennent des forces après leur fuite, en goûtant ensemble le silence. Ils ne parlèrent pas, pas pour de bon, et pourtant ils furent peut-être heureux ce jour-là, lorsque leurs regards qui balayaient la pièce autour d'eux se croisaient, parfois, et qu'ils se souriaient.

« Qu'est-ce que c'est bête, dit papa.

– Quoi donc ? »

Il leva les mains, fit un geste vers la pièce.

« Tout ça.

– Oui, c'est bête, dit Benjamin.

– Pour nous deux aussi. » Il regarda Benjamin

avec des yeux humides. « Nous qui devions aller à la chasse. »

Papa dit qu'il était fatigué, il se coucha sur le côté et une heure plus tard, pendant son sommeil, il eut sa deuxième attaque, elle ne fut repérable que par une inspiration puissante, un pli entre ses sourcils, et les bips des appareils, la pièce fut soudain pleine de monde et durant tout le temps de cette activité fébrile, Benjamin resta collé au mur, puis un médecin l'entraîna dans le couloir et lui dit que cette fois-ci, son père ne s'en remettrait pas. Benjamin téléphona aux autres, qui revinrent un à un au chevet du mourant. Pierre arriva le dernier, il entra en trombe et s'étonna que personne ne s'active pour sauver papa.

« Il n'y a pas de médecin ici ? demanda-t-il.

– Non, dit maman, ils ne peuvent rien faire. »

Dans le tumulte, quelqu'un avait incliné le lit, papa avait les pieds surélevés, la tête en bas tout au bout du lit.

« Pourquoi est-il dans cette position ?

– C'est... » Maman n'alla pas plus loin, elle fit un geste de la main, comme pour expliquer.

Nils et la femme à la perruque se tenaient dans l'ombre, appuyés contre le mur, au fond de la pièce. Lumière mate de la perruque. La fille portait un chemisier fin rentré dans sa jupe, on voyait le bout de ses seins à travers le tissu. Il y avait aussi une infirmière, debout près d'un appareil qui devait servir à mesurer le pouls de papa.

Benjamin s'assit sur le bord du lit, il posa une main sur la tête de papa. Celui-ci avait changé, paraissait soudain plus mince, il avait les joues creuses et le front barré d'une expression soucieuse, on aurait dit qu'il faisait un mauvais rêve. Benjamin lui secoua doucement l'épaule et chuchota : « Papa, je suis là. »

Il colla l'oreille sur sa poitrine pour entendre battre son cœur, ferma les yeux et revit la petite maison, le petit sentier qui descend au lac. Papa se tient près de l'abri à bateau, il met de l'ordre dans le filet, quatre perches s'y sont emmêlées. Benjamin l'aide à retenir une maille, lui tend le seau quand un des poissons dégringole, et le soleil brille à travers les bouleaux, il dessine des motifs tachetés sur le T-shirt blanc de papa concentré, papa qui lève soudain les yeux et regarde Benjamin comme s'il avait oublié qu'il était là. Ils se sourient. « Comme je suis content que tu m'aides », dit papa. Il y a seulement Benjamin et papa. Et le bruissement du vent dans les bouleaux.

Au bord du lac, par un après-midi très chaud, papa et Benjamin ont étalé leurs draps de bain l'un à côté de l'autre sur la grève. Ils viennent de se baigner et s'étendent au soleil, sur le dos. Papa demande à Benjamin s'il peut poser la main sur son épaule. Benjamin s'étonne et papa lui dit : « C'est tellement réconfortant de te savoir ici. » La main de papa sur lui, elle le presse légèrement contre le sol, il ferme les yeux, il n'est pas inquiet.

Il marche juste derrière papa le long de l'eau, ils

vont au sauna. Papa appelle Pierre et Nils : « Vous venez au sauna avec nous ? » Ni l'un ni l'autre n'a envie de venir, ça s'enflamme quelque part dans la poitrine de Benjamin : seulement papa et lui pendant un moment. Ils entrent dans le sauna. « Assieds-toi près de la fenêtre, dit papa, j'aimerais que tu aies la vue sur le lac. » Papa lui explique que si l'on tend bien l'oreille quand on verse de l'eau sur les pierres du foyer, on peut les entendre chuchoter, puis il lève un doigt en l'air, l'eau chuinte en s'évaporant, et les pierres chuchotent, par la voix de papa : « Prenez soin l'un de l'autre, promettez de sortir s'il fait trop chaud. » Ils comparent leurs mains en les tendant devant eux face à la fenêtre, avec le lac en toile de fond. « Je suis toi », dit papa.

L'oreille collée à la poitrine de son père, Benjamin écoutait son cœur battre, chaque nouvelle pensée avait sa source à la fermette et, pour la première fois depuis de nombreuses années, il ressentit le désir d'y retourner, il voulait descendre au lac, vider la barque, la mettre à l'eau, voir les cheveux de papa flotter au vent. Il regarda l'oxymètre. Le pouls de papa battait à 35. Benjamin ne comprenait pas. Peut-on avoir un pouls à 35 et être encore vivant ? Il tomba à 34, puis 33. L'infirmière tourna l'appareil hors de la vue de la famille. Quelques secondes plus tard, elle fit un signe de la tête et dit simplement : « C'est fini. »

Maman confirma brièvement :

« Papa est mort. »

Benjamin leva les yeux, vit Pierre s'immobiliser au milieu de la chambre, les mains fichées dans les poches de son jean, comme s'il avait voulu s'approcher de papa puis avait changé d'avis, dans le faible éclairage il avait l'air de sourire, mais il pleurait. Nils s'avança lentement. Sa petite amie alla s'asseoir sur le bord du lit, en face de Benjamin, elle retira sa perruque, la posa près d'elle et se pencha pour embrasser papa sur le front. Un éclair frappa les murs. Nils avait sorti un petit appareil photo et, debout au pied du lit, il prenait cliché sur cliché, la pièce était chaque fois illuminée par la lumière vive du flash.

En regardant son père sur son lit de mort, Benjamin se remémora ce qui s'était passé le matin même, quand papa lui avait proposé de faire un tour à skis, et ce souvenir lui fit soudain comprendre pourquoi il aimait son père malgré tout d'un amour si profond. La possibilité d'être seul avec papa. Ces instants qui lui avaient permis de respirer, au fil des années, de toujours se maintenir du bon côté de la vie. Les moments où une fenêtre s'ouvrait, où une occasion se présentait, qui n'appartenait qu'à eux deux, alors ils faisaient des projets ensemble, tout excités ils parlaient en chuchotant de tout ce qu'ils allaient entreprendre, l'évasion approchait.

Bientôt.

Bientôt, enfin, ce sera seulement nous, mon papa et moi.

Chapitre 18

6 heures

Il quitte le cœur de la cité par les rues désertes, emprunte des grands axes perchés au-dessus de la ville sur vingt mètres de béton, unique véhicule sur les cinq voies de circulation. C'est une voiture de location qu'il n'a pas encore très bien en main, il confond clignotant et essuie-glaces, le levier de vitesse et l'embrayage ne lui sont pas encore familiers ; le bruit du moteur en surrégime quand il repart après un feu rouge, dans le centre-ville, lui rappelle les fois où papa manquait la troisième et repassait involontairement en première, alors la voiture faisait des bonds en mugissant désespérément et maman hurlait qu'elle n'en pouvait plus. Il se retrouve vite dans la campagne, bocages et prairies entourés de clôtures électriques qui brillent légèrement au soleil levant, lacs bordés de hauts roseaux au point du jour, champs de colza jaune vif surgissant par intermittence, effluves de bouse de vache provenant des étables, et les maisons rouges avec leurs angles blancs, au milieu d'un quadrillage de champs de céréales aux périmètres soigneusement tracés par les tracteurs. Il roule une petite heure en suivant les indications de la femme du GPS. Elle a une voix molle, qui recèle néanmoins autre chose aussi, peut-être une légère résistance : « Êtes-vous vraiment sûr de ce que vous allez faire ? » Il traverse des petites localités, pancartes de vide-greniers bricolées à la va-vite, troncs d'arbre noueux des deux côtés de la route semblable à une interminable allée de château, petites routes asphaltées aboutissant à des voies plus étroites encore, il roule vite et au débouché d'une crête, en plein milieu de la chaussée, se tient un grand cerf. Comme s'il l'attendait. Coup de frein, pneus qui crissent, la voiture pile à quelques mètres de l'animal. Le cerf n'est pas effrayé, il ne s'enfuit pas dans les bois en claquant des sabots sur le macadam. Il reste là, paisible, et regarde le conducteur à l'intérieur du véhicule. Le brusque coup de frein a fait caler la voiture, Benjamin redémarre, le bruit du moteur ne trouble nullement le grand cerf qui ne bouge pas, même lorsque Benjamin fait vrombir le moteur. C'est un animal énorme, deux mètres de haut, peut-être plus. Benjamin ignorait qu'il existait d'aussi grands cerfs. Tranquillement campé sur ses pattes écartées, l'animal respire le calme, comme s'il barrait intentionnellement le passage pour protéger quelque chose derrière lui. Sa livrée brun-roux. Sur sa tête, les grands bois pareils à des branches d'arbre dénudées. Le soleil bas et les sombres nuages gris-bleu qui apparaissent au-dessus des cimes donnent à ses yeux des reflets magnifiques. Croiser le regard d'un grand animal ne laisse pas indifférent. Benjamin se souvient d'un soir d'hiver, avec papa et ses frères dans la voiture, brouillard neigeux qui blanchissait la chaussée, route bordée par la forêt, bouleaux gonflés et sapins lourds de neige serrés les uns contre les autres. Tout à coup un jeune élan était apparu devant eux, figé par l'hiver, devenu nature morte. Papa roulait trop vite, il n'avait pas eu le temps de freiner. Heurté de plein fouet, l'élan avait été projeté sur le côté de la voiture et ils ne le voyaient plus. Papa s'était arrêté, puis il était sorti dans la neige pour retrouver l'animal. Les enfants l'avaient vu s'enfoncer dans l'obscurité pendant qu'eux attendaient dans la voiture. Les feux de détresse teintaient la forêt en jaune. Au bout d'un moment, papa était revenu, l'animal avait disparu. Ils étaient tous partis à sa recherche le long du bas-côté et avaient fini par le trouver. Il avait fait quelques mètres en boitant vers l'intérieur de la forêt et il était là, par terre, le petit élan, Benjamin se souvient de ses yeux. Humides et brillants, comme s'il avait pleuré, dans une douce certitude que c'en était fini maintenant. Il n'avait pas essayé de se relever, il était resté couché et les regardait tous les quatre au-dessus de lui, sur le bord de la route, et eux le regardaient aussi. Papa avait fouillé dans le coffre et était revenu avec un cric. Que voulait-il faire avec ? Il avait ordonné aux enfants de se retourner, il ne fallait pas qu'ils voient ça.

« Regardez le ciel, avait dit papa, regardez les étoiles. » Et les frères avaient levé le nez en l'air dans la nuit claire, de la buée s'échappait de leurs bouches, la ville la plus proche était très loin, aucun halo ne troublait le ciel, et les étoiles avaient envoyé des signaux à Benjamin, on aurait dit que l'univers essayait d'attirer son attention depuis différents endroits. Tout ce qui existait là-haut semblait se rapprocher de lui, le cosmos appuyait sur sa joue et l'univers en expansion faisait entendre jusqu'ici le son de la Voie lactée, une sorte de craquement prolongé, comme lorsque l'on bande un arc et que le bois s'exprime. Lui qui se sentait si souvent en marge des choses vécut ce moment-là comme si tout s'articulait autour de lui et de ses frères, de cet instant où papa avait pénétré dans la forêt avec son cric pendant qu'eux l'attendaient, visage tourné vers l'univers crépitant.

Papa était remonté d'un bond sur la route et avait crié : « Maintenant venez, les enfants ! » Il avait regagné la voiture au pas de course, jeté l'ustensile dans le coffre. Benjamin avait scruté l'endroit où l'animal s'était couché pour mourir, mais cette fois-ci, il n'avait vu aucun œil briller. À nouveau à leurs places à l'arrière de la voiture, les frères étaient restés silencieux, papa avait frappé deux fois sur le volant avec ses mains ensanglantées et il avait pleuré, braillé comme un enfant, tout le long du chemin jusqu'à la maison.

Benjamin sort de la voiture et s'approche lentement du grand cerf, qui tourne la tête vers la forêt puis à nouveau vers lui. Il parvient à s'avancer tout près de l'animal. Lui pose doucement une main sur le museau. Le cerf ne s'enfuit pas, il respire calmement, les yeux plongés dans ceux de Benjamin qui sent le souffle chaud entre ses doigts. Les poumons de l'animal réchauffent l'air frais du petit matin d'été. Benjamin se souvient du jour où il avait failli se noyer dans l'eau glacée, il avait perdu connaissance et s'était réveillé en sentant de l'eau chaude couler sur ses mains. C'était si bon, il voulait que cela dure, que l'eau continue à le réchauffer. Il avait compris plus tard, seulement, qu'il s'agissait de l'eau qui était entrée dans ses poumons et avait été réchauffée avant qu'il ne la recrache.

Le cerf s'ébroue sous la main de Benjamin puis s'éloigne, il fait d'abord quelques pas incertains sur le macadam et une fois au bord du fossé, en terrain familier, il coupe à travers les arbres. Sous le couvert du bois, il s'immobilise, se retourne. Il regarde Benjamin, puis repart. Benjamin le suit des yeux jusqu'à ce qu'il soit hors de vue, remonte en voiture et poursuit sa route. La femme du GPS, qui a assisté à la scène dans un silence tendu, reprend son discret bavardage, au bout d'un moment elle se fait plus pressante : « Tournez à droite puis à gauche, puis encore à droite », et finalement Benjamin arrive à destination, chez son frère aîné. Il regarde le pavillon entouré d'une clôture blanche. Il donne deux coups de klaxon, croit voir quelque chose bouger dans la fenêtre à côté de la porte. Cela fait plusieurs années que Nils habite ici, mais Benjamin y vient pour la première fois. C'est plus petit qu'il ne le pensait, une maison de plain-pied en briques, avec un jardinet devant. Un pommier esseulé. Nils sort un instant plus tard, il porte un sac de voyage en bandoulière et un filet à provisions que Benjamin reconnaît, ce sont les pirojkis surgelés qu'ils ont trouvés la veille dans le congélateur de maman. Il a aussi une écuelle à la main. Il se poste sur les marches de la petite terrasse et sifflote, la chatte ne tarde pas à arriver discrètement, en rasant le mur. Nils s'agenouille, dépose l'écuelle par terre. La chatte tourne autour, en renifle une fois le contenu puis repart. Comme elle a grossi ! Benjamin se souvient du jour où ses frères et lui l'ont achetée, dans un refuge en banlieue. Ils avaient eu le coup de foudre. Comme ils n'arrivaient pas à définir sa couleur, la directrice du refuge, une bonne femme au visage couperosé, leur avait dit que la couleur de ce chat s'appelait « café avec trop de lait », ce qui avait beaucoup fait rire Benjamin, parce que c'était exactement ça. Nils se dirige vers la voiture, charge son bagage dans le coffre et pose le filet plein de provisions sur la banquette arrière, puis il prend place à l'avant, à côté de Benjamin.

« En tout cas, on ne risque pas de mourir de faim », dit Benjamin. Nils lui fait un clin d'œil, comme pour l'ancrer dans cette humeur, Benjamin sourit et Nils rit en se passant la main dans les cheveux.

« C'est comme ça avec les pirojkis, quand tu commences, tu ne peux plus t'arrêter », dit-il.

Benjamin regarde vers la maison, la chatte s'approche à nouveau de son écuelle pleine.

« Tout va bien ? demande Nils.

– Oui. J'ai vu un grand cerf.

– Un grand cerf ?

– Oui. En plein milieu de la route, j'ai dû piler et la voiture a calé à quelques mètres de lui seulement.

– Oh, fait Nils.

– Oui, ça aurait pu mal se terminer. »

Les frères se taisent, vague ronronnement de la climatisation. Benjamin a les deux mains sur le volant. Un mur de nuages sombres mord le ciel bleu clair. Benjamin manœuvre devant le garage de Nils, reprend lentement en sens inverse la route par laquelle il est arrivé.

« Si possible, faites demi-tour », dit la femme du GPS.

Mais c'est trop tard maintenant. Impossible d'y échapper, impossible d'arrêter ce qui a été mis en branle.

« Bon, eh bien on y va, dit Benjamin.

– On y va », dit Nils.

Et les voilà partis dans le petit matin, ils passent devant les maisons endormies, et quand ils débouchent sur les routes dégagées qui sillonnent les champs, Benjamin s'aperçoit qu'ils roulent droit vers l'orage. La tempête rase l'horizon, comme si la pluie avait entraîné les nuages vers le bas. Ici, le soleil brille encore, mais on voit bien qu'en ville, là-bas, c'est le chaos. Benjamin regarde l'heure. Il a vécu toute une vie sans s'occuper de rien, et soudain tout se bouscule, ils ont tellement de choses à faire aujourd'hui, et si peu de temps. Juste après une crête, Benjamin voit deux traces de pneus sur le macadam, il ralentit, se repère et s'écrie : « C'est là ! » Nils lève les yeux de son téléphone. Benjamin fait marche arrière et recule jusqu'à ce que les traces se trouvent devant eux.

« C'est là que j'ai freiné ! À cause du grand cerf.

– Ben dis donc, dit Nils en se penchant pour regarder, c'était un sacré coup de frein. »

Benjamin voit les traces noires parallèles sur la route. Il tourne les yeux vers la forêt. Porte la main à son nez, hume le bout de ses doigts, ils ont encore une légère odeur de l'animal. Puis il reprend la route.

« Ça a eu lieu, marmonne-t-il.

– Qu'est-ce que tu dis ? demande Nils.

– Non, rien. »

Mais ce n'était pas rien. Parce qu'à l'instant même où le grand cerf s'éclipsait dans la forêt, Benjamin s'était mis à douter que les faits aient réellement eu lieu, à se demander s'ils n'étaient pas le produit de son imagination. Il ne savait pas, n'arrivait pas à trancher, en les relatant à Nils tout à l'heure il ne croyait déjà plus vraiment lui-même à son histoire, elle ne lui semblait pas vraisemblable. Et après leur départ de chez Nils, il était persuadé d'avoir tout inventé. Or là, il y avait les traces de pneus sur le macadam, comme si à travers elles la réalité lui adressait un message : « Cela a eu lieu. » Alors avec son frère à côté de lui dans la voiture, le soleil derrière eux et l'orage loin devant, dans un silence contre lequel il n'a pas besoin de lutter, pour la première fois depuis longtemps, Benjamin ne ressent aucune inquiétude. « Je suis content qu'on fasse ça, dit-il.

– Moi aussi », répond Nils.

Benjamin allume la radio, reconnaît la chanson qui passe et marque doucement le rythme avec son pouce sur le volant. Ils approchent de la grande ville, roulent bien au-dessus d'elle sur des axes de béton, toujours seuls sur la route, comme si les cinq voies n'avaient été construites que pour eux, afin qu'ils puissent effectuer cet important voyage en toute tranquillité. En ville, les cafés lèvent leurs rideaux de fer et retirent les câbles antivol du mobilier des terrasses, les deux frères se garent devant chez Pierre, ils attendent un moment, finalement Nils appelle et peu après Pierre descend avec un petit sac et une housse de costume qu'il jette dans le coffre.

« Temps de pute en perspective, dit-il en entrant dans la voiture.

– Joliment formulé, vraiment, dit Nils.

– Merci », fait Pierre.

Benjamin rit.

Il manœuvre pour sortir de sa place, longe prudemment les véhicules stationnés en double file. Pierre tripote son téléphone, demande à Benjamin de le brancher sur l'autoradio, puis il lance une chanson que Benjamin reconnaît tout de suite.

« J'ai pensé que ce serait une musique appropriée pour notre voyage », dit Pierre en ricanant. C'est du Lou Reed, Benjamin sourit en songeant à tout ce qu'ils ont à faire aujourd'hui, à l'énorme charge qui les attend et à leur manière de s'encorder l'un à l'autre à travers la musique, dans la voiture, en chantant doucement avec la sono, protégés par l'ironie. À l'approche du refrain, ils gorgent d'air leurs poumons, Pierre crie : « Plus fort », baisse la vitre et, sourire aux lèvres, tous les trois chantent ce « jour parfait ». Pierre lève les deux mains et fait le V de la victoire, Nils est moins exubérant, bien sûr, mais Benjamin remarque qu'il chante à tue-tête.

Il regarde ses frères, il se dit qu'il les aime.

Ils traversent la ville en direction du sud, vers le cimetière, trois frères qui vont chercher les restes de leur mère, la chanson grésille dans le matin solitaire à travers les haut-parleurs, un feu passe soudain au rouge et Benjamin donne un brusque coup de frein.

« Hé ! crie Pierre. Vas-y mollo !

– Pas besoin de se refourrer dans le pétrin », dit Nils.

Pierre lève les yeux de son téléphone.

« Comment ça, se refourrer dans le pétrin ? demande-t-il.

– Benjamin a failli percuter un grand cerf, ce matin.

– Oh merde, dit Pierre.

– Il s'en est fallu d'un cheveu », dit Benjamin.

Il repense au cerf, à leur étrange rencontre là-bas, sur la départementale. En pénétrant dans la forêt, la bête s'était retournée, comme si elle l'avait attendu, comme si elle souhaitait qu'il la suive.

« Vous vous souvenez du jeune élan, quand on était petits ? demande Benjamin.

– Quel élan ? fait Nils.

– Quand papa avait percuté un élan, dit Benjamin, on était partis à sa recherche et on l'avait retrouvé dans les bois. Et papa l'avait achevé avec un cric. »

La chanson est terminée, le silence s'abat dans la voiture. Pierre regarde par la vitre.

« Papa avait renversé un élan ? demande Nils.

– Mais enfin, tu ne t'en souviens pas ? Il nous avait dit de rester au bord de la route et de regarder les étoiles. Et en rentrant il avait pleuré tout le long du chemin. »

Nils se plonge dans son portable, ouvre une application après l'autre, navigue parmi les menus. Benjamin le regarde, stupéfait, puis il regarde Pierre dans le rétroviseur, qui se racle discrètement la gorge et détourne les yeux.

« Vous ne vous en souvenez pas ? » demande Benjamin.

Ils ne répondent pas.

Derrière lui un automobiliste klaxonne. Le feu est vert. Benjamin passe la première et roule, le monde s'obscurcit, il plisse les yeux pour voir la chaussée.

Le ciel se troue et une pluie torrentielle s'abat sur la voiture ; tout de suite après la pluie le vent se lève. Benjamin le devine à l'obscurité soudaine, aux drapeaux tiraillés sur leurs hampes, sur les façades des hôtels, et à la démarche penchée d'un piéton qui lutte contre l'orage, sur le trottoir. C'est un vent à balayer toute la ville, une tempête qui devrait avoir un nom d'être humain.

Chapitre 19

Le cadeau d'anniversaire

Maman habitait la rue la plus bruyante du centre-ville, quatre voies asphaltées s'étirant entre les hauts immeubles. Les camions s'arrêtaient au feu et relâchaient la pression des freins sous ses fenêtres. Les bus au diesel stationnaient en longues files près des arrêts, les voyous shootaient dans les corbeilles à papier devant les bouches du métro. Chewing-gums écrasés par milliers sur les dalles de béton. L'escalier mécanique constamment hors service, en réparation, d'après l'avis sur fond rouge scotché sur le caoutchouc noir. Chauffeurs de taxis illégaux qui vous suivaient en débitant leurs offres de destinations avec un fort accent. Marquises des terrasses de café continuellement agitées par le souffle de la circulation. En attendant que le piéton passe au vert, Benjamin regardait les deux fenêtres de maman, au premier étage. Des ballons noirs gonflés à l'hélium étaient montés au plafond, leurs ficelles pendaient dans le vide. Il devina une ombre, celle de maman sans doute, dans la fenêtre de la cuisine, la silhouette penchée sur l'évier pouvait être la sienne. C'était curieux, encore maintenant. On aurait dit une étrangère, quelqu'un qui feignait d'habiter là, de vaquer à ses occupations dans la cuisine. Papa, lui, détestait la ville, il ne s'y rendait que pour faire des courses au marché couvert et en revenait systématiquement énervé et mal à l'aise. Benjamin avait le sentiment que la décision de maman de s'installer ici était un acte de rébellion contre lui, ou en tout cas une manière de tirer un trait sur sa vie avec lui. Elle avait mis en vente l'appartement seulement quelques semaines après les obsèques, en disant à ses deux plus jeunes fils que c'était peut-être l'occasion pour eux d'acquérir leur propre logement. Elle souhaitait déménager le plus vite possible, soulignant ainsi qu'elle avait toujours été prisonnière des choix de papa et pouvait enfin vivre la vie qu'elle désirait, maintenant qu'elle était libre. Les vieux meubles de famille avaient été jetés ou remisés, il n'y avait pas de place pour eux dans son deux-pièces. Expédiée, la bibliothèque de papa, ce chaleureux mur de livres dans sa chambre, dont il prenait si grand soin, de son vivant. La première fois qu'il était allé chez maman, Benjamin avait fait le tour du nouvel appartement en silence, incapable de regarder ce qu'elle avait conservé de l'ancien, songeant uniquement à ce qui n'était plus là.

Benjamin appuya sur le bouton de l'interphone, il savait pourtant que cela énervait maman qu'il ne retienne pas le code. Au bout d'un instant, la porte s'ouvrit avec un petit grésillement. Il se dirigea vers l'ascenseur, éclairé par une lumière froide. Cela faisait trois ans que maman habitait là, de temps en temps elle l'invitait à dîner, politesses d'usage et conversation feutrée entre deux bouchées, silences entrecoupés par le cliquetis des couverts, et à l'heure du café, elle se repliait, avec son journal et un crayon. Cigarette aux lèvres, elle annotait les annonces de voyage, marmonnait le nom des destinations : « Lanzarote, non. Ténériffe, non plus. Charm el-Cheikh… Le Maroc, je n'y suis jamais allée. Ce serait peut-être bien. » Elle arrêtait son choix, achetait un billet d'avion et partait à peine quelques jours plus tard, toujours seule, pour revenir la semaine suivante. Benjamin lui avait un jour demandé avec circonspection ce qu'elle faisait durant ces voyages et elle avait répondu : « Pas grand-chose. » Elle prenait le soleil, avec un peu de chance elle rencontrait quelqu'un de sympathique avec qui parler, sinon elle restait toute seule. Une fois, à son retour, elle avait raconté n'avoir adressé la parole à personne pendant tout le séjour. Benjamin pensait qu'il devait être gênant de révéler ce genre de chose, que c'était un signe d'échec ou de solitude, mais en l'occurrence elle manquait d'amour-propre. Était presque enjouée, galvanisée par le constat de ne pas avoir ouvert la bouche pendant huit jours ! Bronzée, elle se replongeait dans le journal, à la recherche de nouvelles destinations. Benjamin trouvait curieux qu'elle ne lui demande jamais s'il avait envie de l'accompagner, cela en disait long, mais elle semblait considérer comme évident de toujours voyager seule. Leurs brèves rencontres, remplies de silence. Après chaque visite chez sa mère, il se dépêchait de rentrer chez lui pour aller aux toilettes, chaque fois qu'il la voyait, il avait mal au ventre. Il restait longtemps assis sur le siège, silencieux, laissant venir les brefs spasmes de ses intestins.

Ils étaient apparemment toujours sur leurs gardes l'un vis-à-vis de l'autre, sauf quand ils picolaient. Ils n'arrivaient peut-être à se détendre que dans ces moments-là, lorsqu'ils descendaient tous les deux boire des bières en terrasse, le soir. Ils mangeaient sur le pouce et buvaient jusqu'à l'ivresse, quand le restaurant fermait ils traversaient la rue d'un pas mal assuré et allaient s'asseoir dans un pub. Là, ils continuaient à boire, à un rythme encore plus soutenu. Ils étaient entourés de jeunes, des étudiants attirés par le prix modique de la bière et la souplesse du patron quant au contrôle de l'âge légal. La musique était forte, maman avait le regard trouble, la voix plus énergique, elle s'emportait et se laissait aller, appelait le gérant de la supérette le « métèque du coin », déversait des bordées de préjugés, consciente qu'elle dérapait, et Benjamin suivait, il savait jouer ce rôle-là aussi, leurs conversations les plus détendues, ils les avaient dans les bars, quand ils échangeaient des propos de comptoir et des potins sans intérêt, qu'ils buvaient et buvaient inconsidérément, jusqu'à ne plus sentir le courant d'air froid provenant de la porte. À aucun moment, pas même quand elle était soûle, maman n'évoquait sa tristesse, pas plus que celle de Benjamin d'ailleurs. Une seule fois, après l'une de leurs soirées de beuverie qui avait duré jusqu'à plus de deux heures du matin – Benjamin, de retour chez lui, s'était assis sur les cabinets pour vider ses intestins dérangés –, il avait reçu un SMS de sa mère.

« Je ne suis pas sûre d'avoir envie de continuer, écrivait-elle.

– De continuer quoi ? » avait demandé Benjamin.

Elle n'avait pas répondu et dans son lit ensuite, Benjamin avait essayé de comprendre, devant ses yeux défilaient des images susceptibles de lui livrer une explication.

Benjamin sonna à la porte de l'appartement, il entendit le claquement des talons sur le parquet, qui cessa lorsqu'elle arriva sur le tapis de l'entrée, et la porte s'ouvrit.

« Salut, bonhomme », dit maman, et ils s'embrassèrent. Elle avait pulvérisé du désodorisant dans l'appartement afin d'éliminer l'odeur de cigarette. Effluves de fruits tropicaux et de tabac. Les lumières étaient éteintes, il y avait des bougies partout. Benjamin retira son manteau, jeta un œil à l'intérieur. Une poignée d'invités, parmi eux une femme couverte de bijoux, la petite cinquantaine, lourdes boucles d'oreilles qui étiraient ses lobes, une vieille collègue de travail de maman, d'après ce qu'avait compris Benjamin. Une autre femme, en chaussettes, vêtue de noir, la voisine du troisième, expliqua-t-elle. Alignés sur le canapé, des gens très différents les uns des autres, mais qui appartenaient de toute évidence au même groupe. Benjamin se présenta, eux faisaient de la salsa avec maman. Ils le considérèrent avec intérêt, en souriant, lui posèrent quelques questions polies, le suivirent du regard, cela fit plutôt plaisir à Benjamin, peut-être parce qu'ils savaient qui il était, maman leur avait parlé de lui. Elle-même ne lui avait quasiment rien dit à propos de la salsa. Benjamin se souvenait qu'à Noël, elle avait trouvé un prospectus dans sa boîte aux lettres, un groupe de salsa cherchait d'autres enthousiastes. Elle était allée faire une séance d'essai, mais Benjamin ignorait qu'elle avait continué. Maman s'assit dans le canapé, resservit du vin à ses amis danseurs. Benjamin aperçut Pierre près de la fenêtre et le rejoignit.

« Y a pas foule ici, chuchota Pierre.

– C'est une invitation ouverte, dit Benjamin, on ne sait pas combien de personnes sont déjà venues.

– C'est vrai. D'ailleurs la console croule sous les cadeaux. »

Benjamin avisa les trois paquets et se mit à rire.

« Et le nôtre ? demanda-t-il.

– Ça roule, Nils devrait arriver avec d'un moment à l'autre. »

Maman avait préparé des canapés au saumon et au fromage frais, qu'elle avait disposés dans un plat sur la table, il y avait aussi des petits feuilletés aux crevettes et à la mayonnaise. Sur un plateau étaient posées quelques bouteilles de mousseux et des coupes à champagne. Benjamin observa la pièce. Ce n'est qu'à cet instant, en la présence d'inconnus, qu'il réussit à considérer l'appartement avec un regard extérieur. Les écrivains juifs dans la petite bibliothèque. La photo d'un prix Nobel de littérature sur le mur. Benjamin reconnaissait ce désir d'ancrage dans la bourgeoisie intellectuelle, présent depuis son enfance. Les frères avaient reçu une éducation propre à un milieu social supérieur, mais dans des conditions d'existence inférieures au minimum vital, en quelque sorte. Élevés comme des aristocrates, dressés à toujours se tenir droits comme des i, à faire leur prière avant chaque repas et à serrer la main de papa et de maman avant de quitter la table. Mais il n'y avait pas d'argent, ou plutôt on dépensait très peu d'argent pour les enfants. Ils avaient fait leurs études sans conviction, les avaient commencées en fanfare mais pas poursuivies jusqu'au bout. Les frères n'étaient jamais parvenus au niveau de formation de leurs parents, ce qui donnait lieu à des anecdotes et à des plaisanteries récurrentes sur leur incompréhension des particularités autour d'eux. La préférée de maman : lorsqu'elle préparait des *crudités*, un hors-d'œuvre français composé de légumes crus que l'on trempe dans des sauces, les garçons croyaient qu'elle faisait des « grues de thé ». Ça, c'était dans les premières années, quand ils étaient tout petits, que papa et maman avaient encore de l'énergie et de la volonté. De l'élan pour le projet familial. Ensuite, tout s'était mis à battre de l'aile. Les choses n'avaient plus fonctionné. L'habitude de dîner en famille s'était peu à peu perdue, imperceptiblement, et les dîners une fois totalement éliminés, personne ne songeait plus réellement à leur disparition. Vers 18 heures tous les soirs, les enfants allaient à la cuisine se faire des tartines qu'ils mangeaient en silence avec une boisson chocolatée. La seule chose qui avait perduré était le repas du dimanche soir, pour lequel maman faisait un effort ; debout dans la cuisine, elle versait quelques gouttes de soja dans la sauce à la crème pour lui donner la bonne couleur. Papa et maman buvaient beaucoup, mais le plus souvent on ne s'en apercevait qu'à leur humeur grave et taciturne, fermée. Parfois, quand les frères se levaient de table à la fin du repas, après avoir posé leurs verres sur leurs assiettes vides, il arrivait que maman rugisse : « Dites donc ! On ne quitte pas la table comme ça sans dire merci, il me semble ! » Alors les enfants, confus, devaient s'avancer l'un après l'autre et serrer la main de leurs parents en s'inclinant, reliquat d'une époque dont ils se souvenaient à peine.

Une femme d'une quarantaine d'années s'extirpa du canapé et fit tinter deux coupes l'une contre l'autre. Elle n'avait certes aucune responsabilité officielle dans l'association de salsa, annonça-t-elle, mais en leur nom à tous elle voulait dire qu'elle appréciait beaucoup la présence de maman le jeudi. Ils étaient peu nombreux, et loin d'être des as de la danse latino-américaine, mais ils passaient de bons moments ensemble, depuis un an leur petite bande s'était soudée et ils étaient ravis de pouvoir fêter les cinquante ans de maman avec elle, d'ailleurs l'association avait un petit cadeau pour elle, poursuivit la femme en cherchant à tâtons le sac qu'elle avait posé au pied du canapé. « Parce que maintenant, tu es une *salserita* accomplie, dit-elle en accentuant chaque voyelle, alors voilà, c'est de notre part à tous, de Larsa et Yamel aussi, qui n'ont malheureusement pas pu se joindre à nous. » La femme remit un petit paquet à maman qui déchira le papier avec des yeux pétillants, en poussant des « Oh, oh », et elle en retira une jupe noire à paillettes qu'elle plaqua aussitôt sur sa taille.

« J'en avais repéré une comme celle-là, s'exclama-t-elle, et elle fit un tour sur elle-même pour la montrer à la ronde.

– Tu devines peut-être ce que cela signifie ? dit la femme. On aimerait que tu nous fasses une petite démonstration. »

Explosions d'enthousiasme, protestations de maman, cris provenant du canapé, au bout d'un moment elle céda, s'éclipsa dans la chambre pour se changer. Murmures dans le canapé, Pierre se tourna vers la fenêtre, chercha ses cigarettes dans ses poches. En observant les amis danseurs impatients, ces visages étrangers si proches de maman, Benjamin songea qu'il s'était peut-être trompé. Il croyait que maman avait cessé de vivre, mais elle avait peut-être cessé de vivre seulement avec lui, avec sa famille.

Maman fit son apparition sous les acclamations, dans sa nouvelle jupe taille basse, fendue presque jusqu'en haut. Un petit espace entre la jupe et le chemisier moulant dévoilait un ruban de peau blanche. Benjamin vit les cicatrices sur son ventre, traces de ses césariennes. Un souvenir d'enfance lui revint, il était allongé avec maman sur un canapé ou un lit, elle lui avait montré les petites incisions, juste au-dessous du nombril. « Ça, c'est Nils, avait-elle dit en désignant une des cicatrices. Ça, c'est Pierre. Et la petite, là, c'est toi. » Benjamin avait touché doucement du bout des doigts les petits renflements sur le ventre de maman, senti la chaleur de sa peau.

Maman se dirigea vers la chaîne stéréo dans la bibliothèque pour changer le CD, la salle de séjour fut plongée dans le silence. La musique démarra. Sentiment d'une instrumentation un peu trop riche, d'un entrelacs de divers motifs rythmiques qui essaient de se raccrocher les uns aux autres. Maman s'avança vers le grand tapis au milieu de la pièce, fit halte au passage devant la table du buffet pour boire quelques gorgées de vin, avant de prendre la pose de départ, les deux mains sur la tête, comme pour se recoiffer. Elle fit les premiers pas de danse, accompagnée par les cris joyeux de ses amis dans le canapé. Elle entra dans le rôle, devint quelqu'un d'autre. Elle levait les genoux, un pas en avant, un pas en arrière, mains le long des flancs, ensuite elle se mit à onduler, le buste immobile et le bassin animé d'un mouvement de chevauchée qu'elle accentua en effectuant un tour sur elle-même, et dans le faible éclairage Benjamin ne remarqua pas tout de suite qu'elle avait les yeux fermés. Il pensa d'abord qu'elle dansait comme elle l'aurait fait devant un public nombreux, s'imaginant évoluer sur une piste éclairée de tous côtés par des projecteurs, entourée d'un océan noir de spectateurs, mais il ne tarda pas à comprendre que c'était tout le contraire. Elle dansait comme s'il n'y avait personne dans la pièce, comme autrefois dans sa chambre de petite fille, sur son lit, elle exécutait les mouvements pour elle-même, dans une solitude absolue, et c'est pour cette raison qu'elle était aussi libre à ce moment-là, parce que rien ne s'était encore produit. Maman rouvrit les yeux, tendit une main vers lui et l'entraîna sur la piste. Gêné, il résista, mais elle était déterminée. Ses genoux fléchis, ses cuisses blanches qui apparaissaient sporadiquement sous sa jupe. Elle ferma à nouveau les paupières, se remit à danser seule, plongée en elle-même, alors Benjamin arrêta de bouger en rythme et, cloué face à sa mère, il observa ses mouvements rêveurs ; soudain elle leva les yeux vers lui, le prit par la main et l'attira dans ses bras. Il n'avait pas été si près d'elle depuis de nombreuses années, depuis qu'il était enfant. Il sentait son étreinte, un fil ténu les reliait, qui ne s'était pas rompu, sa nostalgie d'elle n'avait pas cessé d'être. Il sentait son odeur, son souffle sur son oreille, il était à nouveau tout contre sa mère. Ne voulait pas que ça s'arrête.

D'un geste ferme et démonstratif, maman le repoussa et rentra en elle-même. La chanson était terminée, l'assistance applaudit, maman leva la main en direction de Benjamin, comme pour saluer sa participation. Elle alla s'asseoir dans le canapé, épuisée, heureuse, et se fit servir un verre.

Pierre montra à Benjamin le SMS de Nils : « Suis arrivé », et ils s'éclipsèrent. Nils était à la porte, vêtu de sa grande doudoune, un chaton dans les bras.

« Tu as la rosette ? » demanda-t-il.

Pierre tira de sa poche arrière un ruban de soie rose, essaya de le nouer comme pour un paquet cadeau autour du chaton qui résistait, pattes raides et griffes dehors. Les frères s'étaient retrouvés la semaine précédente dans un refuge pour chats en banlieue, ils avaient déambulé entre les box et étaient tombés en arrêt devant cette petite bête couleur crème. En revoyant le chaton dans les bras de Nils, à l'entrée de l'appartement, Benjamin le trouva plus petit que dans son souvenir, si petit qu'il en était à peine réel, de si petits chatons n'existaient sûrement pas. Pierre noua le ruban. « Attends ici, je vais dire quelques mots », dit-il à Nils.

Benjamin et Pierre s'avancèrent jusqu'au seuil de la salle de séjour. Pierre s'éclaircit la voix, personne n'entendit, il se racla la gorge plus fort, toussa bruyamment, se vidangea les sinus. Les conversations dans le canapé cessèrent, les regards se tournèrent vers Pierre.

« Qu'offre-t-on à une femme qui a déjà tout ? cria-t-il à la cantonade. C'est une question à laquelle mes frères et moi avons beaucoup réfléchi à l'occasion de ce grand jour. Nous le savons, elle ne veut pas d'objets à la con ! »

Dans le canapé quelqu'un pouffa de rire. À présent, maman était assise droite comme un i, en alerte.

« Alors nous nous sommes dit que tant pis, nous ne lui offririons pas d'objets. Nous lui offririons quelque chose qui a une véritable valeur. »

Il appela Nils, qui sortit de l'ombre et entra dans le séjour, le chaton dans les bras. Murmures s'élevant du canapé, maman ne comprenait pas, ne savait pas ce qu'elle regardait. Nils s'approcha d'elle et posa délicatement le chat sur ses genoux.

« Oh, qu'il est mignon », dit l'un des invités.

Maman regarda le chaton. Elle rit puis poussa un cri strident.

« Mais vous êtes fous ! Il est pour moi ? »

Les frères acquiescèrent de la tête.

« On avait d'abord pensé à un chien, dit Pierre, mais ensuite on s'est dit qu'ici en ville, c'était peut-être plus facile d'avoir un chat. Et puis on a trouvé celui-là et on a senti que… » Il s'avança vers le chaton, tendit un doigt vers le bout de son nez. « On a senti que celui-là était pour toi.

– Mon Dieu », murmura maman, en posant doucement une main sur la tête du chat. Puis elle le mit sur son ventre nu. « Il est magnifique. »

Elle avait l'air contente. Cela n'avait pas toujours été le cas. Maman était souvent de mauvaise humeur le jour de son anniversaire, elle n'aimait pas qu'on la congratule. Elle disait ne pas se sentir particulièrement aimée, alors elle ne voulait pas que les gens jouent la comédie une fois par an. Pourtant la famille s'efforçait de lui faire plaisir, papa le premier, mais ses tentatives étaient toujours maladroites. L'année où il lui avait offert un stage pour arrêter de fumer, elle était tellement vexée qu'elle avait coupé court aux festivités et était allée se coucher. Benjamin se souvient d'une fois où papa l'avait aidé à choisir un nécessaire de toilette pour maman, et en ouvrant le paquet elle avait tout de suite soupçonné que ce n'était pas lui mais papa qui avait payé, elle avait mis Benjamin en défaut. Mais cette fois-ci, tout semblait fonctionner. Maman était enchantée, la tête penchée sur le chaton, elle le caressait avec douceur.

« Et nous avons pensé… » Pierre ménagea une pause oratoire. « Nous avons pensé que le chat pourrait s'appeler Molly. »

Benjamin lança un coup d'œil furtif à Pierre. Celui-ci fit un signe de tête satisfait, et il regarda maman. Il ne pensait pas à mal. Ce fut juste un court-circuit, Benjamin le comprit, quelque chose qui se passa à cet instant, alors qu'il sentait que le cadeau était un succès et que ce succès pourrait se prolonger, que le trou dans sa poitrine se comblerait peut-être plus vite avec encore davantage d'amour de maman, que lui-même atteindrait le cœur de maman plus profondément encore.

Ça, ce n'était pas prévu.

Maman détacha son regard du chat.

« Qu'est-ce que tu viens de dire ? demanda-t-elle.

– Une sorte d'hommage, dit Pierre, une incertitude naissante dans la voix.

– On n'a absolument pas parlé de ça entre nous », déclara Benjamin d'un ton tranchant. Il se tourna vers Pierre, baissa la voix : « Qu'est-ce que c'est que cette histoire ?

– Vous savez quoi ? » dit maman en regardant les frères. Les sanglots l'empêchèrent de poursuivre, quelqu'un du groupe de danse posa une main sur son dos courbé. Quand elle leva à nouveau les yeux, Benjamin vit la tristesse virer à la fureur. « Vous pouvez partir, maintenant », dit-elle.

Elle se leva, posa le chaton sur le canapé et quitta la pièce.

Le silence fut tel que Benjamin entendit les pleurs de maman dans la cuisine, le bruit des allumettes dans la boîte lorsqu'elle s'alluma une cigarette. Benjamin était toujours debout devant le canapé, les yeux rivés au sol. Et c'est à ce moment-là que cela se produisit. Sans qu'il décide quoi que ce soit, cela arriva, c'est tout. L'obscurité tomba d'un coup, comme dans les films quand l'alarme se déclenche pendant que le voleur de diamants est en pleine action, et que des rideaux de fer s'abattent avec fracas devant toutes les entrées. Benjamin sentit son cœur battre plus vite, les grilles s'abaissèrent les unes après les autres et dans l'obscurité il identifia un sentiment envers sa mère que jamais auparavant il n'avait osé laisser émerger. La colère. Il n'avait fallu qu'une petite étincelle, une étincelle qui avait mis le feu aux poudres.

Il se dirigea vers la cuisine, se planta dans l'embrasure de la porte.

Maman était assise devant la table. Elle avait des traces noires sous les yeux, son maquillage avait coulé.

« Tu ne peux pas oublier Molly, mais nous, ça fait longtemps que tu nous as oubliés. »

Elle regarda Benjamin, stupéfaite. Il n'avait jamais haussé le ton avec elle auparavant. Benjamin sentit les larmes lui brûler les paupières, il se maudit, il n'avait aucune envie de se mettre à pleurnicher. Il ne voulait pas être triste, il voulait être en colère.

« On est là ! hurla-t-il. Nils, Pierre et moi. On existe. »

Maman ne disait rien. Les sanglots contenus finirent par remonter, une brusque inspiration, puis les pleurs. Benjamin se cacha le visage, tourna les talons, passa devant la salle de séjour plongée dans le silence et sortit.

Une fois dans la rue, il attendit ses frères devant l'entrée de l'immeuble. Ils ne tarderaient pas à descendre, se disait-il. Il patienta quelques minutes puis se mit à marcher, longea les terrasses des cafés, traversa au passage piéton. Sur le trottoir d'en face, il porta son regard vers l'appartement de maman mais n'y vit personne, seulement les ballons à l'hélium au plafond, tels des yeux affligés considérant la pièce avec tristesse. Il guetta l'entrée de l'immeuble. Où sont mes frères, pensa-t-il.

Il continua à marcher à côté de la circulation infernale, les sacs en plastique virevoltaient au bord du trottoir, des détritus caracolaient en direction du nord, même les déchets voulaient partir d'ici. Il gagna la bouche du métro, se retourna encore une fois vers la façade de l'immeuble, là-bas.

Où sont mes frères ?

Chapitre 20

4 heures

La pièce rétrécit.

Il ferme les yeux, et peut-être dort-il, du moins c'est ce qu'il croit, parce que lorsqu'il les rouvre, il fait plus clair. Par la fenêtre, il aperçoit une tache de soleil tout en haut de la façade d'en face. Un petit coin jaune sur le béton gris. Il a vu un plus grand nombre d'aurores que de crépuscules, dans sa vie. Tous les matins d'été aux premières heures, quand il était dans son lit et que le petit jour émergeait de l'obscurité comme un cauchemar, devant la fenêtre, d'abord tout bleuissait, puis devenait laiteux, ensuite les premiers rayons du soleil apparaissaient à la cime des arbres. Il se mettait à la fenêtre pour regarder l'aurore, étonné, tant il était étrange d'être là au commencement, tout était inversé, le soleil n'était pas à sa place, il brillait du mauvais côté, avec de curieuses incidences. Mais désormais l'aurore est liée à bien d'autres choses, cela fait quinze jours que maman est morte et depuis il se réveille tous les matins avant l'aube. Quand la psychologue lui a demandé ce qu'il ressentait après le décès de maman, Benjamin a répondu qu'il ne ressentait rien, mais c'était peut-être faux, il éprouvait peut-être tellement de choses qu'il ne parvenait à en discerner aucune. Elle voulait qu'il lui raconte toute son histoire, elle lui a dit que le cerveau est étonnant. Il agit à notre insu. Il arrive qu'après un traumatisme, le psychisme transforme les souvenirs. Benjamin a demandé pourquoi, et la thérapeute a répondu : « Pour supporter. »

Elle a dit : « Efforcez-vous de penser à votre mère. » Il a rétorqué : « À quoi dois-je penser ?

– Peu importe », a-t-elle répondu.

Son premier souvenir de sa mère. Il a trois ans. Papa et maman sont au lit, un matin, et l'appellent : « Viens nous faire un bisou ! » Il grimpe et s'empêtre dans le drap en rampant jusqu'à eux. Il embrasse papa, atteint à peine sa bouche avec toute cette barbe. Il embrasse maman. Puis il s'essuie les lèvres en vitesse. Il est démasqué. Papa et maman ont vu son geste. Maman l'attire à elle et lui dit : « Tu penses que c'est dégoûtant de nous embrasser ? »

Le dernier souvenir qu'il a de sa mère : son rictus, à l'instant où elle est morte, à l'hôpital. La grimace dans laquelle son visage s'est figé, le sourire du loup. Que Benjamin porte en lui depuis le décès de maman, et à chaque fois que ce souvenir ressurgit, il est à nouveau projeté dans son enfance, parce que cela lui rappelle une scène de cette époque. Il avait l'habitude de se lécher le bout des doigts, quand sa peau était sèche. Maman lui avait dit d'arrêter et comme il ne pouvait pas s'en empêcher, elle s'était mise à l'imiter. Dès qu'il se léchait les doigts, elle se précipitait vers lui, se fourrait les mains dans la bouche en faisant une grimace qui découvrait ses dents. Benjamin cherchait dans son regard une lueur facétieuse, un signe qui lui aurait indiqué qu'elle le taquinait affectueusement, mais il ne le trouvait jamais.

Cela fait quinze jours qu'elle est morte. Les médecins affirment que cela a été rapide, or c'est faux. Elle a mis deux semaines à mourir, après l'apparition des premières douleurs abdominales. Mais le diagnostic fatal était tombé un an auparavant, quand ils avaient découvert la tumeur ; elle avait informé ses fils de manière très laconique par SMS et refusé d'en reparler ensuite. Elle ne voulait jamais qu'on l'accompagne à l'hôpital, et lorsqu'on lui posait des questions sur son traitement, elle se contentait de répondre que tout allait bien. Elle feignait de ne pas être malade et quelques mois plus tard elle avait prétendu être guérie, mais Benjamin ne l'avait pas crue, il voyait bien que ça n'allait toujours pas. Elle maigrissait. Imperceptiblement, de manière continue, elle perdait kilo après kilo et un jour, Benjamin constata qu'elle était devenue quelqu'un d'autre. Clavicules saillantes au-dessus de fosses noires. La peau sur les os, tout le corps qui plissait. Elle était devenue si maigre et frêle, sensible au moindre vent, que lorsqu'ils allaient se promener, Benjamin devait la tenir par ses mains osseuses. Un jour elle lui avait confié avoir consulté le médecin au sujet de son poids. Elle avait annoncé d'un ton enjoué que maintenant elle pesait quarante kilos. « Vous imaginez ? Le poids d'un cochon de lait ! » Le médecin lui avait prescrit des boîtes de compléments nutritionnels sous forme de poudre, ils étaient restés intacts sur la paillasse de l'évier pendant quelques mois, avant qu'elle les mette à la poubelle.

Les douleurs abdominales étaient apparues brutalement. Elles s'étaient déclarées alors que maman était dans un magasin de meubles. Elle avait soudain eu terriblement mal et ignorait d'où cela pouvait venir. Elle avait enfoncé son pouce dans sa taille, leur avait-elle dit, et s'était pliée en deux sur l'accoudoir d'un canapé dans le magasin, avait eu recours à ces trucs bizarres qu'on apprend aux enfants. Les douleurs s'étaient dissipées, pour revenir aussitôt après. Puis cela avait empiré. Elle avait cessé de sortir, n'arrivait plus à dormir la nuit, elle restait éveillée, souffrant le martyre, aucun antalgique ne lui faisait d'effet. Récupérer un peu de sommeil était devenu une obsession. Elle coupait son téléphone pour pouvoir dormir. Il était plus difficile de la joindre, ses brefs SMS nocturnes étaient de plus en plus confus. Quand Benjamin lui demandait comment elle allait, elle répondait souvent : « Tarzan ! » Finalement, le contact s'était complètement interrompu. Téléphone éteint en permanence, plus aucun signe de vie. Au bout de trois jours de silence, Benjamin était allé chez elle, passant outre au fait qu'elle détestait qu'on vienne la voir à l'improviste. Il avait sonné plusieurs fois avant qu'elle ouvre la porte, les cheveux en bataille. Fenêtres ouvertes, malgré le froid dehors. Odeur de lessive et de vomi.

« Tu as été malade ? demanda-t-il.

– Oui, je ne sais pas pourquoi je vomis autant », avait-elle répondu.

Elle s'était effondrée dans son fauteuil, avait sorti une cigarette, mais l'avait aussitôt remise dans le paquet. Elle s'était assise, le buste incliné vers l'avant, les coudes sur les genoux. Sa robe de chambre découvrait ses jambes maigres, la peau de ses cuisses pendait de chaque côté du fémur.

« Tu ne veux pas qu'on aille à l'hôpital pour qu'ils t'examinent ? demanda-t-il.

– Non, non, ça va. Si seulement je pouvais dormir un peu. »

Il la revoit, toute petite dans son grand fauteuil. Elle s'était penchée en avant et avait doucement craché sur le sol. Pour Benjamin, ce fut le signal, il faut être très malade pour en arriver là. D'ailleurs elle n'avait pas protesté lorsqu'il lui avait dit qu'ils devaient immédiatement se rendre aux urgences, elle était restée dans son fauteuil pendant qu'il préparait sa valise, puis ils étaient partis. Ce premier après-midi, elle avait été loquace. Elle se plaignait de ses douleurs avec une sorte d'agacement. À chaque fois qu'une infirmière entrait dans la chambre, elle demandait : « Est-ce que vous savez pourquoi ça me fait si mal ? » Marmonnements en guise de réponse, il fallait demander au médecin, il allait bientôt passer.

Il a tout vu, se souvient du moindre détail. La chambre de maman. Sur la table à côté d'elle, son appareil dentaire, un verre de jus de pomme, les journaux du soir et une assiette de lasagnes intacte. Elle était couchée, une perfusion à la pliure du coude, sur son index une sorte de dé à coudre qui mesurait la saturation en oxygène de son sang. Une infirmière venait à intervalles réguliers contrôler les valeurs et prenait quelques notes. Il n'osait pas demander si les chiffres étaient bons ou mauvais.

Il était rentré chez lui et revenu le lendemain matin. Ce fut leur dernière rencontre. Pierre et Nils étaient déjà là. Les médecins lui avaient donné de la morphine, contre la douleur. Assis sur le bord du lit, Benjamin avait observé la confusion de sa mère. Elle avait dit avoir fait un rêve bizarre. Elle se trouvait à bord d'un avion qui survolait une ville, beaucoup trop près des toits des maisons, elle essayait d'attirer l'attention des hôtesses sur le danger de voler à si basse altitude, mais personne ne voulait l'écouter.

C'était l'anniversaire de Pierre ce jour-là, et il avait tenté une plaisanterie : « Tu veux me donner mes cadeaux maintenant ou tu préfères attendre un peu ? » avait-il demandé. Regard égaré de maman dans son lit. Elle ne s'en souvenait pas. D'ailleurs, sa confusion était telle qu'elle ne semblait même plus vraiment saisir le sens du mot « anniversaire ». Elle ouvrait et fermait la bouche, l'air de réfléchir.

« Je plaisante, maman. »

Nils avait apporté le journal et commencé à lui lire les nouvelles, mais elle lui avait assez vite demandé d'arrêter. Elle avait bu une gorgée de jus de fruit, fait une grimace et poussé un cri de douleur en se tenant le ventre. Puis elle s'était mise à scruter le mur, avec son curieux rictus sur le visage. Les frères essayaient d'attirer son attention, mais elle ne disait pas un mot, se contentait de regarder le mur fixement, l'air concentré. Elle allait au-devant de la mort en silence. Ne répondait pas aux questions, demeurait impassible lorsqu'on lui pressait la main. Les frères se taisaient. Et tout à coup, sans prévenir, le cœur s'arrêta de battre, et elle était morte.

« Il est 16 h 25 », avait dit Nils, fidèle à lui-même, autant fils en deuil qu'homme attaché à l'ordre.

Il faut qu'il dorme.

Il ne pourra pas affronter cette journée sans avoir dormi. Il n'y arrivera pas, sinon. Il sait ce qu'il doit faire, maintenant. Il doit parler avec ses frères de choses qu'ils n'ont pas évoquées depuis vingt ans. Il retourne l'oreiller et s'allonge sur l'autre côté. Il remarque la photographie encadrée, sur la table de nuit. Les trois frères au bord de l'eau. Benjamin, Pierre et Nils, le soleil dans leurs tignasses, ils sont en slip et bottes en caoutchouc, corps bronzés de petits garçons. Couleurs franches, gilets de sauvetage orange sur fond de ciel bleu acier. Ils vont sortir poser des filets. Benjamin est au milieu, il tient ses deux frères par le cou. Leurs corps sont libres, détendus. Quelque chose d'inattendu les fait rire. Ils ne rient pas pour la photo, il y a autre chose, comme si papa, juste avant d'appuyer sur le déclencheur, leur avait raconté un truc très drôle pour les désarçonner. Ils s'étranglent de rire. Ils se tiennent par le cou. Ils rayonnent, les frères.

Que leur est-il arrivé ?

C'était juste après le décès de maman. Ils étaient ensemble, dans cette chambre d'hôpital, et pourtant ils étaient seuls. Pas une fois ils ne se sont pris dans les bras cet après-midi-là. Nils a sorti un appareil photo et fait des photos de maman. Pierre est allé fumer une cigarette sur le petit balcon, à l'autre bout du couloir. Benjamin est resté planté au milieu de la pièce. Ensuite il est parti sans dire au revoir. Ils ne pouvaient s'apporter mutuellement aucune aide. Du plus loin qu'il s'en souvienne, il en a toujours été ainsi, depuis qu'il est adulte. Tous les trois ne sont même pas capables de se regarder dans les yeux, à table ils se parlent le regard fixé sur la nappe, brefs échanges discontinus. Il songe parfois à tout ce qu'ils ont fait ensemble, quand ils étaient petits, à leur manière de se serrer l'un contre l'autre, à l'époque, et tout est si bizarre à présent ; ils se traitent comme des étrangers. Ce n'est pas seulement lui, tous les trois le font. Nils, par exemple, qui prend son chat dans ses bras, comme un bouclier, juste au moment de lui dire au revoir, afin d'éviter les embrassades sans en avoir l'air. Ou bien le matin où il a soudain vu Pierre arriver en face de lui, en ville. Pierre marchait les yeux rivés à son portable, comme d'habitude, il n'a pas remarqué Benjamin, il était aveugle au monde, vivait sa vie le menton éclairé par une lumière bleue, et Benjamin n'a rien dit, rien fait, il est passé à côté de lui sans se manifester. Frôlement de leurs manteaux quand ils se sont croisés. Benjamin s'est retourné, et à mesure que la silhouette de Pierre devenait plus petite et plus floue, un sentiment croissant de tristesse l'a envahi, confinant à la panique. Que nous est-il arrivé ?

Ce qu'ils s'apprêtent à faire paraît impensable. Ce périple pour retourner à cette maison dont personne ne parle plus. Leur manière, à lui et à Pierre, de se confronter à leur enfance est d'en plaisanter. Quand Benjamin envoie un SMS à Pierre pour le prévenir qu'il sera en retard, Pierre lui répond : « Je te paie un taxi », imitant l'insistance hystérique avec laquelle papa retenait régulièrement ses fils quand il avait besoin de compagnie. Si Pierre lui écrit qu'il souhaite reporter un rendez-vous, Benjamin répond : « Tu sais quoi, on laisse tomber », ironisant sur l'humeur lunatique de maman. Nils, lui, n'a jamais plaisanté de cette façon avec eux. Dehors, le soleil se lève lentement, la tache jaune sur le béton s'est étendue, elle recouvre presque toute la façade, flambe sur les rangées de stores qui protègent les chambres à coucher en face. Dans l'appartement, une fenêtre est ouverte, mais on n'entend rien. La ville dort. Benjamin se lève, va se préparer une tasse de café à la cuisine. Il sort sur le balconnet. Une petite table, un petit fauteuil, et un cendrier rempli de mégots. Accrochée à la rambarde, une jardinière de tulipes oubliées, courbées et jaunies sur la terre sèche. Il est tôt et pourtant il fait déjà chaud dehors. Le ciel est bleu, mais à l'est, au-dessus du bout de mer qu'on aperçoit, les nuages sont noirs. Il fait lourd, comme avant un gros orage. Benjamin regarde l'heure. La station-service où il doit aller chercher la voiture de location va bientôt ouvrir.

Enfin, il part. Il ferme la porte de l'appartement pour la dernière fois, donne un tour de clé. Il se retrouve rapidement au volant de la voiture de location. Il quitte le cœur de la cité par les rues désertes, emprunte des grands axes perchés au-dessus de la ville sur vingt mètres de béton, unique véhicule sur les cinq voies de circulation.

Chapitre 21

Le chemin de terre

C'était quelques jours après la mort de maman. Depuis, il était resté cloîtré chez lui et ressortait maintenant pour la première fois. Il traversa le plus grand parc de la ville, celui qui menait à la jetée. Il considéra la cime des arbres au-dessus de sa tête. Il savait qu'au début du mois de juin, les feuillages étaient d'un vert profond, mais son œil ne distinguait plus ces choses-là depuis de nombreuses années. Après l'accident dans le transformateur, on l'avait emmené à l'hôpital. Il avait des brûlures aux bras, sur le cou et dans tout le dos, les chirurgiens qui devaient le réparer ne parvenaient plus à faire la différence entre les vêtements et la peau. Avant que Benjamin ne sorte de l'hôpital quelques jours plus tard, papa avait demandé au médecin s'il aurait des séquelles durables. Impossible d'établir un pronostic, avait dit celui-ci. Des conséquences pouvaient en effet très bien survenir jusqu'à la fin de sa vie. Des problèmes neurologiques étaient susceptibles d'apparaître dans plusieurs années. Il y avait des risques d'atrophie musculaire progressive, de troubles du rythme cardiaque, de lésions cérébrales, d'insuffisance rénale. Rien de tout cela ne s'était produit. Mais le médecin n'avait pas parlé de la vue. Il n'avait pas averti Benjamin que suite à l'explosion, sa perception des couleurs serait altérée. Il ne voyait même plus du tout certaines d'entre elles. Le bleu. Il avait beau se mettre à quatre pattes, le nez collé à un buisson de myrtilles près de quelqu'un qui lui assurait qu'il y en avait des tas, lui n'en voyait aucune. Il distinguait en revanche d'autres couleurs plus intensément. Déjà quelques heures avant le lever du soleil, au printemps et en été, il voyait s'élever un arc au-dessus de l'horizon et le ciel tout entier prendre une teinte rose foncé. C'était si beau, dommage seulement que ce ne fût pas vrai. Adolescent, il faisait sensation à l'école en regardant le soleil en face sans cligner des yeux. Ses camarades se rassemblaient autour de lui et appelaient les autres pour qu'ils viennent voir. Les couleurs vives le tranquillisaient, il les recherchait. Il s'attardait devant les cônes de signalisation près des chantiers de voirie. Il allait parfois au rayon des articles de pêche, dans les magasins de sport, et laissait reposer son regard sur les leurres, jaunes et rouges, qui brillaient comme des néons. Cependant il se souvenait des arbres de son enfance, les semaines qui suivaient leur arrivée à la fermette début juin, de leurs feuillages verts gorgés de vigueur. Il avait longtemps regretté de ne plus pouvoir distinguer leur couleur. Puis cela lui était devenu indifférent.

Il descendit vers l'eau. Vieux navires de pêche transformés en habitations pour excentriques. Il continua, passa à côté des bateaux de croisière blancs amarrés en rang le long du quai. Les restaurants affichaient : « Pêche du jour », dans l'espoir d'appâter les touristes qui ignoraient qu'il n'y avait aucune vie dans ces eaux, qu'aucun poisson n'y vivait, parce que la mer était morte. Les gens qu'il croisait portaient des vêtements d'été, bien qu'il fît aussi froid qu'en avril, cols fins remontés, chair de poule sur les bras nus. Il était venu là de nombreuses fois, ces derniers temps. Était descendu par le parc jusqu'à la jetée, et retour. Il se promenait de plus en plus souvent, parfois plusieurs heures d'affilée. L'hiver, il lui arrivait de rentrer tellement frigorifié qu'il en perdait toute sensation, il tentait en vain d'ouvrir sa porte, restait planté, fasciné, à regarder sa main incapable de saisir la clé et de la tourner dans la serrure. Il allait fréquemment se balader en ville, sans but particulier, il entrait dans les cimetières, prenait le métro, ressortait à la station suivante puis poursuivait sa promenade. Il avait décidé d'oublier l'accident, mais c'était plus difficile qu'il ne l'avait imaginé. Ses pensées l'y ramenaient sans cesse. Le moindre bruit violent, la moindre lumière vive, toute impression sensorielle surgissant sans crier gare l'entraînait à nouveau là-bas, dans le transformateur. Cela se produisait encore plusieurs fois par jour. Les lumières aveuglantes inattendues le projetaient dans le passé. La chaleur aussi, lorsqu'il ouvrait la porte du four pour surveiller la cuisson d'un plat et qu'un mur d'air brûlant l'atteignait de plein fouet. Alors parfois, d'un seul coup, il éclatait en sanglots. Les bruits soudains. Pas seulement les claquements secs des pétards que les jeunes s'amusent à lancer dans le métro, par exemple. Une chaise raclant le sol d'un restaurant désert, quand quelqu'un se lève. Le bruit des fourchettes et des couteaux que l'on range brutalement dans un tiroir à couverts. Il ne pouvait pas rester dans une salle de bains pendant qu'un bain était en train de couler. Le pire, c'était le fracas du centre-ville, en particulier par temps de pluie où le bruit était amplifié, d'une certaine manière ; de même, les voitures qui roulaient au pas lui semblaient passer dans un grondement qui se prolongeait en boucle à l'infini. La seule chose encore plus terrible que les bruits soudains était le brusque silence, parce que avec lui ressurgissait l'évidence que la disparition des bruits allait de pair avec la disparition du monde, et plus le silence était grand, plus fort était son sentiment de perdre tout contact avec la réalité. Il rêva longtemps de trouver le silence parfait, celui qui est peuplé de bruits lointains. Être allongé sur son lit et entendre une radio allumée dans la cuisine. Être assis dans une salle de restaurant déserte et voir travailler des ouvriers sur un chantier de voirie, dehors, mais n'en percevoir à travers les grandes vitres qu'un écho assourdi. Et ainsi de suite, il avait imaginé un tas de choses semblables autrefois, mais ça aussi c'était terminé. Il s'était peu à peu désintéressé de son propre malaise. Il se souvient de la première fois où ce sentiment s'était insinué en lui. Il se trouvait dans la cuisine et, sentant tout à coup une odeur de brûlé, il en avait cherché l'origine. Il avait traversé le séjour, suivi l'odeur de combustion et remarqué que de la fumée blanche s'échappait entre les interstices du tableau électrique dans l'entrée. En l'ouvrant, il s'était aperçu que le feu avait pris à l'intérieur. Un tout petit feu, un début d'incendie derrière les fusibles. Il avait couru à la cuisine, rempli un seau d'eau et était retourné tout aussi vite dans l'entrée, mais au moment de jeter le contenu du seau sur le feu, ce qu'il avait appris à l'école sur l'eau comme conducteur électrique lui était revenu à l'esprit. Et il s'était rappelé les histoires de gens qui avaient laissé tomber leurs sèche-cheveux dans la baignoire et étaient morts grillés. Alors peut-être que verser de l'eau là-dessus entraînerait une catastrophe ? Il avait tenté de souffler sur les flammes, ne faisant que les attiser, il était resté pétrifié, le seau d'eau dans les mains ; puis il avait expiré profondément – trois secondes de calme absolu – et jeté l'eau sur le feu, rempli d'une certitude : Cela n'a pas d'importance.

Il ne s'était rien passé, le feu s'était éteint, les plombs avaient sauté l'un après l'autre, comme du pop-corn. Le lendemain, un électricien avait réparé le tableau électrique, éliminé tout danger, mais à partir de ce jour, ce sentiment ne l'avait plus quitté : Cela n'a pas d'importance.

Ce n'était pas une décision mûrement réfléchie. Il ne s'était même pas formulé l'idée pour lui-même, non, cela ne s'était pas passé de cette manière. Peut-être avait-il agi comme pour tout le reste, quand c'était difficile, par le rejet, il préférait se vider la tête plutôt que l'encombrer de choses dont il ne savait que faire. Il était déjà venu souvent ici, près de la jetée, avait regardé le chenal un moment, avant de rentrer chez lui. Il ignore ce qui différenciait cette fois-ci des autres fois. Il s'avança jusqu'au bord, resta là quelques minutes, les yeux baissés vers l'eau, remarqua le varech qui recouvrait les énormes chaînes de mouillage telle une peau. Vingt centimètres de visibilité, ensuite le noir. Il se déshabilla, fit un tas de ses vêtements, des promeneurs posèrent un instant leurs regards sur lui, puis passèrent leur chemin. Il sauta dans l'eau. Il n'avait élaboré aucun plan, peaufiné aucun détail. Il décida seulement de nager droit devant lui, le plus longtemps possible, jusqu'au bout de ses forces. Il s'éloigna des abords de la jetée et du trafic maritime réduit, continua à nager vers la mer. Il n'y avait pas un souffle de vent, l'eau était sans une ride mais les vagues venaient du large, elles étaient massives, la mer se soulevait et s'abaissait autour de lui, petit et insignifiant, l'entraînant dans ses moutonnements, comme si elle n'avait pas encore tranché sur ce qu'elle allait faire de lui. Vers le large, l'eau devint plus froide, ses brasses se firent plus courtes. Mais il était bon nageur. Un été, ses parents l'avaient inscrit à un stage de natation. Tous se connaissaient, lui ne connaissait personne. Les autres enfants étaient plus âgés. Ils devaient nager dans des lignes, lui nageait plus lentement que les autres et quand quelqu'un, derrière, le rattrapait, un coup de sifflet retentissait du bord du bassin. « Écarte-toi ! » Haletant, il saisissait la chaîne de flotteurs pour laisser passer le nageur. L'odeur du chlore ensuite, dans les douches, les doigts plissés et les petites flaques d'eau sur le sol, qui brillaient à la lumière des néons, les grands types qui se poursuivaient en se donnant des coups de fouet avec leurs serviettes de bain, leurs hurlements qui résonnaient entre les murs carrelés. Ils dormaient dans un gymnase. Les autres avaient des sacs de couchage et des tapis de sol, mais papa et maman avaient oublié de lui en donner. Il avait dû emprunter une couverture au maître nageur, et ils avaient posé au sol le matelas de saut en hauteur pour lui. Les autres enfants l'appelaient le « roi » parce qu'il trônait sur ce lit, les dominait, pour ainsi dire. Le soir, il pleurait en silence car ses parents lui manquaient. Il regardait le plafond, les poutres, les anneaux, les espaliers. Le dernier jour, ils avaient eu des cours de théorie, le maître nageur avait fait mettre les enfants mouillés en ligne au bord du bassin, et dès qu'ils s'agitaient il donnait un coup de sifflet. Il leur avait expliqué la conduite à adopter quand on se retrouvait dans l'eau froide. Il était debout à côté d'un tableau et hurlait, on aurait dit qu'un chien aboyait dans la piscine : « Repère où tu es ! Où vas-tu ? »

Benjamin savait où il allait. Il allait vers le large, ce qui adviendrait ensuite n'avait pas d'importance. Il dépassa les petits îlots, le bruit de la ville avait disparu à présent, il n'entendait plus que sa propre respiration et le clapotement de ses mains contre la surface de l'eau.

Un grondement s'abattit sur la terre. Quand il cessa, il y eut quelques secondes de silence. Puis cela recommença, un roulement à vous déchirer le cœur, un coup de tonnerre doublé du hurlement d'une sirène, le bruit lui traversa le corps, il le sentit dans l'eau, comme issu de la mer. Il se retourna, vit le gigantesque paquebot de croisière à seulement quinze mètres de lui. La sirène retentit une troisième fois, paralysant totalement Benjamin pendant une seconde, le bruit lui transperça la chair et les os, il se retrouva dans le transformateur, il entendait l'explosion se répéter sans fin, Molly s'agitait dans ses bras, il la retenait fermement, la pièce devenait bleue, il sentait la pression dans son dos et pensait : Maintenant je sais, maintenant je sais ce que ça fait d'être pulvérisé. Puis tout devenait noir. Et il se réveillait le dos en flammes.

Repère où tu es !

Où vas-tu ?

Où sont mes frères ?

Et il rampait jusqu'à Molly.

Quand la corne du bateau sonna une quatrième fois,

Benjamin hurla et il entendit ses propres halètements, il continua à nager. Il nageait tout droit, la mer soudain plus dure, le souffle du vent sur son crâne gelé. Alors il les vit, deux petites têtes dans l'eau, devant lui. Il les reconnut immédiatement, il reconnaîtrait ses frères à un kilomètre. Il les rattrapa et nagea à côté d'eux, Pierre se concentrait, la tête au ras de la surface, Benjamin regardait la petite bouée, plus loin, qui ballottait sur l'eau. « La bouée est là-bas ! cria-t-il à Nils. On est bientôt à la moitié ! »

Pierre leva brièvement les yeux vers Benjamin.

« J'ai peur, dit-il.

– Moi aussi », répondit Benjamin.

Nils légèrement devant eux, étirant le cou pour que l'eau ne lui entre pas dans la bouche.

« Nils », dit Benjamin. Aucune réaction, Nils continuait à nager en regardant le ciel. Benjamin rejoignit son frère aîné, leurs souffles pantelants se mêlèrent. Ils s'arrêtèrent dans l'eau, les trois garçons. La mer était silencieuse, elle attendait.

« Tes lèvres sont toutes bleues, dit Benjamin à Pierre.

– Les tiennes aussi », dit Pierre.

Ils ricanèrent. Benjamin regarda Nils, son doux sourire. Les garçons se rapprochèrent, leurs souffles réchauffaient leurs visages. Ils se regardaient dans les yeux et Benjamin n'avait plus peur.

« Je dois y aller, maintenant », dit-il.

Nils opina.

Pierre ne voulait pas le lâcher. Benjamin posa une

main sur sa joue, lui sourit, puis il se détacha de ses frères et fit à nouveau demi-tour, cap vers le large. Le froid lui plantait ses crocs dans les jambes et montait jusqu'à ses cuisses, la fatigue, pas essoufflé, non, épuisé, il sentait les picotements dans ses bras et ses épaules, et l'eau se rapprochait, les vagues auparavant imposantes mais amicales changèrent de nature, la mer s'adossait avec une telle puissance contre lui qu'il se mit à haleter, elle en profita pour entrer en lui, emplir son estomac, ses bronches, ses poumons, et pendant quelques secondes, avant de perdre connaissance, il cessa d'être inquiet, car il savait qu'il pouvait enfin lâcher prise, abandonner cette réalité à laquelle il s'était cramponné durant tant d'années. Il roula sous la surface de l'eau, libre, désarticulé, et lorsque son pouls s'arrêta, il ne faisait plus ni jour ni nuit, il n'y avait pas de tunnel ni de lumière au bout.

Il y avait un chemin de terre.

Chapitre 22

2 heures

Il dit à ses frères qu'il doit juste passer aux toilettes, eux n'ont qu'à y aller, il fermera la porte à clé en partant, c'est promis. Pliés en deux dans l'entrée de l'appartement, Pierre et Nils nouent leurs lacets puis, les bras chargés de souvenirs de maman, ils sortent en vacillant dans la cage d'escalier obscure. Avant de refermer la porte, Benjamin les regarde se diriger vers l'ascenseur. Il va aux cabinets, non pas parce qu'il a besoin d'y aller, mais pour atténuer son mensonge. L'armoire de la salle de bains est grande ouverte sur les produits de toilette de maman. Un tube de crème pour les mains. Un savon collé à l'émail et qui ne fait plus qu'un avec la céramique. Une brosse à dents usée, presque brutalisée. Des traces de vomi dans le lavabo. Sur le rebord de la baignoire, le flacon d'eau de toilette de chez Chanel qu'elle s'était acheté plusieurs années auparavant et n'avait jamais ouvert tant il lui était précieux. Au-dessus du lavabo, trois ampoules électriques, une seule fonctionne. Le miroir lui renvoie son image. Il ne se regarde jamais plus que nécessaire dans la glace, ne cherche jamais le contact visuel avec lui-même, oriente toujours son regard de côté, vers son menton ou son nez, mais là, il s'attarde sur son reflet. Sa mâchoire qui avance, son large front. Il se souvient de la remarque que son père lui avait faite un jour en plaisantant : « L'aspect de ton crâne est facile à imaginer. » Enfant, il était fasciné par son apparence. Il fallait toujours qu'il se regarde. Il se plantait devant les miroirs et d'une certaine manière, il s'étonnait. Une fois, il était seul à la maison, il s'était observé si longtemps dans la glace de l'entrée qu'il avait fini par être persuadé d'y voir quelqu'un d'autre. Il n'avait pas eu peur, avait réessayé plusieurs fois, mais le phénomène ne s'était pas reproduit. Une autre fois, assis par terre dans la cuisine de la petite maison, les jambes allongées sur le tapis, il avait regardé le bas de son corps et eu soudain le sentiment que ce n'était pas le sien. C'étaient les jambes d'un autre, en dessous de sa taille tout n'était que chair morte, qui ne lui appartenait pas. L'impression était tellement réelle qu'il en était paralysé. Il avait tendu le bras vers le panier à bois, près de la cuisinière, pour attraper une bûche, et il s'était frappé les cuisses et les pieds afin de retrouver des sensations, de récupérer les parties de son corps qui étaient à lui.

Il se voit dans la glace.

Essaie de s'imaginer l'aspect de son crâne.

Il va dans le séjour. Balaie du regard l'appartement chamboulé après le passage des trois frères en quête de souvenirs de leur mère. Albums photo ouverts par terre, portes de placards béantes dans la cuisine, tableaux décrochés et posés sur le sol. On dirait que des cambrioleurs sont passés par là. Dans la chambre, le lit est défait, les draps vrillés par la dernière insomnie de maman. Il se déshabille, attend un instant, puis se couche dans le lit. Il n'a pas envie de rentrer chez lui. Il veut dormir ici, dans le lit de sa mère. Sur la table de nuit, un cendrier rempli de mégots et hérissé d'une rangée de cigarettes à moitié fumées, qui lui donnent un air iroquois, évocation des dernières semaines où maman n'avait même plus la force de fumer.

Il sort la lettre de maman. La relit à la faible lueur de la lampe de chevet. Il entend la voix de sa mère, cette voix qu'il connaissait si bien, dont il ressentait les moindres inflexions, dont il saisissait des modulations qu'elle ne percevait pas elle-même, il lit en marquant des pauses, comme elle l'aurait fait. Il s'imprègne scrupuleusement du texte, avec lenteur, comme s'il voyait la lettre pour la dernière fois et devait la mémoriser. Ensuite il la pose sur sa poitrine. Éteint la lampe. Il a quatre ans, il est dans une chambre, il ne sait plus laquelle, sur un lit qu'il ne reconnaît pas. Maman lui enfile sa veste de pyjama et le chatouille, elle promène son index et son majeur sur le ventre de Benjamin en disant qu'elle est une fourmi, lui s'étrangle de rire et maman continue : « Tiens, voilà une autre fourmi qui arrive », elle laisse courir ses deux mains sur le ventre de Benjamin, il se tortille et tournicote, donne des coups de pied dans tous les sens et atteint accidentellement la tête de maman. Elle recule, portant la main à son front, marmonne quelque chose pour elle-même. Benjamin se redresse et s'assoit sur le bord du lit. Il dit : « Pardon, pardon, maman, je ne l'ai pas fait exprès. » Elle répond que ce n'est pas grave, la main toujours sur le visage. Elle se rapproche de lui, constate qu'il pleure, alors elle le prend dans ses bras. « Ce n'est rien, mon chéri. Ça va bien. »

Benjamin se retourne dans le lit. Dehors, il fait enfin noir, c'est enfin la nuit en été. Il sort son téléphone, appelle Pierre. Celui-ci ne décroche qu'au bout de plusieurs sonneries. Benjamin entend tout de suite à sa voix pâteuse et embrouillée qu'il n'est pas dans son état normal.

« J'ai la tête qui tourne, là », dit-il.

Pierre vient de se coucher, il a pris des somnifères. Il n'arrivait pas à dormir, alors en voyant la plaquette il a pensé que pourquoi pas, après tout.

« Tu en as pris combien ? demande Benjamin.

– Un, répond-il aussitôt puis, l'air hésitant, un peu finaud, il ajoute : Peut-être que… j'en ai peut-être pris deux, finalement. »

Pierre pose son téléphone, crépitements, Benjamin entend ses pas traînants sur le plancher, il va chercher quelque chose et revient.

« Deux ! s'écrie-t-il. J'ai la plaquette. J'en ai pris

deux et j'ai décidé de battre un record contre moi-même, de voir combien de temps j'étais capable de rester éveillé. »

Il pouffe de rire.

« Ça allait plutôt bien, mais là… » Il soupire, soudain abattu. « Maintenant ça tourne. »

Benjamin écoute le babillage confus de Pierre dans l'appareil, qui finit par se tarir, il n'entend bientôt plus que sa respiration.

« Allô, dit Benjamin, tu es toujours là ?

– C'est quoi cette lampe à la con ? » marmonne Pierre. Il se tait à nouveau pendant quelques secondes. « Merde, ça s'éteint comment ce truc ? »

Ils mettent fin à la conversation, l'écran du téléphone projette un instant sa lumière blême dans la pièce, puis le noir revient. Benjamin essaie d'appliquer la méthode conseillée par sa psychologue en cas d'insomnie : « Attachez-vous à une pensée, observez-la, puis débarrassez-vous-en. Prenez la suivante, observez-la, puis débarrassez-vous-en également. » Mais cette étape-là, justement, il n'arrive pas à la franchir, les pensées s'accrochent l'une à l'autre et il s'enfonce de plus en plus profondément dans les associations, perd de vue l'objectif et est obligé de recommencer. Il reprend son téléphone et appelle Nils. Celui-ci répond comme à l'accoutumée de façon formelle, en énonçant son patronyme.

« Je te réveille ? demande Benjamin.

– Non, je suis au lit. J'allais éteindre. »

Benjamin entend un léger fond de musique classique.

« J'ai relu la lettre de maman, dit-il.

– Oui, répond Nils tout bas.

– C'est tellement bête…

– Quoi ?

– Qu'elle n'ait pas pu dire ça de son vivant.

– Je sais. »

Quel calme. Tout de suite une vision claire de ce qui se passe. Benjamin a toujours eu le sentiment que Nils avait bien surmonté son enfance parce qu'il l'avait tenue à distance. Il s'est même parfois demandé si Nils était capable d'être heureux. Apparemment oui, c'est l'impression qu'il donne quand ils se voient, à l'occasion. Pourtant, dans les instants d'inattention, lorsque son frère prépare le café près de l'évier, par exemple, ou qu'il se poste à une fenêtre et regarde à l'extérieur, Benjamin remarque la petite lueur de tristesse qui brille dans ses yeux tel un éclat de phosphore.

« Je peux te poser une question ? dit Benjamin.

– Vas-y.

– Tu te souviens du jour où tu as eu ton bac ?

– Oui.

– Tu partais le lendemain en Amérique centrale. Tu devais quitter la maison tôt le matin. Tu te souviens ?

– Oui.

– J'étais dans mon lit et j'écoutais les bruits de l'autre côté de la porte, je t'ai entendu partir. Pourquoi n'es-tu pas venu me dire au revoir ?

– Je n'ai pas pu.
– Pas pu ?
– Papa et maman avaient dit que tu allais mal. Qu'il ne fallait pas te déranger. »

Un silence s'installe. Respiration des frères, musique douce en fond sonore.

« À demain, Benjamin.
– À demain.
– Ça va bien se passer.
– Oui. »

Le bout de la nuit glisse vers le petit matin.

Benjamin rallume la lampe, s'assoit dans le lit de maman et relit sa lettre. Un simple feuillet couvert recto verso de son écriture reconnaissable, à certains endroits peu lisible et pourtant clair comme de l'eau de roche, exempt du moindre doute, un texte qui tisse sa trame entre les décennies, reliant toute chose à la fermette, une simple petite lettre remplie de tout ce qu'ils avaient tous au bord des lèvres, mais qui n'avait jamais été dit.

La pièce rétrécit.

Il ferme les yeux, et peut-être dort-il, du moins c'est ce qu'il croit, parce que lorsqu'il les rouvre, il fait plus clair. Par la fenêtre, il aperçoit une tache de soleil tout en haut de la façade d'en face. Un petit coin jaune sur le béton gris.

Chapitre 23

Le fleuve

« Je ne sais pas comment je suis sorti de l'eau. Je suppose que j'étais inconscient. Je me souviens seulement qu'après je me suis retrouvé allongé sur le pont d'un bateau à moteur, j'entendais des voix nerveuses autour de moi, je sentais des mains dans mon dos. Et je me rappelle avoir vomi sur mes mains l'eau qui était entrée dans mes poumons, elle était chaude et je trouvais ça agréable. »

Pendant tout son récit, il avait gardé les yeux baissés vers le sol, mais maintenant qu'il avait terminé il releva la tête et croisa le regard de la thérapeute. Au cours des entretiens, elle prenait des notes qu'elle dissimulait à sa vue, mais une ou deux fois, il avait aperçu ce qu'elle avait griffonné sur le papier, des petites flèches, phrases inachevées et mots-clés incompréhensibles.

« Voilà, dit Benjamin, ensuite j'ai atterri ici, avec vous. »

C'était leur troisième rendez-vous. Deux heures à

chaque séance, selon un planning bien défini. Elle avait été très claire. Auparavant, les personnes qui avaient fait une tentative de suicide étaient presque toujours traitées par des médicaments, avait-elle expliqué. On parlait diagnostic et traitement. Mais maintenant on savait que le récit du patient était fondamental. Elle avait qualifié Benjamin d'expert de sa propre histoire, et ça l'avait amusé, ému, presque, sans doute parce qu'elle n'avait pas dit qu'il était malade, au contraire : il était détenteur d'une connaissance déterminante. Quand il racontait son histoire, elle demeurait la plupart du temps silencieuse, lui posait éventuellement des questions complémentaires, dont certaines indiquaient qu'elle s'était entretenue avec ses frères, mais il n'avait rien contre, il avait donné son accord. Son récit, déroulé au fil des heures. C'était tout. En arrivant à la première consultation, il avait remarqué avec étonnement que le cabinet avait deux accès, l'un pour entrer et l'autre pour sortir, une sorte de système d'écluse génial qui réduisait au maximum le risque de rencontre. Pourtant Benjamin en apprit dès le début plus qu'il ne l'aurait souhaité sur les autres patients. La première fois, il avait eu besoin d'aller aux toilettes, les minces cloisons laissaient passer les conversations, et juste avant de tirer la chasse, il avait entendu quelqu'un éclater en sanglots. C'était un cabinet médical important, un long corridor et derrière les portes, un défilé de souffrances. Benjamin avait doucement frappé à la porte que lui avait indiquée la secrétaire, à l'accueil. À l'intérieur, une voix avait répondu : « Oui ? » Ton étonné, comme si la thérapeute ne s'attendait absolument pas à cette visite. Il était entré. La femme était grande, la pièce petite, meublée de deux fauteuils profonds et d'un bureau. Ils s'étaient assis l'un en face de l'autre, et lui, l'expert de lui-même, avait raconté son histoire tandis qu'elle écoutait, les heures s'étaient ainsi empilées, un portrait d'enfance et d'adolescence s'était dessiné, et maintenant il avait terminé.

« Bien, dit-elle en souriant à Benjamin.

– Bien », dit Benjamin.

Penchée sur son bloc, elle prit encore quelques notes. Cela faisait deux semaines que maman était morte. Douze jours, depuis qu'il avait décidé de partir en mer et de nager vers le large jusqu'à épuisement de ses forces. Après avoir été ramené à terre, il avait passé vingt-quatre heures à l'hôpital. Ensuite ils lui avaient demandé s'il avait l'intention d'attenter une nouvelle fois à ses jours, et en répondant non il avait dit la vérité. Acceptait-il d'avoir un suivi psychiatrique spécialisé ? Il avait répondu oui. On l'autorisa à rentrer chez lui. Il se souvient à peine des jours suivants. Il restait dans son appartement, ne sortait pas. Ses deux frères étaient venus le voir. Pierre avait apporté un gâteau roulé, il n'en avait plus mangé depuis qu'il était petit. Il a peu de souvenirs de leur conversation, mais il se rappelle le gâteau roulé. Il avait peu à peu recouvré ses esprits quelques jours plus tard seulement, après avoir commencé la thérapie. Trois jours répartis sur une semaine, les entretiens le rivaient à la réalité, l'ancraient dans la terre.

« C'est la troisième et dernière fois que nous nous voyons », dit la psychologue. Elle jeta un coup d'œil discret sur la pendule murale derrière Benjamin. « Je voudrais que dans le temps qui nous reste, nous revenions sur un événement spécifique de votre récit, vous êtes d'accord ?

– Tout à fait, répondit Benjamin.

– J'aimerais que nous parlions un peu plus de ce qui s'est passé dans le transformateur électrique. »

Le téléphone de Benjamin vibra. Il le sortit de sa poche. Il y avait un message du groupe SMS que Nils avait constitué, le soir du décès de maman. Il avait appelé le groupe « Maman » et Pierre l'avait tout de suite rebaptisé « Manman », Benjamin ne comprenait pas vraiment pourquoi. Par plaisanterie ? Ils ne l'auraient jamais appelée comme ça de son vivant. Il lut rapidement le message et posa le téléphone sur la table à côté du fauteuil.

« Vous avez l'air un peu préoccupé, dit la thérapeute.

– Non, ce n'est rien. » Benjamin but quelques gorgées de l'eau qui était sur la table. « Nils écrit qu'il voudrait qu'on passe "Piano Man" à l'enterrement, dit-il.

– "Piano Man" ?

– Oui, la chanson. »

Il restait moins de vingt-quatre heures avant les obsèques. Nils organisait tout jusqu'au dernier moment comme un acharné. Il écrivait dans son SMS que c'était la chanson préférée de maman, donc elle conviendrait bien, et Benjamin se rappela qu'elle la leur avait passée quand ils étaient petits, elle leur avait dit de se taire et d'écouter attentivement les paroles, et à la fin elle avait susurré : « Hmm ! » en portant la main à ses lèvres, elle avait fait mine d'en cueillir un baiser et de l'envoyer à la ronde. Peu importait à Benjamin qu'on passe ou pas cette chanson lors des funérailles. Mais l'angoisse l'envahit subitement, car il savait ce qu'allait déclencher ce message, il savait que cette fois-ci, Pierre ne laisserait pas Nils s'en tirer à bon compte. Nouvelle vibration du téléphone. Benjamin se pencha pour regarder.

« Ha ha ha », écrivait Pierre.

Puis ils passèrent à l'attaque, les trois petits points dansaient dans la fenêtre des messages, au rythme effréné des méchancetés de Pierre et des réponses offensées de Nils se succédant sur l'écran.

« Qu'est-ce que tu veux dire ? répondit Nils.

– Désolé, je pensais que tu plaisantais : une chanson sur un musicien alcoolique qui joue du piano dans des bars d'hôtels miteux. À l'enterrement de maman. Mais tu es sérieux, en fait ?

– Maman l'adorait. Je ne vois pas où est le problème.

– Ma chanson préférée, c'est "Thunderstruck" d'AC/

DC. Tu crois que je veux qu'on passe ça à mon enterrement ? »

Silence. Et un dégât de plus à ajouter aux autres, encore quelques minces fils qui se rompent entre les frères. Benjamin fourra le téléphone dans sa poche.

« Les obsèques ont lieu demain, déjà ? demanda la thérapeute.

– Oui », répondit-il.

La thérapeute sourit tranquillement.

« Bon, fit-elle en s'inclinant en avant sur son fauteuil, j'aimerais que nous nous attardions un peu sur le transformateur.

– D'accord », répondit Benjamin.

Il n'en voyait pas l'intérêt. Il avait raconté tout ce qu'il se rappelait de ce jour-là. Livré tous ses souvenirs d'enfance, relaté des choses que ses frères et lui avaient vécues, mais dont il n'avait jamais parlé avec qui que ce soit, même pas avec eux. Il avait raconté les fagots de bouleau et les boutons d'or, évoqué aussi les moments les plus difficiles, ceux qui l'avaient transformé. Le cellier. La fête de la Saint-Jean. La mort de son père. L'objectif était qu'il parvienne à se comprendre lui-même, à se considérer comme le résultat de son récit. Or pour l'instant, les histoires étaient dispersées devant lui telles des briques de Lego, et ni la thérapeute ni Benjamin ne savaient comment les assembler. Il avait compris que son geste contre lui-même après la mort de sa mère était une conséquence de tout le reste. Mais il n'arrivait pas à saisir de quelle façon.

« Je crois que nous allons devoir faire un grand pas, maintenant, dit la psychologue. Un pas qui peut s'avérer pénible. Vous êtes d'accord ?

– D'accord.

– Je veux que nous retournions au transformateur. »

Il revoit la petite bâtisse dans la clairière. On y arrivait par un sentier vaguement tracé, ou pas tracé du tout, d'ailleurs il n'y avait peut-être même pas de sentier. Le bourdonnement des moustiques, un oiseau, tout près, et plus loin, un chuintement provenant de la maison, le faible murmure du courant qui circulait à travers les câbles, à l'intérieur, avant d'être distribué vers les différentes habitations dans la forêt. À une certaine distance, l'édifice avait un aspect presque idyllique. Une petite maison dans les bois, rien de plus, et devant, un jardin d'électricité, avec ses poteaux alignés de manière symétrique et coiffés de chapeaux noirs qui brillaient dans le soleil de l'après-midi. Il y avait à peine un souffle de vent. Il se souvient qu'il fermait la marche, derrière ses frères, il avait sous les yeux leurs nuques de petits garçons.

« Vous arrivez avec vos frères au transformateur et vous ouvrez la grille qui a été forcée, dit la thérapeute. Maintenant vous vous trouvez de l'autre côté de la clôture. Vous entrez dans la petite maison. Vous visualisez la scène ?

– Oui. »

Il se rappelle les murs noirs d'humidité. Le grondement du courant qui circulait dans les câbles. Au plafond, une ampoule vacillante produisait une faible clarté, il avait trouvé curieux qu'avec toute cette électricité la lampe ne brille pas plus fort. Ses frères dehors, surexposés à la lumière du soleil, étaient tout blancs, il entendait leurs voix, appels éloignés qui se mêlaient au vent, Nils qui lui disait de ressortir. Que c'était dangereux. Au moment où Benjamin s'était approché du mur d'électricité, les voix à l'extérieur étaient devenues plus tranchantes, mais rien ne pouvait l'atteindre, les cris n'étaient que des sons diffus dans le lointain, tel l'écho renvoyé par l'autre rive du lac les soirs sans vent où Pierre et lui faisaient des ricochets au bord de l'eau.

« Vous êtes à l'intérieur de la maison, poursuivit la thérapeute, vous avez la chienne dans les bras et vous êtes tout près des câbles. Que pensez-vous, alors ?

– Que je suis invincible. »

Il se souvient qu'il se trouvait au milieu d'un flot de courant déchaîné, et qu'il n'était pas touché ! Sentiment de pouvoir agir à sa guise puisque rien n'avait de prise sur lui. Il était au milieu de la tourmente, autour de lui tout était anéanti, mais sur sa tête pas un cheveu ne bougeait. Il avait l'impression que maintenant, le courant qui déferlait sur les murs lui appartenait, il s'était introduit dans l'œil du cyclone, il avait remporté la victoire, toute la puissance contenue ici était désormais sienne.

« Vous vous tournez vers la porte, dit la thérapeute, vous regardez vos frères. Vous vous tenez trop près des câbles. Vous ne touchez à rien mais le courant vous atteint quand même. »

Il se souvient de l'explosion. Il se souvient des secondes qui l'ont précédée. Par les mouvements de ses bras, il arrivait à diriger le bruit. Il levait la main vers le courant et le courant répondait. À chaque fois qu'il approchait sa main des câbles, ses frères hurlaient plus fort. Ça l'amusait de les voir effrayés. Il les faisait enrager, regardait leurs doigts accrochés à la grille. Puis la pièce était devenue bleue, chaleur brûlante dans son dos, blancheur de l'explosion, il s'était évanoui.

« Vous vous réveillez par terre à l'intérieur du bâtiment, reprit la psychologue. Vous ne savez pas combien de temps vous êtes resté inconscient. Mais vous avez fini par vous réveiller. Vous visualisez cet instant ?

– Oui. »

Il se souvient de sa joue sur le sol couvert de gravillons. Il n'avait plus de dos – qu'avait-il perdu encore ? Il n'osait pas regarder, ne voulait pas savoir ce qui lui manquait d'autre. Il avait tourné les yeux vers l'ouverture de la porte et plus loin, vers la clôture. Où sont mes frères ? Ils avaient assisté à l'explosion, été témoins de l'instant où il avait été pulvérisé, ils avaient vu son corps brûler. Et ils l'avaient quand même abandonné. Il se souvient qu'il s'était réveillé, puis rendormi. Ensuite, il avait regardé à l'extérieur, le soleil était remonté dans le ciel, l'après-midi était à peine entamé.

« Vous avez repris conscience. Vous vous réveillez. Et là vous découvrez la chienne. Elle est couchée par terre, un peu plus loin. Vous vous traînez jusqu'à elle, vous êtes assis sur le sol et vous la prenez dans vos bras. Vous vous souvenez ?

– Oui. »

Il se souvient de la honte.

La douleur n'était rien, il ne la sentait plus, il n'avait plus de dos mais il avait perdu la capacité de ressentir autre chose que de la honte. Il tenait la chienne dans ses bras tandis que dehors le soleil se levait et se couchait à une allure folle, des constellations de formes variées envoyaient des signaux vers la petite maison. Sons forts et discordants, provenant de la forêt, comme un fracas de grands bâtiments qui plient et s'écroulent, vagues de vents suaves et sauvages, les sapins ployaient puis s'immobilisaient, des animaux s'arrêtaient devant la maisonnette, jetaient un œil à l'intérieur et poursuivaient leur chemin. Lui qui s'était toujours senti à moitié en dehors de la réalité, qui s'observait pour ainsi dire à distance, il était à présent non seulement au centre de lui-même, mais au centre de l'univers. Il tenait Molly tout près de lui, la serrait contre sa poitrine, elle était froide.

« Vous tenez la chienne, dit la thérapeute, vous la tenez dans vos bras et la regardez. Vous la voyez ?

– Oui, répondit Benjamin.

– Que voyez-vous ? »

Il se souvient qu'il l'avait bercée, doucement, comme si elle dormait. Il se souvient qu'il avait pleuré au-dessus de son visage et qu'on aurait dit ses larmes à elle.

« Ce n'est pas un chien que vous voyez, n'est-ce pas ? dit la thérapeute. Ce que vous voyez, maintenant, c'est une petite fille, n'est-ce pas ? »

Les mondes défilèrent devant la petite maison, à travers l'ouverture il vit passer les millénaires, baissa les yeux sur elle, la petite, elle qui était attachée à lui depuis le tout début, qui était sous sa protection, pas seulement ce jour-là mais tous les autres jours, et il était assis là par terre, tenait sa vie éteinte, la berçait dans ses bras, et il pleurait parce qu'il avait échoué dans la seule chose qui justifiait son existence sur terre.

« C'est votre petite sœur que vous tenez dans vos bras, n'est-ce pas ? »

Chapitre 24

Zéro heure

Une voiture de police se frayait lentement un passage à travers la végétation bleutée, sur le petit chemin forestier qui menait à la propriété. Benjamin la revoit nettement, il était à genoux sur la pelouse, rien de ce qui s'était produit ne s'était imprimé en lui, et cette voiture de police, ces gyrophares bleus étaient comme une réalité qui demandait à entrer, quelque chose du monde autour de lui qui voulait savoir ce qu'il avait fait.

Il se souvient des deux policières qui en étaient descendues. De maman qui refusait de lâcher Molly pour qu'elles l'examinent. Elles avaient parlé avec papa, il se souvient du murmure de leurs voix au crépuscule, papa avait discrètement montré Benjamin du doigt et ils étaient tous venus vers lui, s'étaient approchés de différentes directions. Il se souvient de la gentillesse des deux femmes, dans la fraîcheur du soir d'été elles avaient étalé une couverture sur ses épaules, lui avaient posé des questions et s'étaient montrées patientes quand il ne pouvait pas répondre. Il se souvient qu'une autre voiture de police était arrivée peu après. Suivie d'une ambulance. Ensuite les véhicules s'étaient succédé, une fourgonnette de la compagnie d'électricité et d'autres voitures, qui s'étaient garées le long du chemin en pente. Des gens étaient partis dans la forêt, vers le transformateur, puis revenus. Des inconnus téléphonaient dans la cuisine.

Tout à coup il y avait eu un monde fou. Cet endroit auparavant toujours désert, où personne, hormis sa famille, n'avait jamais mis les pieds, grouillait à présent de gens, et tous voulaient entrer en lui, voulaient rendre son crime réel par leurs questions.

Il est reparti.

Du cabinet de psychologie près des portes sud de la ville, il est remonté jusqu'au centre en passant sur les ponts, dans les ruelles désertes de la vieille ville et le long des quais. Il a marché jusqu'à ce que tombe la nuit d'été, le voilà à nouveau près de la bouche de métro avec l'escalator en panne, il longe les terrasses de café où il avait l'habitude d'aller boire un verre avec sa mère. Quand il arrive devant l'immeuble de maman, ses frères sont là, ils l'attendent.

« Tu as pleuré ? demande Nils.

– Non, non », répond Benjamin.

Ils pénètrent dans le hall, sentent leurs corps qui se touchent dans le silence de l'ascenseur exigu. La petite plaque au nom de maman a déjà été retirée. Une indélicatesse du propriétaire qui fait écho aux rapports que Nils a eus avec lui par ailleurs. Quelques jours à peine après que Nils eut annoncé le décès de maman et leur volonté de résilier le bail, le propriétaire lui faisait savoir par SMS que lors de la visite de l'appartement, il avait été constaté que celui-ci n'était pas simplement « défraîchi », comme le déclarait Nils dans son état des lieux, mais qu'il devait être considéré comme très abîmé par la fumée de cigarette et nécessitait une rénovation immédiate. Il fallait donc le vider plus tôt que prévu, c'est la raison pour laquelle les frères se retrouvent là en pleine nuit, la veille des obsèques de leur mère, pour emporter les derniers souvenirs d'elle avant que tout ne disparaisse dans le nettoyage.

Nils ouvre la porte puis allume les lumières, l'appartement s'illumine. Maman n'achetait que des lampes des années cinquante, qu'elle plaçait sur des étagères ou suspendait au plafond, et toutes ces sources lumineuses, brunes, jaunes, orange, plongent l'appartement dans une atmosphère qui évoque le soleil vespéral sur un ponton au mois de juin. Les frères s'avancent lentement à l'intérieur de l'appartement pour chercher ce qu'ils pourront prendre comme souvenirs de leur mère, mais Benjamin reste dans l'entrée. Il regarde Nils et Pierre fureter maladroitement parmi les étagères, vider des tiroirs de la commode, ils sont semblables aux enfants qu'ils étaient le jour de Pâques, des petits garçons en pyjama à la recherche d'œufs en chocolat que papa avait cachés dans les meubles. Nils déniche une petite sculpture en bois dans la bibliothèque. Pierre découvre l'album photo de maman, il s'assoit par terre dans le séjour et, aussitôt absorbé, en oublie le but de leur visite.

« Regarde ça », dit-il à Nils en lui montrant l'un des clichés. Nils éclate de rire et s'installe à côté de son frère. Les voilà tous les deux assis sur le plancher, en chaussettes, des enfants dans des corps d'hommes, comme s'ils étaient devenus adultes contre leur gré, étonnés ils regardent les photos d'eux-mêmes petits et tentent de comprendre ce qui s'est passé. Benjamin entre dans la cuisine. Un craquement sur le sol, des taches de confiture qui brillent légèrement à la lumière du plafonnier. Partout des petits signes de maman, la marque de ses dents sur les crayons noirs taillés au couteau, abandonnés sur la table. Les casseroles émaillées dans lesquelles le lait a brûlé d'une décennie à l'autre. Le rouge à lèvres sur le bord de la tasse à café dans l'évier. Une assiette esseulée où se dessine une ligne de sauce tomate. Benjamin ouvre le frigo, nouvelle source de lumière jaune qui répand sa clarté sur le sol de la cuisine, les compartiments de la porte sont remplis de médicaments, flacons auxquels les notices ont collé, leur faisant des petites ailes, plaquettes de comprimés sous plastique blanc, languettes de papier aluminium et triangles rouges qui pointent vers la pièce. Maman est omniprésente, il se sent coupable de fouiller dans ses affaires sans lui en parler au préalable. Il ouvre le congélateur. Il est bourré de paquets de pirojkis sous emballage individuel, résultat d'une mesure d'urgence prise par les frères un mois plus tôt, afin d'inciter maman à manger davantage. Ils l'avaient emmenée dans le magasin, avaient déambulé parmi les rayons de produits surgelés, lui montrant différents plats pour susciter son enthousiasme. Elle ne voulait que des pirojkis.

« Tu ne peux tout de même pas te nourrir que de pirojkis, avait dit Nils.

– Bien sûr que si », avait répondu maman.

Ils étaient rentrés chez elle avec trois sacs remplis de pirojkis, et à chaque nouvelle portion qu'ils entreposaient dans le congélateur, maman, plantée à côté d'eux, répétait : « Délicieux ! », « Joli ! » Il se souvient aussi des messages qu'elle envoyait ensuite le soir, pour rendre compte de ce qu'elle avait avalé – « Mangé deux pirojkis aujourd'hui ! » – quand elle se mettait en tête de les tranquilliser. Mais il lui arrivait tout aussi souvent de vouloir les inquiéter. Son état de santé était pour elle un moyen de garder le contrôle sur eux. « Je pèse quarante kilos ! » Comme un cochon de lait.

« Il y a beaucoup à manger ici », lance Benjamin à la cantonade.

Nils et Pierre se lèvent et le rejoignent dans la cuisine.

« Oh là là, dit Nils, on partage en trois ?

– Comment ça ? demande Pierre.

– On se partage les pirojkis ? dit Nils.

– Tu veux dire que tu as l'intention d'emporter les provisions de maman et de les manger chez toi ? demande Pierre. Tu parles sérieusement ? »

Nils prend un pirojki et le brandit devant Pierre.

« Il y a vingt kilos de nourriture dans le congélateur, dit-il. On vient de l'acheter, c'est frais. Il faudrait tout jeter sous prétexte que ça nous rappelle maman, si je comprends bien ?

– Non, d'accord, mais alors emporte tous les pirojkis, dit Pierre.

– Je n'ai pas dit que je voulais tout prendre. On peut les partager.

– Moi je n'en veux pas. »

Pierre s'éloigne, Nils le suit des yeux jusqu'à ce qu'il entre dans la salle de bains. Pierre et lui ont fait des petits tas sur le plancher du séjour. Un peu de vaisselle, un plat et un petit tableau. Dans le tas de Pierre, Benjamin remarque la tirelire de maman, un pot de confiture qu'elle avait nettoyé et placé sur la console de l'entrée pour y déposer sa monnaie. Le pot est rempli de pièces, il y a aussi un ou deux billets. L'idée des frères était de se réunir ici pour choisir des objets qui ont une valeur affective. En prenant ce pot, Pierre prend l'argent de maman.

« Je peux emporter ça ? demande-t-il depuis la salle de bains en montrant une plaquette de somnifères.

– Vas-y », dit Nils.

Pierre laisse tomber la boîte de somnifères sur son tas. Benjamin porte à nouveau son regard sur le pot qui contient l'argent. Un sentiment lui revient de leur enfance : l'injustice de traitement entre les frères. Il voudrait lui dire que ça, ce n'est pas un souvenir que tu vas emporter chez toi, c'est de l'argent. C'est l'héritage. Mais il ne peut pas prévoir sa réaction, le temps est révolu où il connaissait ses frères par cœur. Toutes ces années, ils se sont à peine fréquentés, et maintenant, ces contacts intenses, dans une constante tension latente. Il ne connaît pas ses frères en dehors des choses pratiques, en fait, il n'arrive pas à saisir qui ils sont indépendamment de la mort de maman. Il se souvient d'une fois où il avait rendez-vous avec eux, le jour anniversaire de la mort de papa. Ils étaient restés un moment silencieux devant la tombe puis étaient allés prendre un café et une brioche quelque part. Benjamin leur avait demandé s'ils allaient bien, et ils avaient répondu entre deux bouchées par l'affirmative, de manière expéditive et avec un air détaché et, pour la première fois, Benjamin leur avait confié qu'il n'allait pas bien. Ils s'étaient montrés compatissants, bien sûr, mais de toute évidence ils n'avaient pas envie d'en parler. Benjamin leur avait dit que selon lui, sa tristesse d'adulte était due à des choses qui leur étaient arrivées à tous les trois dans leur enfance. À ce moment-là, Pierre avait déclaré en rigolant : « Moi, tous les matins, je vais sous la douche en sifflotant. » Pourquoi pas, c'était peut-être vrai. Il se peut que Benjamin soit le seul des trois à ne s'en être jamais relevé. Est-ce à cause de cela qu'il se sent si mal en leur présence, désormais ? Et d'une certaine façon, la répartition des rôles a changé. Dans leur enfance, Pierre et lui étaient toujours ensemble, Nils restait à l'écart, ou bien trois mètres derrière. Il se souvient d'une fois dans la voiture, quand ils étaient petits, où Nils avait découvert un chewing-gum collé par l'un d'eux sur le dossier du siège avant. Il avait réussi à le décoller en le raclant avec un stylo et l'avait fourré dans sa bouche. Benjamin et Pierre l'avaient observé, dégoûtés, puis ils s'étaient regardés en faisant une grimace complice, comme si souvent déjà, et Nils avait dit calmement : « Vous croyez que je ne vous vois pas ? » C'est peut-être le fruit de son imagination, mais Benjamin a l'impression d'avoir à son tour été l'objet d'une semblable connivence entre ses frères au cours de la semaine écoulée, d'avoir surpris entre eux des regards qu'il n'aurait pas dû voir.

« Oh, mon Dieu ! »

C'est Nils qui crie de la chambre à coucher.

Pierre et Benjamin le rejoignent. Il est debout près du petit secrétaire de maman, face à la fenêtre. Il a ouvert le tiroir du haut. Il lève vers eux une enveloppe sur laquelle ils reconnaissent immédiatement l'écriture de maman. Elle a écrit : *Si je meurs.*

Ils s'assoient l'un à côté de l'autre sur le lit, trois frères en rang, et ils lisent sa lettre.

À mes fils.

Je rédige cette lettre le jour des vingt ans de Molly. Je suis allée au jardin du souvenir et j'y ai déposé un bouquet. C'est de plus en plus fort, à la date de son anniversaire ou quand approche celui de sa mort. Je mène une vie parallèle avec elle. Le jour de ses sept ans, j'ai acheté un gâteau que j'ai mangé dans le parc, je la voyais sur son vélo, vacillante et rayonnante, elle pédalait en cercle autour de moi, les cheveux au vent. Quand elle a atteint l'adolescence, je m'imaginais en train de l'observer en catimini par l'entrebâillement de la porte pendant qu'elle se maquillait dans la salle de bains, penchée vers le miroir, concentrée, avant de sortir en ville avec ses copines.

Je continue à être sa mère sans que personne ne le sache. J'ai lu que c'était normal alors je m'y autorise. Il n'y a rien de triste à cela, au contraire peut-être. Je suis capable de recréer une image d'elle si détaillée qu'elle en devient réelle. Je peux à nouveau être la mère de ma fille, l'espace d'un instant.

Ils m'avaient dit que le deuil était un processus, avec des étapes. Et qu'à l'autre bout, la vie attendait. Pas la même vie, bien sûr, mais une autre vie. Ce n'est pas vrai. Le deuil n'est pas un processus, c'est un état. Il est immuable, ancré comme un roc.

Et le deuil rend muet.

Pierre et Nils. Je me suis si souvent dit qu'il fallait que je vous parle qu'à la fin j'ai cru l'avoir réellement fait. J'aurais dû le faire. Quelle mère ne l'aurait pas fait ? Pardon pour tout ce que je ne vous ai jamais dit.

Benjamin. C'est toi qui as dû porter le plus lourd fardeau. C'est pour toi que je suis le plus triste. Je ne t'en ai jamais voulu, à aucun moment. Seulement je n'ai jamais pu te le dire. Si durant toutes ces années de mutisme j'avais réussi à te dire une seule chose, cela aurait été : ce n'était pas de ta faute.

Je te regarde parfois, lorsque nous sommes ensemble. Tu te tiens un peu à l'écart, de préférence dans un coin, et tu observes. Tu as toujours été celui qui observe, et tu continues encore maintenant à vouloir veiller sur nous. J'imagine aussi parfois celui que tu serais devenu si tout cela n'était pas arrivé. Je repense souvent à cet après-midi, lorsque tu es revenu de la forêt avec Molly dans les bras. J'ai des souvenirs d'elle très précis, son front froid, ses cheveux dans la lumière du soleil. Mais toi, je ne te vois nulle part. Je ne sais pas où tu étais passé, qui s'est occupé de toi.

Je n'ai pas fait de testament, parce que je n'ai rien à léguer. Les détails de mes obsèques m'importent peu. Cependant j'ai un dernier souhait.

Ramenez-moi à la fermette. Dispersez mes cendres au bord du lac.

Mais ce n'est pas pour moi que je veux que vous fassiez cela – je sais que je n'ai plus aucun droit de vous demander quoi que ce soit. J'aimerais que vous fassiez cela pour vous. Prenez une voiture et passez par le plus long chemin. Voilà comment j'aimerais vous voir : ensemble. Pendant les longues heures du trajet en voiture, dans la solitude du bord du lac, dans le sauna à la nuit tombante, quand il n'y aura que vous, que personne d'autre n'entendra. Je veux que vous fassiez ce que nous n'avons jamais fait : parler.

Je fais en sorte que vous ne lisiez ceci qu'après ma mort, parce que je crains que vous ne considériez comme impardonnable ce que je vous ai infligé. Je ne sais pas, mais on pourrait faire comme si j'allais la rejoindre à présent. Comme si j'allais à nouveau pouvoir la prendre dans mes bras. Et vous viendrez plus tard, alors j'aurai une seconde chance de vous aimer.

Maman

Benjamin pose la lettre sur ses genoux. Pierre se lève d'un bond et part vers le balcon en tâtant ses poches en quête de son paquet de cigarettes. Ses deux frères le rejoignent lentement. Les voilà côte à côte, ceux qui restent, ils regardent la ville endormie. Pierre tire farouchement sur sa cigarette, qui rougeoie dans l'obscurité. Benjamin tend la main et Pierre lui passe la cigarette. Il en aspire une bouffée, la passe à Nils. Pierre rit. Sourire doux de Nils dans la sombre clarté. La cigarette passe de main en main et sur le balcon, maintenant, ils se regardent, ils n'ont pas besoin de parler pour l'instant, un bref hochement de tête, ou peut-être seulement l'idée d'un hochement de tête. Ils savent déjà, le voyage est déjà en eux, il a pour ainsi dire déjà eu lieu, ce voyage qui les ramènera au point d'impact, pas à pas à rebours de l'histoire, pour survivre une dernière fois.

Remerciements

Depuis que j'ai commencé à écrire, mon rêve était d'avoir un jour l'occasion de publier un livre à l'étranger. J'aimerais remercier ici toutes les personnes grâce auxquelles ce rêve a effectivement pu se réaliser.

Tout d'abord Daniel Sandström, mon éditeur chez Albert Bonnier. Ce n'est pas rien de rencontrer à mi-parcours de sa vie quelqu'un avec qui l'on se sent instantanément de telles affinités. Ce fut presque magique, comme si nous nous étions connus depuis très longtemps et avions parlé de livres et de littérature depuis notre jeunesse. Je souhaite aussi remercier ma lectrice-correctrice Sara Arvidsson, qui m'a beaucoup aidé durant tout le travail sur ce livre. J'ai toujours aimé peaufiner mes textes, j'aime l'idée qu'un texte n'est jamais vraiment achevé, qu'on peut toujours reprendre encore un petit quelque chose, mais en Sara j'ai largement trouvé mon maître. J'ai aussi eu la chance d'être entouré d'amis qui m'ont proposé de me relire en cours de rédaction. Je citerai en particulier mon ami Fredrik Backman. J'ignore combien d'heures il m'a consacrées durant ce travail. Cent ? Deux cents ? S'il a un peu de retard pour son prochain livre, c'est peut-être de ma faute. Je voudrais aussi remercier Sigge Eklund, Calle Schulman, Klas Lindberg, Josefine Sundström, Magnus Alselind et Fredrik Wikingsson.

Je remercie également mon agent Astri von Arbin Ahlander, d'Ahlander Agency. Tous les auteurs en Suède désirent travailler avec Astri, mais elle ne veut travailler avec presque personne. C'est pourquoi je la remercie d'avoir cru en moi et en mon écriture. Grâce à Astri, j'ai aussi définitivement changé de point de vue sur le travail d'un agent. Auparavant, je croyais qu'un agent se contentait de fourguer des titres dans les salons du livre, et que cela s'arrêtait là. Astri l'a fait, certes, et si le livre a été acheté par autant de pays, c'est exclusivement à elle et à son équipe qu'en revient le mérite. Mais elle est également l'un des lecteurs les plus subtils que je connaisse, et ses remarques d'une grande finesse sur le texte pendant sa rédaction ont été tout simplement inestimables.

Je tiens aussi à remercier tous mes éditeurs étrangers, qui ont tout de suite pris les frères en affection et leur ont permis de faire un incroyable voyage autour du monde.

Enfin, je remercie la personne qui compte le plus pour moi : ma femme Amanda. Elle est ma première et ma dernière lectrice. Je ne livre pas une ligne qu'elle n'ait lue auparavant. Je n'arriverais à rien sans elle, ni dans la vie ni dans l'écriture.

« LES GRANDES TRADUCTIONS »

(extrait du catalogue)

CHRIS ABANI
Graceland
traduit de l'anglais (Nigeria) par Michèle Albaret-Maatsch
Le Corps rebelle d'Abigaïl Tansi
Comptine pour enfant-soldat
traduits de l'anglais par Anne Wicke

CHRIS ADRIAN
Une nuit d'été
traduit de l'anglais (États-Unis) par Nathalie Bru

DANIEL ALARCÓN
Lost City Radio
La Guerre aux chandelles
traduits de l'anglais (États-Unis) par Pierre Guglielmina
Nous tournons en rond dans la nuit
traduit de l'anglais (États-Unis) par Nathalie Bru

SASCHA ARANGO
La Vérité et autres mensonges
traduit de l'allemand par Dominique Autrand

VIOLA ARDONE
Le Train des enfants
traduit de l'italien par Laura Brignon

ALESSANDRO BARICCO
Châteaux de la colère, prix Médicis étranger 1995
Soie
Océan mer
City
Homère, Iliade
traduits de l'italien par Françoise Brun

MISCHA BERLINSKI
Le Crime de Martyia Van der Leun
Dieu ne tue personne en Haïti
traduits de l'anglais (États-Unis) par Renaud Morin

ANDREI BITOV
Les Amours de Monakhov
traduit du russe par Antonina Roubichou-Stretz

La Datcha
Un Russe en Arménie
traduits du russe par Christina Zeytounian-Beloüs

IRINA BOGATYREVA
Camarade Anna
traduit du russe par Dimitri Sesemann

ELIAS CANETTI
Histoire d'une jeunesse, la langue sauvée, 1905-1921
Les Années anglaises
Le Livre contre la mort
traduits de l'allemand par Bernard Kreiss
Le Flambeau dans l'oreille, histoire d'une vie, 1921-1931
traduit de l'allemand par Michel-François Démet
Jeux de regard, histoire d'une vie, 1931-1937
traduit de l'allemand par Walter Weideli

VEZA ET ELIAS CANETTI
Lettres à Georges
traduit de l'allemand par Claire de Oliveira

ELIAS CANETTI ET MARIE-LOUISE MOTESIZKI
Amants sans adresse, correspondance 1942-1992
traduit de l'allemand par Nicole Taubes

GIUSEPPE CULICCHIA
Le Pays des merveilles
traduit de l'italien par Vincent Raynaud

DANIEL DEFOE
Robinson Crusoé
traduit de l'anglais par Françoise du Sorbier

ANTHONY DOERR
Toute la lumière que nous ne pouvons voir
traduit de l'anglais (États-Unis) par Valérie Malfoy

DAPHNÉ DU MAURIER
Rebecca
traduit de l'anglais par Anouk Neuhoff

JOHN VON DÜFFEL
De l'eau
Les Houwelandt
traduits de l'allemand par Nicole Casanova

EMUNA ELON
Une maison sur l'eau
traduit de l'hébreu par Katherine Werchowski

DAVIDE ENIA
Sur cette terre comme au ciel
La Loi de la mer
traduits de l'italien par Françoise Brun

JILL ALEXANDER ESSBAUM
Femme au foyer
traduit de l'anglais (États-Unis) par Françoise du Sorbier

KIKE FERRARI
De loin on dirait des mouches
traduit de l'espagnol (Argentine) par Tania Campos

TOM FRANKLIN
Braconniers
La Culasse de l'enfer
traduits de l'anglais (États-Unis) par François Lasquin et Lise Dufaux
Smonk
traduit de l'anglais (États-Unis) par Michel Lederer

DANIEL GALERA
Minuit vingt
traduit du portugais par Régis de La Moreira

FABIO GEDA
Le Dernier Été du siècle
traduit de l'italien par Dominique Vittoz

HEIKE GEISSLER
Rosa
traduit de l'allemand par Nicole Taubes

ESTHER GERRITSEN
Frère et sœur
traduit du néerlandais par Emmanuelle Sandron

DANA GRIGORCEA
La Dame au petit chien arabe
traduit de l'allemand par Dominique Autrand

JOÃO GUIMARÃES ROSA
Diadorim
traduit du portugais (Brésil) par Maryvonne Lapouge-Pettorelli
Sagarana

Mon oncle le jaguar
traduits du portugais (Brésil) par Jacques Thiériot

VANGHÉLIS HADZIYANNIDIS
Le Miel des anges
traduit du grec par Michel Volkovitch

GEORG HERMANN
Henriette Jacoby
traduit de l'allemand par Serge Niémetz

JUDITH HERMANN
Maison d'été, plus tard
Rien que des fantômes
Alice
Au début de l'amour
Certains souvenirs
traduits de l'allemand par Dominique Autrand

ALAN HOLLINGHURST
L'Enfant de l'étranger
traduit de l'anglais par Bernard Turle
La Piscine-bibliothèque
traduit de l'anglais par Alain Defossé
L'Affaire Sparsholt
traduit de l'anglais par François Rosso

EDWARD P. JONES
Le Monde connu
Perdus dans la ville
traduits de l'anglais (États-Unis) par Nadine Gassie

IAKOVOS KAMBANELLIS
Mauthausen
traduit du grec par Solange Festal-Livanis

YASUNARI KAWABATA
Récits de la paume de la main
traduit du japonais par Anne Bayard-Sakai et Cécile Sakai
La Beauté, tôt vouée à se défaire
traduit du japonais par Liana Rossi
Les Pissenlits
traduit du japonais par Hélène Morita
Première neige sur le mont Fuji
traduit du japonais par Cécile Sakai

YASUNARI KAWABATA ET YUKIO MISHIMA
Correspondance
traduit du japonais par Dominique Palmé

DANIELA KRIEN
L'Amour par temps de crise
traduit de l'allemand par Dominique Autrand

GUYLA KRÚDY
L'Affaire Eszter Solymosi
traduit du hongrois par Catherine Fay

OTTO DOV KULKA
Paysages de la métropole de la mort
traduit de l'anglais par Pierre-Emmanuel Dauzat

MICHAEL KUMPFMÜLLER
La Splendeur de la vie
traduit de l'allemand par Bernard Kreiss

DORIS LESSING
Le Carnet d'or
Les Enfants de la violence
traduits de l'anglais par Marianne Véron
Journal d'une voisine
traduit de l'anglais par Marianne Fabre
Si vieillesse pouvait
traduit de l'anglais par Natalie Zimmermann

PRIMO LEVI
Le Système périodique
traduit de l'italien par André Maugé
Auschwitz, ville tranquille
traduit de l'italien par Louis Bonalumi, André Maugé,
René de Ceccaty et Martine Schruoffeneger

EDOUARD LIMONOV
Autoportrait d'un bandit dans son adolescence
traduit du russe par Maya Minoustchine
Journal d'un raté
traduit du russe par Antoine Pingaud
Le Petit Salaud
traduit du russe par Catherine Prokhorov

PAUL LYNCH
Un ciel rouge, le matin

La Neige noire
Grace
Au-delà de la mer
traduits de l'anglais (Irlande) par Marina Boraso

DAVID MALOUF
Harland et son domaine
traduit de l'anglais (Australie) par Antoinette Roubichou-Stretz
Ce vaste monde, prix Femina étranger 1991
L'Étoffe des rêves
traduits de l'anglais (Australie) par Robert Pépin
Chaque geste que tu fais
Une rançon
L'Infinie Patience des oiseaux
traduits de l'anglais (Australie) par Nadine Gassie

THOMAS MANN
Les Confessions du chevalier d'industrie Felix Krull
Dr Faustus
traduits de l'allemand par Louise Servicen

SÁNDOR MÁRAI
Les Braises
traduit du hongrois par Marcelle et Georges Régnier
L'Héritage d'Esther
Divorce à Buda
Un chien de caractère
Mémoires de Hongrie
Métamorphoses d'un mariage
Le Miracle de San Gennaro
traduits du hongrois par Georges Kassai et Zéno Bianu
Libération
Le Premier Amour
L'Étrangère
La Sœur
Les Étrangers
Les Mouettes
Ce que j'ai voulu taire
La Nuit du bûcher
Dernier jour à Budapest
Journal, volumes 1 et 2
traduits du hongrois par Catherine Fay

ALESSANDRO MARI
Les Folles Espérances
traduit de l'italien par Anna Colao

VALERIE MARTIN
Maîtresse
Indésirable
Période bleue
Le Fantôme de la Mary Celeste
traduits de l'anglais (États-Unis) par Françoise du Sorbier

JOHN MCGAHERN
Les Créatures de la terre et autres nouvelles
Pour qu'ils soient face au soleil levant
traduits de l'anglais (Irlande) par Françoise Cartano
Mémoire
traduit de l'anglais (Irlande) par Marie-Lise Marlière

STEVEN MILLHAUSER
La Vie trop brève d'Edwin Mulhouse, écrivain américain, 1943-1954, racontée par Jeffrey Cartwright,
prix Médicis étranger 1975,
prix Halpérine-Kaminsky 1976
traduit de l'anglais (États-Unis) par Didier Coste
Martin Dressler, le roman d'un rêveur américain,
prix Pulitzer 1997
Nuit enchantée
traduits de l'anglais (États-Unis) par Françoise Cartano
Le Roi dans l'arbre
Le Lanceur de couteaux
traduits de l'anglais (États-Unis) par Marc Chénetier

ROHINTON MISTRY
Une simple affaire de famille
L'Équilibre du monde
traduits de l'anglais (Canada) par Françoise Adelstain

KALANIT OCHAYON
De la place pour un seul amour
traduit de l'hébreu par Catherine Werchowski

ROSELLA POSTORINO
La Goûteuse d'Hitler
traduit de l'italien par Dominique Vittoz

CHRISTOPH RANSMAYR
La Montagne volante
Le Syndrome de Kitahara
Atlas d'un homme inquiet
Cox ou la course du temps
traduits de l'allemand par Bernard Kreiss

JENS REHN
Rien en vue
traduit de l'allemand par Bernard Kreiss

MORDECAI RICHLER
Le Monde de Barney
traduit de l'anglais (Canada) par Bernard Cohen

RAFFAELLA ROMAGNOLO
Bella Ciao
traduit de l'italien par Françoise Brun

DONAL RYAN
Le Cœur qui tourne
Une année dans la vie de Johnsey Cunliffe
traduits de l'anglais (Irlande) par Marina Boraso
Tout ce que nous allons savoir
Par une mer basse et tranquille
traduits de l'anglais (Irlande) par Marie Hermet

ARTHUR SCHNITZLER
Gloire tardive
traduit de l'allemand par Bernard Kreiss

HUBERT SELBY JR.
Last Exit to Brooklyn
traduit de l'anglais (États-Unis)
par Jacqueline Huet et Jean-Pierre Carasso

PAOLO SORRENTINO
Ils ont tous raison
traduit de l'italien par Françoise Brun

MADELEINE ST JOHN
Les Petites Robes noires
traduit de l'anglais (Australie) par Sabine Porte
Rupture et conséquences
traduit de l'anglais (Australie) par Anouk Neuhoff

DAVID SZALAY
Ce qu'est l'homme
Turbulences
traduits du hongrois par Étienne Gomez

SOPHIE TOLSTOÏ
À qui la faute ? Réponse à Léon Tolstoï
traduit du russe par Christine Zeytounian-Beloüs

NICK TOSCHES
La Main de Dante
Le Roi des Juifs
traduits de l'anglais (États-Unis) par François Lasquin
Moi et le diable
traduit de l'anglais par Héloïse Esquié

DUBRAVKA UGRESIC
Le Ministère de la douleur
traduit du serbo-croate par Janine Matillon

ERICO VERISSIMO
Le Temps et le Vent
Le Portrait de Rodrigo Cambará
traduits du portugais (Brésil) par André Rougon

ROMAN WILSON
Murmurer les noms des disparus
traduit de l'anglais (Australie) par Étienne Gomez

CHRIS WOMERSLEY
Les Affligés
La Mauvaise Pente
La Compagnie des artistes
traduits de l'anglais (Australie) par Valérie Malfoy

PAUL YOON
Autrefois le rivage
Chasseurs de neige
traduits de l'anglais (États-Unis) par Marina Boraso

Composition : Nord Compo
Impression : CPI Firmin-Didot en décembre 2021
Editions Albin Michel
22, rue Huyghens, 75014 Paris
www.albin-michel.fr

ISBN : 978-2-226-46000-4
N° d'édition : 24393/01. N° d'impression : 167128
Dépôt légal : janvier 2022
Imprimé en France